SIBYLLE BERG
Amerika

Buch

Karla, die Provinzschauspielerin, Raul, der schöne Callboy, der Drehbücher schreiben möchte, Anna, die dem Macho Toni hinterherläuft, und Bert, der graumausige Journalist – sie alle haben einen Traum: reich sein, schön sein, berühmt sein und die große Liebe finden. Aber sie alle scheitern. Karlas »Schauspielkarriere« findet ihren Höhepunkt in der Rolle einer zerstückelten Leiche in einem Splatter-Film. Raul gerät immer nur an alte Frauen, die Prosecco trinken. Anna bleibt bei Rudi, den sie nicht liebt. Und Berts Schönheitsoperation endet versehentlich in einer Geschlechtsumwandlung. Aber Sibylle Berg gibt allen vier Frustrierten eine zweite Chance: Sie widmet jeder ihrer Figuren zwei Erzählungen. Die erste spielt in Deutschland und schildert das Ende aller Träume. Die zweite spielt in Amerika und schildert, wie die Träume in Erfüllung gehen. Glücklicher sind die vier Anfang Vierzig in der zweiten Erzählung dennoch nicht. Denn das Leben in Hollywood ist nicht besser als das in Wanne-Eickel. Wehe, wenn die Träume Wirklichkeit werden ...

Autorin

Sibylle Berg, die »Designerin des Schreckens« (Süddeutsche Zeitung), wurde vor kurzem in Weimar geboren und lebt heute als Autorin in Zürich (www.sibylleberg.ch). Sie veröffentlichte außerdem die Romane »Ein paar Leute suchen das Glück und lachen sich tot« und »Sex II« und den Sammelband mit Artikeln aus der ZEIT »Gold«.

Sibylle Berg
Amerika

Roman

GOLDMANN

Umwelthinweis:
Alle bedruckten Materialien dieses Taschenbuches
sind chlorfrei und umweltschonend.

Der Goldmann Verlag
ist ein Unternehmen der Verlagsgruppe Bertelsmann.

Genehmigte Taschenbuchausgabe 5/2001
Copyright © 1999 by Hoffmann und Campe Verlag, Hamburg
Umschlaggestaltung: Design Team München
Umschlagfoto: Reinhard Rosendahl
Druck: Elsnerdruck, Berlin
Titelnummer: 44848
BH · Herstellung: Sebastian Strohmaier
Made in Germany
ISBN 3-442-44848-4
www.goldmann-verlag.de

1 3 5 7 9 10 8 6 4 2

Wenn ich nur reich wäre ...
(Raul)

Raul in einer nicht weiter interessanten Kneipe.

Die Augen geschlossen, ein paar Sekunden. Nicht denken, wie gut.
Gott, war das gut, doch dann kam es zurück, das Denken. Was tue ich hier, dachte Raul. Seine Hände hielten sich an einem halben Rind, sein Glied steckte in einer Dame unbekannten Ursprungs. Wie sie hieß oder was ihre Hobbys waren, keine Ahnung, sie war nur gut für ein paar Sekunden Vergessen, vergiß es.
Raul zog sich aus der schwarzen Frau, überprüfte, ob sein Glied noch vorhanden, war es und sah ihn erstaunt an. Die Frau. Ist es nicht schön für dich, fragte sie, und Raul sagte, doch, doch, total schön, aber ich muß dann mal los.
Er dachte mit kurzem Bedauern an seine Spermien, die einzigen Freunde, die er hatte, denen er Namen gegeben, Haruki Murakami, Wong Kar-Wai, Dürrenmatt, springlebendige Kerle, die nun verschleudert waren für ein paar Sekunden Ohnmacht, allein gelassen in der Fremde, für ein kurzes Sich-Verlieren, Verschwimmen. Endlich mal nicht mehr sein, keine Verantwortung für jede verdammte Handlung, für das Scheitern nicht zuständig. Dieses Sich-Auflösen funktionierte nur beim Akt oder beim Trinken, wobei beim Trinken eine Grundübelkeit bestehen blieb, die die völlige Freiheit des Geistes

verhinderte. Etwas war da, das Raul auch im gröbsten Suff auslachte: Bald wirst du wieder nüchtern sein und nichts als ein nüchterner Verlierer, lachte.

Raul zog sich die Hose hoch und ging. Die Frau lehnte benommen am Rind, sah in dessen erloschene Augen, dachte kurz, wie das Rind mit seinen kleinen Tatzen über Weiden gesprungen sein mochte, fragte sich, ob es bereits halbiert war, als es sprang, beide Hälften sich endlich gefunden hätten, und ob dann der Rinderfänger gekommen sei, die beiden grad wieder getrennt hat, das Leben ist ungerecht, dachte sie.
Sie war nicht traurig, fühlte sich nicht benutzt. Sie war nur überwältigt, denn für eine Sekunde schien ihr, sei ein Gott über sie gekommen, oder ein Heiliger, eben wer, der gar nicht existiert, und nun schon wieder weg. Aber das sind wohl die Spielregeln von Heiligen, sie zeigen sich kurz, berühren, verändern das Leben der Menschen und verschwinden eilig. Für einige Zeit würde sie alle anderen Herren, denen sie begegnete, mit der unnatürlichen Schönheit des Mannes eben vergleichen, und jeder konnte nur verlieren dabei.
Nie wäre der Frau, die Maria hieß, eingefallen, mit einem Fremden in den Kühlraum zum Geschlechtsverkehr zu verschwinden, aber mit einem Gott war das eine andere Geschichte. Wie unter Drogen war sie ihm gefolgt, hypnotisiert ihm hinterher, nur um seinem Körper nahe zu sein, und mußte nun zurück in die Küche, in die Normalität. Sie würde sich schütteln, den Kopf auch, und vielleicht noch einige Nächte von der weichen Haut, dem weichen Geruch des Fremden träumen, und dann aber gut.

Maria.

Ich kann nicht sagen, wie es passiert ist. Ich kannte so eine Situation bisher nicht. Er kam herein, stand an der Theke und sah mich an, also, der Blick ging mir bis in die Beine, die wurden ganz müde, und ich konnte nicht wegschauen, sondern nur noch stehen, ihn anstarren, und als er mich in die Kühlkammer winkte, lief ich hinterher, als ob ich gar nicht mehr da wäre. Ich habe mich auch nicht geschämt, gar nicht. Wissen Sie, ich hatte das Gefühl, ich müßte ihn einfach mal berühren. Vom Geschlechtsverkehr weiß ich nichts mehr, ich habe nichts gefühlt, also, nicht daß es schlecht war oder sein Glied zu klein, ich konnte mich nur nicht darauf konzentrieren, was unten los war, denn ich mußte ihn anstarren. So einen Menschen habe ich noch nie gesehen. Es war für einen Moment, als ginge der Traum in Erfüllung, den ich manchmal habe, wenn ich in der Küche stehe, also da denke ich, eines Tages wird die Tür aufgehen, es wird ganz hell, Vögel singen Volkslieder, und ein Mann wird kommen, mich an der Hand nehmen und von hier wegbringen. Ich dachte einfach, mein Traum ginge in Erfüllung, und der Mann eben würde mich in ein tolles Leben mitnehmen, ja, so war es. Nun ist er gegangen. Träume sind halt Träume. Ich muß jetzt weitermachen.

Raul auf der Straße.

Auf der Straße lehnte Raul an einem Laternenpfahl. Er sah ihn an. Du verstehst mich, alter Junge, wahre Liebe gibt es nur unter Männern, sagte Raul. Der Laternenpfahl antwortete: Ich muß dich enttäuschen. Die wirkliche Liebe existiert nur unter Laternenpfählen.

Raul fragte sich, was war das jetzt wieder, diese kurzen Begegnungen, schnelle Ficks, warum tue ich so einen Mist? Was will ich mir beweisen? Ich weiß doch, daß ich jeden haben kann, Männer und Frauen, Tiere, alle kann ich verführen, wahnsinnig machen, aber keiner interessiert sich für mich. Sie lassen sich blenden, verlieren die Contenance wegen meiner Hülle, doch richtig liebt mich keiner, sieht mich keiner, und Raul war angewidert von sich, von seinen kleinen geschlechtlichen Ausrutschern, doch noch mehr von den Menschen. Die so dumm waren, auf ein bißchen Haut und Haar, Knochen und Zähne hereinzufallen. Raul wußte, was das wert war, denn sein Lieblingsbuch war der Atlas der gerichtlichen Medizin.

Auf fast 1000 Seiten zu betrachten, was von einem Menschen übrigblieb, wurde Raul nicht müde. Es konnte morgen passieren, gleich oder in einigen Jahren, doch der Rest war immer dasselbe, war ein Haufen Zeug, das roch, und jeden Tag schaute Raul aus Gründen der Disziplinierung einige der Fotos an. Bilder von Menschen in unterschiedlichen Verfallsstadien, erbärmlich, schon nach einem Tag war ein Mensch kein Mensch mehr, nur noch vergammelndes Fleisch. Und darum verachtete Raul alle, die ihn bewunderten für etwas, das nicht blieb, für das er nichts konnte, das ihm egal war.

An manchen Tagen hatte Raul das Gefühl, daß er ein einzigartiger Mensch sei, mit einmaligen Talenten, und daß seine Zeit bald kommen müßte, weil er fast allen überlegen war, darum, und er wußte, wie alles besser gehen könnte auf der Welt.

An den anderen Tagen, und davon hatte es eindeutig mehr, sah Raul, was er wirklich war – einer unter Milliarden, zu nichts Großem geboren. Unzufrieden, sich nicht bescheiden zu können, nichts zu können, das ihm zumindest die Illusion gewähren würde, sein Dasein hätte einen tieferen Sinn. Ein Mensch nur mit kurzer Verfallsdauer, der keine Freunde hatte, keine Liebe zu empfinden vermochte, wohl wissend, daß es Milliarden Existenzen gab, die kämpften, um zu überleben, in Hitze und Dreck, mit Hunger und Krankheit, um etwas, das ihm einfach bereitstand. Ihm, der sich nicht freuen konnte, an nichts. Raul haßte sich an jenen Tagen und wußte doch nicht, wie herauszugelangen aus der Unzufriedenheit, aus der Ohnmacht der

Erkenntnis, ein unnützer, unfroher Mensch zu sein, der nach Höherem strebt, allein vergebens.
Und so hilflos fühlte er sich, der Raul, der nicht böse war, nicht schlecht, nur so ratlos, wenn er an sich dachte. Wie in einem Labyrinth im Nebel, mit großen Bäumen, bösen Tieren.
So ging Raul die Straße hinunter, nicht wissend, wohin mit sich und seinen Schritten, mit seiner Schönheit, mit dem Tag, wohin damit. Es hatte geregnet, und Autos standen in großen Pfützen, wie jeden Tag um die Zeit kamen sie zur Tränke aus dem Wald ... Rauls Handy klingelte.

Bei Frau S.

Die Frau hatte sich mit ihm in ihrem Hotelzimmer verabredet. In einem Business Hotel saß die Geschäftsreisende. Um die Vierzig, rot gefärbt wie viele seiner Kundinnen, in einem kamelfarbenen Kostüm, darunter aber ganz sicher Strapse. Die Frau wirkte souverän und bot Raul ein Kaltgetränk an. Sie nahmen Platz auf einer Couch, deren Stoffbezug von einem betrunkenen Pudel entworfen war.
Raul fühlte sich ungut bei jedem Auftrag. Er mußte ein anderer sein, das verlangte sein Job. Wäre er er, würde er der Frau sagen, daß er Angst hätte und mal besser wieder ginge, oder würde sich in die Arme der Frau werfen, nur damit ihn wieder einmal eines hielte, wäre er ehrlich. Doch die Kunden durften seine Furcht nicht spüren. Seinen Ekel, seine Angst zu versagen, durften sie nicht erkennen, sonst waren sie mächtiger als er, und zu seinem Job gehörte eine gewisse Überlegenheit, sonst wurde es furchtbar peinlich, sonst glitt er aus der Rolle, sah sich von oben, und so hilfreich das mitunter sein konnte, bei einem Geschlechtsakt sollte sich keiner von oben, geschweige denn von unten sehen.
Raul setzte sich also neben die Frau, die nach einer Überdosis Angel roch, dem Parfüm, das den Fäulnisgeruch alternder

Damen nur verstärkte, und begann ein Gespräch. Raul transpirierte, kleine Rinnsale liefen ihm die Achsel herab, verfingen sich zu einem See im Nabel, um dann zu verdunsten.
Das waren die entscheidenden Minuten. Wie im Tierreich galt es, durch Körpersprache, Stimme und Gestik klarzumachen, wer der Boß war. Gab es keine Konzentrationsschwächen, gelang die Demonstration der männlichen Oberhand, war der Rest einfach. Raul erzählte über das Buch, das er angeblich letzthin gelesen hatte. Salz auf meiner Haut. Eine Schnulze, die sich millionenfach an alleinstehende Lehrerinnen verkauft hatte.
Alles würde ich geben, um einmal eine solche Leidenschaft bis in den Tod zu erleben, war einer von Rauls Standardsätzen. Dumm nur, kam er zum zweiten Mal zu einer Kundin und hatte vergessen, daß er ihr das ganze Zeug schon einmal erzählt hatte. Das war einmal vorgekommen und sehr unerfreulich gewesen.
Dennoch behielt Raul diesen Einstieg bei, führte er doch meist zu guten Resultaten, Frau feucht, geil, lüstern, gutes Resultat – Frau gähnend, an Makrameeblumenampeln denkend, schlechtes Resultat.
Die meisten seiner Kundinnen kannten das Buch und wurden nur durch die Erinnerung an die Sexszenen erotisiert. Bei der Geschäftsreisenden kam der Einstieg hervorragend an. Sie streifte die Pumps von ihren Füßen und packte die auf das Sofa.
Raul haßte das Geräusch aneinander reibender Nylonstrümpfe. Er wußte, daß Frauen das Geräusch auch wahrnehmen und daß sie sich in ihrer prüden Art sexy fühlten damit, so wie mit ihren teuren La-Perla-Dessous, doch Raul kannte die Sorte, Himmel, so viele Sorten Mensch gab es doch auch nicht. Er wußte, daß jene rotgefärbten Kamelhaarfrauen einsam waren, weil Männer es nicht mit ihnen aushielten, weil sie zu schlau waren, zu hart, zu humorlos, zu erfolgreich, wußte, daß sie spielten, schrill im Bett, daß sie viel zu laut keuchten, berührte er nur ihre Brust, und er wußte, daß sie

doch nichts spürten und das kurze Touchieren einer Brust zu keinem erheblichen Rausch führen konnte, zu nichts eigentlich führte als zu einem Berührungsgefühl unerheblichen Ausmaßes. Er wußte, daß sie Angst hatten, alt zu werden und zu erkennen, daß ein Beruf nur ein Drittel des Lebensinhaltes war, des Glückspotentials, neben Freunden, einem Mann, neben der Heimat, und daß das Wegfallen der anderen Teile irgendwann zu Magengeschwüren oder Krebs führte, das ahnten diese Frauen, das zog ihnen die Mundwinkel nach unten, die sie sich durch Lifting wieder nach oben reißen ließen. Raul mochte diese Art Frauen nicht wirklich.
Die Kundin lehnte ihren Kopf schwer in die Richtung von Rauls Schulter, sie hatte vor seinem Eintreffen eine halbe Flasche Prosecco, das Gesöff frustrierter, einsamer Weiber, getrunken, und der kam ihr nun aus den Poren, machte sie willig und zu einem leichten Opfer. Rauls Enttäuschung über die uninteressante Jagd stand im Widerspruch zu seiner Angst vor einem Job, aber Widersprüche verdienen auch zu leben.
Die Frau zitterte, als Raul seine Hand auf ihr Knie legte. Wegen des Sektes oder wegen der Schönheit, denn Rauls Hand war sehr schön, es befanden sich ein paar dunkle Haare darauf, ein schmales Gelenk daran, lange Finger, die perfekt geformt waren.
Raul wußte, daß sie ihn nun roch, daß sein Geruch Frauen und Männer verwirrte, romantisch werden ließ und willig. Er beugte sich zu der Frau, seine blonden, halblangen Haare fielen ihm über die Augen, die dunkelblau und sehr groß waren. Seine Nase war gerade und lang, und neben dem sehr breiten, vollen Mund befand sich ein dunkler Fleck, der das einzige war, was seine Schönheit zu stören suchte, gelang ihm jedoch nicht, dem Fleck, der aus einer sehr alten Adelsfleckenfamilie kam.
Raul entkleidete also die Frau unter leisen Worten (du Schöne, komm, sei ruhig, du bist es, du Schöne, komm), sie trug, was für eine Überraschung, Strapse, die sich in ihre schlaffen Schenkel fraßen, hatte die Brust mit einem Wonder-

bra hochgezurrt, die arme kleine Brust, so lange nicht mehr berührt, verdammt, warum mögen sich die Menschen nicht mehr berühren, was ist es nur für eine kranke Zeit, in der Brüste in einem Wonderbra auf der Lauer liegen, und keiner langt freiwillig hin.
Raul zog sich aus, nachdem er die Frau auf das Bett gelegt hatte, gönnte ihr einen Blick auf seinen Körper, wußte doch, daß sie hernach garantiert bereit war, und kniete sich neben sie. Er berührte ihre Genitalien, die Dame schrie und warf übertrieben ihren Kopf herum, und Raul befürchtete, das Genick könnte ihr brechen (Atlas der gerichtlichen Medizin, S. 56), es brach jedoch nicht, und so mußte er die Sache zu einem Ende bringen, der Frau mochte zwar egal sein, ob er sie noch penetrierte, doch Job ist Job und eine Versteifung nicht in Erwartung. Wie immer hatte Raul seine Tasche gut erreichbar neben dem Bett positioniert, so daß er das Heft herausziehen konnte. Ein Bestellkatalog für Millionäre. Raul schaute auf einen Ferrari, auf brillantbesetzte Kaviarlöffel, und bei der Polarluchsschlafdecke übermannte es ihn. Er konnte das Glied in die Frau verbringen und die Sache schnell zu Ende führen. 300 Mark kassieren und sich mit einem Handkuß verabschieden.

Frau S. (in einem Hotelzimmer auf einer Couch mit wahnsinnig gewordenem Muster).

Es ist nicht schön. Es ist demütigend. Ich weiß jetzt, warum es so wenig Huren für Frauen gibt. Weil es demütigender Mist ist. Du sitzt da und denkst dir, jetzt ist es also soweit, jetzt mußt du für ein paar Berührungen bezahlen. Ich habe seit sechs Jahren keinen Freund mehr gehabt.
Alle haben soviel Angst, etwas Falsches zu tun, sich einschränken zu müssen in ihrem unerheblichen Dasein, verletzt zu werden, da lassen sie es lieber. Natürlich will ich keine Kompromisse machen, natürlich habe ich Ansprüche.

Ich bin freundlich, erfolgreich, schlau, ganz hübsch, aber ich werde älter, und ich bin alleine, wie fast alle Frauen, die ich kenne.

Was habe ich jetzt davon? Dreihundert Mark bezahlt für ein beschissenes Gefühl, für einen kleinen Orgasmus, wie ich ihn auch alleine herzustellen imstande bin, und einen schönen Mann gesehen, der jetzt mein Geld ausgibt und denkt, Gott, was für eine frustrierte Fotze. Und das schlimmste ist, er hat recht.

Raul in einem Café.

Raul schaute in den Kaffee. Als würde nur durch die Kraft seines blauen Auges etwas Trinkbares aus der Geschichte, bohrte er den Blick tief durch den Kaffee auf den Grund der Tasse, dort stand ein Schloß, und in der Garage des Schlosses standen mehrere gepflegte Wagen. Raul sah sich in einem mit Hermelin besetzten Morgenrock auf der Freitreppe herumlungern, sein Glied kuschelte sich in ein Nerzbeutelchen, und ein Hausmädchen knickste. Raul hieß ihr, sich zum aufrechten Stand zu bekennen, schritt hernach die Freitreppe hinunter und ging, um seinen Autos die Tageszeit zu bieten.

Zurück im Schloß begab er sich in seinen Lieblingsraum. Ein großes Gewächshaus mit Swimmingpool war das, und neben dem Pool lümmelte ein Kontoauszugsdrucker herum, der angenehm surrend den aktuellen Finanzstand durchgab. Rauls Blick löste sich. Versoff in dem schlechten Kaffee, sah sich um. Gelbe Gardinen, gelbe Zähne, gelbe Vögel, eine gastronomische Einrichtung für Menschen, die auf niedrigstem Niveau gescheitert waren.

Raul stützte den Kopf in die Hände und starrte geradeaus. Da war ein Fenster, dahinter die Straße, in der er wohnte. Wirklich nur wohnte, denn leben konnte man dazu nicht sagen, denn zum Leben gehören Grünpflanzen und Tischdecken.

Raul bewohnte eine kleine Wohnung, ein Zimmer mit Küchenzeile, Naßzelle, ein Flur, keine Möbel. Grünpflanzen. Gar nicht. Gerne hielt sich Raul nicht in der Wohnung auf, lieber befand er sich in einem Café und wartete. Wie sie alle warten, auf Betten und Sesseln und Liegen, im Gehen und Stehen, beim Dösen, warten, daß etwas über sie kommen möge. Eine Idee, ein Komet, ein Glück, das machen sollte, daß sie andere wären. Doch anders wird keiner, und so sitzen sie und warten, denn das kann es doch noch nicht gewesen sein. Raul hockte also in der stickigen Luft eines miesen Cafés, schaute auf Tapete und fragte sich, ob da noch etwas zu retten sei. Weil, warum Raul gescheitert war, war ihm nicht einsichtig. Er hatte doch viele Talente, zu viele vielleicht, denn die Zeit für viele Talente war vorbei, Rauls Zeit war vorbei, wohl wäre er in den zwanziger Jahren besser aufgehoben gewesen. Die zwanziger Jahre, Paris oder Amerika. Amerika, wie das klang, wie das schmeckte, nach Freiheit, nach unbegrenzten Möglichkeiten. Nach einem Land, das einen wie ihn verstehen würde, schätzen würde.
Ja, Amerika.
Alles so spießig in diesem Land hier, in der kleinen Stadt eine Luft, die zum Ersticken führen müßte. Und hatte doch alles versucht. In einer Band gespielt, die sich zerstritt, kurz vor dem Durchbruch. Ein Journalistikstudium begonnen, aber nie einen Artikel veröffentlicht. Seine Gedichte hatten keinen Verleger gefunden, und mit dem Versuch, eine eigene Zeitung zu machen, war er bei der ersten Seite gescheitert. Die Überschrift war ihm noch gelungen: Kleine Vera, Ein Vaterherz in Not. Vielleicht war die Überschrift auch weniger blöd gewesen, aber egal, denn nach der Überschrift fiel Raul nicht das Darunter ein. Und der Film in seinem Kopf, ein ganzes Drehbuch hatte er da, das keinen interessierte, denn alle interessierten sich nur für seine Schönheit. Fast alle Frauen und fast alle Männer wollten mit ihm ins Bett, der Rest lehnte ihn ab, weil er anders aussah als sie. Raul war sich seiner Schönheit nie bewußt gewesen, und auch heute war

sein Aussehen etwas, mit dem er nichts zu tun hatte. Raul hatte eine eklige Kindheit gehabt, mit einem saufenden Vater, einer Mutter, die ihn verlassen hatte, er war verstört gewesen, hatte sich ungeliebt und häßlich gefühlt, und manchmal, um weiter zu leben, war er kurzfristig größenwahnsinnig geworden und hatte in allem, was er stümperhaft tat, einen Geniestreich gesehen. Und sich dann wieder gefragt. Wozu braucht die Welt ein Buch, eine neue Zeitung, noch mehr Musik? Die Frage war berechtigt, war klug, die Antwort lautete: Nichts braucht die Welt, und das zu sehen ist Größe, die Raul jedoch nicht weiterhalf.

Nie in sich geruht, immer auf der Flucht vor allem, mit großem Trotz, daß ihm doch ein gutes Leben zustünde, nachdem alles sich so beschissen angelassen hatte, war er gescheitert. Weil er nicht kämpfen wollte, Geschenke wollte und es doch keine Geschenke gibt dafür, nur weil eines lebt.

Frauen mißtraute Raul, wußte er doch, daß sie immer gehen, und nie sollte ihm eine das Herz brechen, ihn weinen machen. Nie hatte er geliebt. Verliebt hatte er sich wohl, in Ideen, in Phantasien, und gerade als Raul an Verlieben dachte, kam ihm eine Erscheinung. Eine Idee, Gestalt angenommen, die ihm Rettung aus dem Sumpf der Fragen sein könnte: Eine Frau ging auf der Straße vorüber, und Raul sah sie an sich vorübergehen, wie eine Erkenntnis traf sie ihn, wie eine lange Vermißte sah er sie, eine junge, schöne, eine traurige Frau. Sie schaute durch Raul hindurch, und der schaute in ihre Augen, tiefe Augen, dunkle Haare, und eine Anmut, die nicht in diese Stadt gehörte, so wie er nicht in diese Stadt gehörte, so wie eigentlich niemand in diese Stadt gehörte. Raul sah der Frau lange nach und fühlte für einen Moment eine tiefe Verbundenheit zu der Fremden. Wie erstarrt saß Raul, die Hände schwitzten ihm, das Herz auch, ein bißchen Leben für ein paar Sekunden. Wollte doch eine Liebe kommen und ihn vergessen lassen. So sehnte er sich nach den Momenten, da er Verantwortung abgeben konnte, und lange blickte er auf die Straße, als würde die Frau zu ihm zurückkommen durch das. Sah sie zurückkommen in das Café, sich wortlos zu ihm setzen, weil sie nichts sagen müßten, und dann würde er mit ihr das Land verlassen, auf dem Seeweg. So träumte Raul wieder einmal vor sich hin, von einem Leben, wie es richtig wäre, mit sehr großen Gefühlen der Lebendigkeit, die es nur in seinen Träumen gab.

Verdammt, dachte Raul, seinen Unmut in dem kleinsten Nenner unterbringend: Wenn es mir nicht bald gelingt, reich zu werden, dann habe ich mein Leben vertan, so dachte Raul und hatte es benannt, den Feind beim Namen, das Ziel, das einzige, das noch blieb, nachdem alle anderen nicht erreicht waren.

Raul blickte wieder in seinen Kaffee, der, inzwischen erkaltet, Schlieren auf der Oberfläche trug. Reich sein, das war alles, was Raul noch wollte vom Leben. Reisen, in feinen Hotels wohnen, gute Bücher lesen und endlich tun können, was er wollte. Gedichte veröffentlichen, Bilder malen, Platten besingen, Filme drehen und nicht auf Menschen angewiesen sein, die nur denen eine Chance gaben, die sich schon etabliert hatten. Reich sein, Raul flüsterte es, sagte es lauter und lauter, bis alle im Café ihn anstarrten. Dann ging Raul.

Raul bei Frau F.

Frau F. war eine alte Kundin. Über sechzig, und sie bestellte Raul seit langem einmal wöchentlich zu sich. Raul mochte Frau F., denn sie war kultiviert und reich, und sich in ihrem Haus zu befinden, eine Wohltat. Es war eines, in dem sich Raul seine Kindheit gewünscht hätte. Ein dunkles Backsteinhaus mit einem alten Garten, schwer und voller Andenken aus mehreren Ländern, erfüllt von dem guten Geruch nach Reichtum, nach Kultur, der nur im Überfluß gedeiht. Wirkliche Kultur, wußte Raul, wuchs nur bei Reichen. Beim Volk ging Kultur ein, oder war Unterhaltung und Beseitigung der Leere.

Raul liebte es, seine Lungen in dem Haus vollzuatmen, den Geruch zu speichern, um ihn noch lange Zeit später nachzuriechen. Und immer packte Raul so eine große Traurigkeit, wenn er gehen mußte von dem Ort der kultivierten Ruhe, rausgehen, weggehen, zurückgehen, wissend, daß er so nie leben würde, nicht wissend, daß er so niemals leben könnte, weil ihm Kultiviertheit und Ruhe abgingen, doch eben das wußte Raul nicht, und so war er traurig beim Gehen, und es blieb eine große Sehnsucht nach einem solchen Ort, der einer Heimat glich.
Frau F. empfing ihn wie immer in einem seidenen Hausmantel in ihrer Bibliothek. Und wie jedes Mal kleidete sich Raul hinter einem Paravent aus und setzte sich zu Frau F. auf die breite Liege vor dem Kamin. Dann begann er Frau F. zu massieren und ihr dabei eines seiner Gedichte vorzutragen.

Was für eine Nacht. Gott ist die gut.
So warm, und der Mond steht vor der Tür.
Silbernes Licht auf deinem Gesicht.
Das sehe ich an und denke, wie ich dich ansah, vor einem
    Jahr oder einem Tag, die ganze Nacht, und geweint habe,
    vor zuviel Liebe. Leise, damit du nicht erwachst.
Früher.

Nicht genug konnte ich sehen von dir. Und dachte, es sei für
    immer. Nie mehr alleine, dachte ich,
als ich dich weckte durch meine Tränen.
Und du mit mir in die Nacht gelaufen bist, und wir uns
    hielten unter dem Mond.
Früher.

Ich seh dich an, in dieser Nacht.
Dein Mund ist offen, die Nase schief. Du wachst nicht auf,
    müde von mir, wie ich von dir. Ich geh in die Nacht unter
    den Mond,
und drinnen ist nur noch wer, der schläft.
Heute nacht.

Gestern oder vor einem Jahr warst du doch wie was von mir.
Heute kann ich dich nicht fassen,
meine Hand auf dir, auf einem Fremden.
Und weiß, was sein wird. Wie das Kissen nach dir riecht,
 ich es wechseln werde.
Wieder auf der Suche.
Morgen.

Die Dame seufzte wohlig, bewunderte die Erlesenheit des Gedichtes, und Raul, erregt durch das Lob, streichelte Frau F. sanft und lange ihre weiche Haut, die Luxus gewordene. Wie schön reiche Menschen altern, dachte sich Raul und dachte an die Abbildung aus seinem Atlas der gerichtlichen Medizin, auf der drei erhängte Kinder und deren tote Eltern in einem Zimmer aufgefunden worden waren. Alles war so erbärmlich, so arm und schmutzig gewesen auf diesem Bild, wie auf allen Bildern in jenem Buch. Tod, Selbstmorde und unwürdig entstellte Leichen, die für Lexika fotografiert wurden, waren eine Geschichte der Armut. Reiche starben gepflegt in Seidenbettwäsche und sahen hervorragend dabei aus, soviel war sicher. Nach dem Streicheln, das, so dachte Raul, für beide Seiten bar jeder Erotik war, nur mehr ein Akt der Sympathie zwischen erwachsenen Menschen, nahmen sie noch einen Tee und redeten. Raul mochte Frau F., weil sie ihn bewunderte, für das, was er konnte, nicht für das, wie er aussah. (Stimmt nicht. Anmerkung Frau F.) Frau F. wollte nichts außer ein wenig Gesellschaft, die Gesellschaft eines schönen, klugen Menschen. (Stimmt bedingt. Frau F.)

Frau F.

Vielleicht ist es Liebe, die letzte Liebe. Vielleicht ist es einfach nur Masochismus. Ich fühle eine große Begehrlichkeit für den Jungen. Er ist von einer unglaublichen Schönheit, noch nachdem er eine Stunde gegangen ist, rieche ich seine

Schönheit. Zu wissen, daß er mir nie gehören wird, ist furchtbar, und dennoch gibt es mir ein Gefühl der Lebendigkeit.
Immer der Wunsch zu besitzen. Ist so lächerlich, da ich doch weiß, daß man nichts besitzt, alles nur geborgt, denn zumindest der Tod trennt uns von aller vermeintlichen Habe.
Doch besäße ich Raul gerne, würde ihn an eine Heizung ketten, nur um ihn, wann immer ich den Wunsch verspürte, berühren zu können. Sie können das nicht verstehen, wenn Sie ihn nicht kennen. Man hat das Gefühl, nachdem man ihn berührt hat, die Hand wäre einem golden geworden. Und zugleich ist er so kalt, so unnahbar, der arme Junge, daß es das Begehren nur noch verstärkt. Es ist so wenig Menschliches an ihm. Fragen Sie nicht, warum ich ihn kommen lasse. Eine lächerliche Frage. Es gibt ihn, darum lasse ich ihn kommen. Ich bin geboren, also lebe ich. Damit einmal in der Woche etwas Erotisches geschieht, lasse ich ihn kommen, das ist ja Grund genug. Glauben Sie, man fühlt sich sechzigjährig? Innen hat sich doch nichts geändert. Innen bin ich eine junge Frau, die verliebt ist, und manchmal vergesse ich meinen Verfall, wenn er da ist, glaube an die reine Liebe, die ich nie erlebt habe. An ein Wunder. Wenn Raul gegangen ist, schaue ich mich in einem Spiegel an. Sie können mir glauben, daß ich mich danach wirklich erbärmlich fühle.

Raul zu Hause.

Raul legte sich auf seine Matratze und fand, wie an jedem Abend, nicht in den Schlaf. So unruhige Gedanken, Panik, sobald das Licht gelöscht, kamen sie, füllten den Raum, hockten sich auf seine Brust.
Die Zeit, die ihm davonlief, bald schon wurde er vierzig, das Leben vorbei und jeder Tag vertan. Und wider besseren Wissens schwor Raul sich, den morgigen Tag zu nutzen, doch wenigstens zu versuchen, etwas Vernünftiges zu machen. Malen und eine Ausstellung organisieren, einen Galeristen finden

und reich werden. Oder ein Drehbuch schreiben, einfach eines von denen aufschreiben, die er im Kopf hatte, mit den Gedichten zu einem Verleger gehen. Morgen. Sicher. Klar. Na, ganz sicher doch, Raul, morgen. Und die Panik nahm Gestalt an wie jede Nacht, vereinigte sich hinter geschlossenem Auge mit dem schwindenden Bewußtsein, ging in dürre Träume ein. Aus denen Raul jeden Morgen mit ängstlich schlagendem Herzen erwachte.

Der Morgen. Jeder.

Raul wachte auf, geblendet von zuviel hellem Licht, das durch ungeschützte Fenster auf sein ungeschütztes Gesicht in sein offen liegendes Inneres fiel. Wachte auf und hatte ein Weingefühl in der Brust, das ihn würgte, weil er ahnte, daß alle Entschlüsse des vergangenen Abends sich verflüchtigen würden über Tag, über dessen Helligkeit. Wie einem Raucher erging es ihm, der nächtens Krebsphantasien hatte, dem die Lunge schmerzte, der sich sagte, morgen ändere ich das einfach, wirklich, das mache ich, und große Veränderungsenergie verspürt, kurz vor dem Schlaf. Doch immer kam dann der Morgen, war da wieder die Gewohnheit, die neunzig Prozent unseres Daseins bestimmt, und alle Versuche, zu Großem zu gelangen, vereitelt. Der Morgen machte klar, daß Raul zuviel Angst hat, ein Drehbuch zu schreiben. Hatte er doch noch nie gemacht. Und die Angst, es auszuprobieren, war die, herauszufinden, definitiv nichts zu können, sich kein Vielleicht mehr gestatten zu dürfen. Schnell zurück in bekannte Ausflüchte. Ein Drehbuch. Wollte doch niemand haben. Weil alle Ignoranten waren, alle nur auf Bekanntes zurückgriffen in dieser verschissenen Welt. Raul stand auf, kochte einen Kaffee und saß in seiner Küche, um zu schreiben, wie jeden Morgen. Er schrieb mit sauber entleertem Hirn Assoziationen, Gedanken und Träume auf, rauchte dabei und fühlte sich kreativ, fühlte sich wie einer, der sein Leben im Griff hat, immer zu tun hat, immer Ideen. In jenen Morgenminuten, wenn er in der Stille seiner kleinen ungemütlichen Küche schrieb, langweilte Raul sich nicht. Er dachte nicht an den Rest des Tages, der auch herumgebracht werden wollte. Um den guten Moment zu verlängern, las Raul oft vorhergegangene Eintragungen, so verrückte Träume, man sollte Filme machen daraus, und manchmal kam Raul über das Lesen wieder zum Schreiben, und er schrieb Ideen für einen Film auf, den er nie realisieren würde, weil er einfach zu viele Talente hatte. Kann man sich mit einer Idee begnügen, wo es doch Tausende hat? Zeit vergeuden an einen Einfall, unmöglich für einen, dessen Gehirn so überfließt.

Die Leere des Tages, der nun folgte, wurde durch nichts gemildert. Noch nicht mal einen anderen Menschen, dem er die Schuld an allem hätte geben können, gab es, denn Raul hatte im Moment keine Freundin. Die letzte war ein junges Mädchen gewesen, naiv, nicht zu schlau, aber nett anzusehen und weich, doch sein Gefühl der Minderwertigkeit hatte Raul zur Raserei getrieben, zum Schlagen des Mädchens, und nun war es weg. Raul war nicht traurig darum. Liebe, nicht mehr als ein Vehikel für das Versagen des Menschen. Dem Leben einen Sinn zu geben war etwas, das ein schönes Märchen ist, nicht zu greifen, nicht zu überprüfen.

Raul wußte nicht zu sagen, ob er schon einmal wirklich geliebt hatte. Verliebt war er oft gewesen. Mit großer Leidenschaft, die an Erlösung glaubte, mit lauten Worten, doch das Gefühl löste sich auf, immer wenn er erkannte, daß niemand ihn retten könnte, wenn es begann, daß die Frauen Kompliziertheiten entwickelten, dann starb sein schönes großes Gefühl, und die Frauen waren daran schuld. Es sollte doch etwas Leichtes sein, so eine Liebe, etwas, das sich selbst genügte mit einer gewissen Heiligkeit, und endete doch immer in Schweigen, in Vorwürfen, in Peinlichkeiten, in unguten Gefühlen.

Raul gab sich gerne kompliziert Frauen gegenüber, dahinter verbarg sich die Sorge, als Langweiler entlarvt zu werden, eine zu nah heranzulassen, so daß sie erkennen könnte, daß

er ein Versager war, daß sich hinter seinen wirren Äußerungen Kalkül verbarg, zu verschleiern, wo er wußte, daß nichts vorhanden war.
Die Frau, die am Café vorbeigelaufen war gestern. Die war anders, und Raul wußte, daß sie ein Kamerad der Traurigkeit wäre.
Wenn doch nur schon die Nacht käme, dachte Raul, denn in der Nacht sah er seine Bestimmung, die Nacht machte geheimnisvoll und künstlerisch. Was am Tage trivial aussah, wirkte im Dämmer verzaubert. Raul befand sich gerne in Bars in der Nacht, wie erbärmlich wäre das zu einer vertauschten Stunde. Saß einsam, schaute schwer und trank mäßig, er gefiel sich dann für kurze Momente in der Rolle des einsamen Trinkers, des Außenseiters, von keinem verstanden. In dieser Nacht wollte er sie suchen, seine neue Erregung, sein neues Gefühl, die neue Frau.

Raul auf verschiedenen Straßen.

Wie ein beengendes Kleidungsstück spürte Raul die Stadt und achtete nicht auf die Blicke der Menschen, die ihn erstarrt beschauten, auf das Lächeln der Frauen nicht, registrierte es nur an einer kleinen Stelle hinten links, wußte schon, daß er anders aussah als die anderen, vor allem, weil er anders war. Zu seiner letzten Freundin hatte er gesagt, daß die Menschen Angst vor ihm hätten, weil er war wie von einem anderen Stern. Sie ihn für verrückt hielten, ihn nicht einzuschätzen vermochten, das macht Angst und Ablehnung.
Nie hatte Raul irgendwo dazugehört, nie war er beliebt gewesen, und mit den Jahren hatte er sich eine schroffe Art zu eigen gemacht. Die Menschen mit sich konfrontieren, nannte er das, und es war noch etwas anderes, über das er nicht nachdenken wollte. War Angst, war Mist, machte einsam, ein gutes Gefühl für die Nacht, wenigstens eine Qualität. Einsam. Unverstanden durch die Straßen, die nichts hatten, worauf

ein Auge ruhen möchte, ein Blick sich ausstrecken könnte. Funktional und frei von Genußsucht die Stadt, zu Verrichtungen gemacht. Raul suchte nach neuer Leidenschaft, lief und schaute, mit einem Gesicht eigens dafür gemacht, eine Leidenschaft einkehren zu heißen. Ein nachdenkliches, verletzliches Gesicht. Doch wußte er, daß er sie nicht finden würde. Nie findet, was man sucht.
Wahrscheinlich war sie nur auf der Durchreise, was sollte so eine Frau in dieser Stadt. Sie saß wohl längst in einem Flugzeug nach Amerika, die Frau, und der Schmerz, der Raul dabei befiel, bei dem Gedanken, sie nie wiederzusehen, das Glück seines Lebens vorübergegangen zu wissen, war so heftig, daß er sich hineinfallen ließ in das Gefühl der Verlassenheit. Raul dachte, vielleicht werde ich nie etwas anderes sein, als ich jetzt bin. Das war wirklich ein Scheißgedanke. Das Handy läutete.

Raul bei Frau B.

Die Frau hatte so etwas noch nie gemacht. Nicht unbedingt weil sie prüde war. Sie stellte sich die Sache nur furchtbar peinlich vor. So offensichtlich jeder Romantik enthoben. Erbärmlich, was blieb. Und wenn beide Beteiligten darum wußten, nicht zu ertragen. Die Frau hatte seit langem keinen Bekannten, keinen Mann, keinen Sex. Sie war keine, die sich leicht damit tat, und ab und zu kam ein Gefühl über sie, das ihr nicht recht war, doch konnte sie dann für einige Tage an nichts anderes denken als an Fleisch, an Männer und an Schweiß. Sie ging auf die Vierzig zu, und manchmal schien es ihr ungerecht, daß gerade, als sie den Spaß am Verkehr entdeckt zu haben schien, das Angebot immer dürftiger wurde. Eine Freundin hatte ihr Raul empfohlen und gesagt, es wäre nicht peinlich mit ihm. Er ist klug, der schönste Mann, den du je gesehen haben wirst. Hatte sie gesagt. Und darum hatte sie ihn bestellt. Weil sie eine verdammte Romantikerin war.

Sie hatte sich vorgestellt, wie er käme, eine große Liebe träte ein mit ihm. Nun hatte sie ihn also angerufen, hatte sich hinreichend gepflegt, saß in einem Hotelzimmer und wartete seit geraumer Zeit, wohl war ihr nicht.

Es schellte, und Raul stand in der Tür. Die Frau mußte tief atmen, und noch mal, denn auf so etwas war sie nicht gefaßt gewesen. Er stand in der Tür, und es schien hell um ihn zu sein. Die Frau dachte, er könnte eine Sekte anführen, er könnte sich heilig sprechen lassen, könnte Gunilla von Bismarck heiraten oder Stephanie von Monaco, und statt dessen verschwendet er sich an eine wie sie.

Raul erkannte, daß er es mit dieser Kundin nicht leicht haben würde. Er verwarf den literarischen Einstieg und sprach statt dessen aus, was sie dachte. Es ist peinlich, aber alles ist doch peinlich, was Menschen tun. Nicht peinlich sind sie eigentlich nur alleine, wenn sie keiner sieht, die Menschen. Ich glaube, wenn wir darüber reden, wird es nicht besser. Wir ziehen uns jetzt aus und gehen zu Bett.

Die Frau tat, was er vorschlug, so lagen sie zu Bett, zwei Fremde nackt nebeneinander. Unbekanntes Fleisch, in der Stille den Atem hören, nur nicht räuspern, keinen Laut machen, Himmel wie peinlich.

Raul räusperte sich dann doch, und beide mußten lächeln. Raul begann der Frau von seiner Theorie zu erzählen, die er während eines Schaumbades entworfen hätte. Der berghohe Schaum in der Wanne, der während eines Badevorgangs langsam zerplatzte und sich auflöste, das sei wie die Auflösung der Welt für die Milliarden von Hausstaubmilben, die in dem Schaum wohnten. So würde sich ihr Lebensraum auflösen, im Zeitraffer, wie die Erde. Kontinente verschwinden, und übrig bliebe nur Wasser. Die Frau entspannte bei dem Quatsch, sie lachte und merkte kaum, daß Raul sie zu berühren begonnen hatte. Raul streichelte sie, bis ihr heiß wurde, er drang in sie ein, und als er sich anzog, um zu gehen, als die Tür sich hinter ihm schloß, weinte die Frau. Sie hatte sich in Raul verliebt, wie fast jede, die ihn einmal berührt. Raul hatte die Frau vergessen, als er die Treppe hinunterging.

Frau B.

Wenn du so einen siehst, mußt du schnell laufen. Es sind die Schönen, Kranken, ohne Gefühl für sich, für irgend etwas. Sie brechen dir das Herz, sie verderben dir jeden, der danach kommt, lauf ganz schnell. Hau ab. Schönheit ist Schweinerei, und es gibt keinen, der sie schaut und das heil übersteht.
Es ist egal, was er gemacht hat, solche Männer müssen nichts machen. Sie können dich schlagen, und du wirst noch Genuß dabei empfinden, daß sie dich berühren, gleich in welcher Form. Sie heben dich für einen Moment in einen Himmel, der aus Licht besteht, sie lassen dich kurz leuchten, so ist es mit der Schönheit, und gefährlich ist sie, denn du wirst aufhören zu strahlen, wenn sie weg sind. Es wird öder sein als zuvor.

Raul im Café.

Raul starrte in seinen trüben Kaffee. Hausstaubmilben. Schon recht. Er schaute aus dem Fenster, es war ein grauer Tag, und er spürte den Luftzug nicht, der durch das Öffnen der Tür entstanden war. Sie. Die Frau, die er gestern gesehen hatte, saß neben ihm, beachtete ihn nicht und las in einem Buch.

Die Frau im Café heißt Anna.

Ich habe ihn gestern schon gesehen. Er erinnert mich an Toni. Er erinnert mich an etwas, das lange vorbei ist und das lebendig war. Eine große Liebe. Er sieht verrückt aus, schlau, und er ist schön. Ich wußte, daß ich ihn noch einmal sehen würde. Ich werde mich nicht in ihn verlieben. Vielleicht gelingt es mir, mich zu befreien. Für immer von der Sucht befreien, die Schönheit ist. Denn zum Leben taugt Schönheit nicht.

Raul im Café. Drei Stunden später.

Ich kenne Männer wie dich, sagte die Frau, die Anna hieß. Sie wohnte in derselben Straße wie Raul, lebte mit einem Mann zusammen in dem großen, merkwürdigen Haus, an dem Raul schon manchmal innegehalten hatte, um über Reichtum nachzudenken. Raul sagte, wie kannst du mich kennen. Die Frau mit den traurigen Augen sah ihn nicht an, das vermied sie, das war ihr zu gefährlich. Sie hatte doch Frieden mit dem Leben gemacht, mit ihrem Mann gemacht, mit der Bescheidung gemacht. Zu erkennen geglaubt, daß es nicht um Erregung geht, sondern um Ruhe. Ihr verlangte nicht nach Aufregung. Sicher nicht.
Anna sah Raul nicht an. Raul redete um sein Leben. Sie war ihm die Schönste, die Einzige, und ohne sie weiterleben zu müssen, schien ihm unerträglich. Sicher malst du auch Bilder, sagte Anna, und Raul schwieg verwundert. Was sie alles über ihn wußte. Sicher hast du noch nie geliebt, sagte sie, und ihm fiel nichts ein. Sie hatte recht mit allem, was sie sagte.
Raul sah in seinen Kaffee. Er war schon tüchtig am Projizieren, ein Zustand, aus dem es kein Zurück gab, denn Hormone wurden produziert, und der Wahn war schon ins Hirn getreten. Spürte sie nicht, daß sie bestimmt waren füreinander. Nicht um das Ficken ging es Raul, es ging ihm um Lebendigkeit in jener Minute, um die Verwässerung seines Ichs, dazu brauchte er sie.
So saßen sie stumm, lange Zeit, die Frau schien zu denken, Raul schien zu hoffen, zu warten, unfähig, ihr mehr zu versprechen als sich, er wußte, daß er kein Hauptgewinn war. Irgendwann sagte die Frau, ich habe nachgedacht, vielleicht tut es mir gut, dich ein bißchen anzufassen. Laß uns in das Hotel

dort drüben gehen, zusammen schlafen und uns dann nie wiedersehen.
Oder? fragte Raul. Oder ich gehe einfach weg. Ohne Hotel. Ohne schlafen, sagte sie. Gut, gehen wir, sagte Raul, und beide verließen das Café. Liefen schweigend nebeneinander, berührten sich nicht. Jeder mit einem anderen Ziel, fühlten sich unbehaglich, und Raul dachte an ein Tierpaar. Ob die auch so zur Vereinigung gehen würden, zwei Schaftiere, die sich mit Ernsthaftigkeit ihres Felles entledigen.
Sie mieteten sich ein Zimmer in einem Hotel für Handelsreisende. Sie zogen sich aus, sie betrachteten sich. Raul war nicht erregt. Anna sah, daß er nicht erregt war, sie berührte ihn, doch Raul war es nicht möglich, zu einer erfolgreichen Versteifung zu gelangen. So lagen sie und nichts passierte, die Frau stand wieder auf, kleidete sich an und lächelte, als wäre ihr etwas Gutes widerfahren. Ohne ein Wort verließ sie das Zimmer und Raul. Der lag auf dem Bett. Er starrte an die Decke, da war auch nichts los für den armen Raul, der zu schön war für ein normales Leben, der nicht gelernt hatte, sich anzustrengen, der sein Aussehen haßte, sich nicht mochte, bald vierzig war und keine Ahnung hatte, wie es weitergehen sollte, der nur bei kleinen Mädchen landen konnte, dem eine Frau wie Anna weglief, weil er ein Loser war, der noch nicht einmal mehr einen hoch bekam. Der arme Raul, der nicht wußte, wie es jetzt weitergehen sollte.

Raul zu Hause.

Raul hatte zwei Termine abgesagt. Er war wirklich nicht in der Verfassung zu kopulieren. Nicht mit den roten Augen und mit dem schlaffen Glied schon gar nicht. So saß er zu Hause und fragte sich, was er tun sollte, wenn es als Callboy nicht mehr liefe. In einer Kneipe arbeiten, als Kurierfahrer, solche Jobs, die ganz in Ordnung sind, wenn man jung ist. Die tragisch werden im Alter.

Das Telefon klingelte, und Raul wartete, bis der Anrufbeantworter ansprang. Er konnte nicht reden jetzt, mit niemandem. Er rauchte einen Joint und hörte einem Herrn auf dem Band zu. Ein Anwalt sprach da, der ihm mitteilte, daß eine Frau F. gestorben sei und ihn in ihrem Testament bedacht hätte, er möge doch am nächsten Tag vorstellig werden. Mehrmals hörte sich Raul, nachdem der Herr aufgelegt hatte, die Nachricht an und vergaß seinen Kummer darüber. Frau F. tot. Das tat ihm leid, er hatte sie gemocht, und seine Augen wurden feucht. Tot. Unter der Erde. Atlas der gerichtlichen Medizin. Ein Mensch, den er gekannt, gemocht hatte, war tot, schon am Verfallen, Sich-Auflösen, nicht mehr berührbar. Und dann erreichte durch den Kummer auch die andere Seite der Botschaft sein Bewußtsein: das Erbe.
Frau F. war reich gewesen, sie hatte keine Kinder gehabt, keine Verwandten. Wieviel mochte es sein? Drei Millionen, das Haus, Aktien? Raul legte sich nieder, zu stehen vermochte er nicht ob der Erregung. Reich, er würde nun doch noch reich werden. Und alle seine Sorgen hätten ein Ende. Sein Leben würde endlich beginnen. Und Raul überlegte, ob er in ihrem Haus wohnen bleiben würde. Nein. Bestimmt nicht. Er würde es verkaufen und nach Amerika gehen. Da war Raul noch nie gewesen, doch er hatte so seine Vorstellungen. Von Santa Monica und Venice, von Carmel. Aber vielleicht doch lieber die Hügel von Los Angeles. Raul malte sich das Haus aus, das er kaufen würde. Ein Landhaus mit viel Grün, ein kleiner Pool. Versteckter Reichtum. Er in weißer Kleidung in seinem Haus, in der Bibliothek. Er würde sein Geld anlegen und verwalten. Er würde malen und ein eigenes Gedichtbuch herausgeben. Vielleicht auch eine Platte. Nein, lieber zuerst den Film, wozu lebte er in Hollywood. Er würde Filme machen. Als Produzent und Regisseur. Den ersten besetzte er mit Sharon Stone, oder lieber mit Julia Roberts. Die hatte was, nicht wirklich schön, aber eigenartig. Sie würden sich anfreunden, und an so manchem Abend säße er mit Julia am Pool. Sie äßen etwas Leichtes, Sushi vielleicht, und würden viel Spaß haben. Nichts Se-

xuelles mit Julia, denn er wäre verheiratet. Mit Anna. Zu der er gleich morgen gehen würde. Anna, ich bin reich, würde er sagen. Verlasse deinen Mann, nimm mich, komm mit mir nach L. A. Und Anna würde nicht lange überlegen. Raul durchfuhr eine Energie. Mit großer Geste übereignete er Teile seines dürftigen Besitzes dem Mülleimer, er packte das, was er behalten wollte, zwei Bücher, ein paar Fotos, ein Rasierwasser, einen Tennisplatz in eine Tasche, stellte die neben die Tür, so daß er sie am nächsten Tag nur greifen mußte. Dann stand er da, verschwitzt, schaute die Tasche an und fragte sich, wohin er mit ihr denn wollte. Also warf er auch noch die Tasche in den Müll. Es würde so sein, daß er morgen die Benachrichtigung über den Umfang der Erbschaft erhalten würde. Bis etwas Bargeld flüssig wäre, bräuchte es wohl einige Tage, die würde er in einem Hotel verbringen. Den Verkauf des Hauses könnte er von L. A. aus organisieren. Und jetzt würde er feiern gehen. Danke, Gott, sagte Raul, als er vor der Tür stand, bereit zum Hinaustritt in ein neues Leben. Danke.

Gott.

Ist schon recht.

Raul geht feiern.

Raul ging die Straße hinunter, ein paar Häuser weiter, und klingelte an einem schmiedeeisernen Tor mit Tierornamenten. Wenig später stand Anna hinter dem Tor und schaute ihn an mit einer Kälte, die Raul nicht sehen wollte.
Ab morgen bin ich reich. Willst du mich heiraten, willst du mit mir nach L. A. ziehen? Ich liebe dich. Wirklich. Ich will mit dir leben, will …
Raul holte Luft, sah sie an, sah, daß jedes weitere Wort eine große Peinlichkeit wäre. Anna betrachtete ihn wie ein Insekt,

ein großes mit langen Fühlern, daß man just den Fuß zum Zertreten heben möchte, und sagte: Verpiß dich doch, und ließ ihn stehen. Im Regen oder dem Gefühl von Regen, und bevor Anna die Tür zuzog, rief sie noch: Du impotenter kleiner Arsch. Anna ging es gut danach. Man müßte ihre Geschichte kennen, um das zu verstehen, aber wen interessiert schon Annas Geschichte, sie ist nur eine Figur im Spiel, in dem Spiel, Rauls Leben zu versauen. Schauen wir doch lieber, wie es Raul geht. Es war, als sei er in einen Gruselfilm geraten, drei Meter große Raben, die ihn angriffen, kleine blutverschmierte Kinder, die mit Steinen nach ihm warfen, alte Weiber mit entblößten Brüsten, die nach ihm langten, der Himmel überzogen von rasenden Wolkenfetzen, die Stunden, bevor ein Mensch wahnsinnig wird. Raul schlich die Straße entlang, in ihm stellten seine Hormone verrückte Sachen an, Raul ging es wirklich nicht gut. Wir denken uns jetzt natürlich, Alter, halt mal die Füße still, du kanntest die Frau doch gar nicht, bist eben abgeblitzt, na und? Na und?! würde Rauls Gefühl erbittert schreien, die kleinen Gefühlsfäuste in die Seiten gestemmt. Ich habe sie wirklich geliebt. O. k., ich kannte sie nicht, aber wer verliebt sich schon in jemanden, den er kennt. Wer will schon eine Beziehung mit einem, den man kennt, dessen Geruch man nicht mehr wahrnimmt.
Raul war traurig, keiner liebte ihn, und so schlich er bedrückt die kalten Straßen, ja, sie waren kalt, die Straßen, sie holten ihre Deckchen heraus, entlang zu einem griechischen Restaurant, er bestellte sich eine Flasche Alkohol und begann zügig zu trinken. Vor ihm auf dem Tisch eine Tropfkerze, um ihn Bürger. So feierte Raul den Beginn seines neuen Lebens als reicher Mann. Ohne Frau zwar, ohne Liebe, aber nach der ersten Flasche wurde es ihm langsam egal mit der Liebe, mit allem.

Der Morgen.

Rauls Kopf fühlte sich nicht wohl. Es drehte sich, es schlingerte, es schmerzte, ihm war nach Erbrechen, und der Rest war nicht da. Das Gefühl großen Ekels ballte sich im Schädel, und der weigerte sich zu denken. Der gestrige Abend schien unklar. War er wirklich noch zu Annas Haus gegangen, hatte er Steine in die Fenster geworfen, war Annas Mann herausgekommen und hatte ihn zusammengeschlagen? Raul befühlte sein Gesicht. Es schmerzte. Hatte er sich auf dem Tresen des Griechen entäußert? Fragen, die nie geklärt werden mochten. Der Tresen des Griechen: Stimmt, entäußert hat er sich.
Raul schwankte in sein Badezimmer. Eine Körperpflege war nur unzureichend möglich, hatte er doch alle Pflegeprodukte in den Müll geworfen. Ungepflegt und mit stechendem Kopfschmerz ging er zum Büro des Anwalts.

Raul bei Frau L.

Können Sie auch tanzen? hatte die Kundin gefragt. Und nun stand Raul vor einer Schrankwand, am Tisch saßen sieben Frauen um die Fünfzig. Auf dem Tisch standen Teller mit Schwarzwälder Kirschtorte. Vom Plattenspieler Udo Jürgens, und Raul zog sich aus. Die Frauen grölten, sie hatten schon ein paar Sachen getrunken. Raul tanzte vor der Schrankwand, im Takt seiner Füße, die sich zu dem Lied Griechischer Wein bewegten, klapperten kleine Porzellanteller in der Vitrine. Raul machte ein paar Überschläge mit seinem entblößten Glied, die Frauen buhten, denn es sah nicht so großartig aus, es war gedemütigt, das arme Glied. Im Anschluß an die Darbietung ließ sich Raul bezahlen, und jämmerlich schlich er die Treppen hinab. In seiner Sakkotasche die Brosche, die ihm Frau F. vererbt hatte. Eine wertlose Brosche zum Andenken und ein Brief, in dem sie ihm gestand, daß sie ihn immer

geliebt habe. Geliebt! Raul war böse, denn mit diesem Brief nahm sie ihm selbst die Chance, böse auf sie zu sein.
Raul auf der Straße, ein leichter Regen, der so gar nichts Freundliches an sich hatte, keine Tränke fruchtbaren Bodens, keine schrillen Vogelschreie, nur einfach eine nasse Fortführung des Himmels.
Raul stand im Nassen, er fror, er sah die Autos, darin wahrscheinlich Ehepaare, die lachten. In ihre Häuser fuhren, oder vielleicht nicht ganz hinein, sie würden kochen, essen, kuscheln vor Fernsehern, sich an den dicken Händen halten und zu Bett gehen. Die anderen. Raul warf die Brosche in einen Gully und ging nach Hause.

Raul zu Bett.

Im Bett lag Raul und hielt den Atem an. Er wollte all seine Körperfunktionen mit der Kraft seines Willens so verlangsamen, bis ihnen langweilig würde und sie den Betrieb einstellten. Lag da und lauschte auf das ruhiger werdende Schlagen seines Herzens, die Augen geschlossen, um das Hirn frei von auch noch so erbärmlichen Reizen zu halten. Gott, wie mich das alles ankotzt, dachte Raul. Was war das Leben denn bis jetzt gewesen? Eine Aneinanderreihung unglückseliger Momente, Scheitern, Niederlagen, Ausscheidungen, Langeweile, Sinnlosigkeit, Kraftlosigkeit.
Erfüllt von großem Mitleid mit sich war Raul, wer sollte denn sonst mit ihm leiden, und er war zu traurig zum Weinen, er weinte fast nie, denn er hatte einmal gelesen, daß Tränen Flucht seien, und in seiner Selbstbeherrschung gefiel er sich so lange, bis er das Weinen verlernt hatte. Lag da und wußte nicht, wie er die nächsten vierzig Jahre herumbringen sollte, wartete auf das Ende der Enttäuschung, das Ende der Leere, auf irgend etwas nur. Und überraschenderweise kam in jenem tiefen Moment ein Lurch vorbei und sagte: Du jämmerlicher Wicht. Du benutzt dein Hirn nicht, dein Herz nicht, du bist

ein nörgelnder Zombie, ein quengelndes Kind, du bist unnütz, und darum kommst du jetzt mit in unser Labor, wo wir einige Experimente mit dir machen werden.
Stimmt nicht, es kam kein Lurch, noch nicht einmal die Polizei kam, oder Mutter, niemand kam, als Raul sich auflösen wollte, dahin wollte, wohin alle streben, mehr oder weniger bewußt, funktioniert aber nicht, wenn die Zeit noch nicht abgelaufen ist, muß weitergelebt werden, doch wozu wissen nur wenige.
Kein Reichtum. Keine Freiheit. Raul fand keinen Schlaf in jener Nacht, keine Flucht möglich. Er versuchte, sich einen Besen vorzustellen, der sein Gehirn von ängstlichen Gedanken frei kehrte, doch nichts mochte greifen in jener Nacht, und so erwachte Raul nicht, sondern er erhob sich, als die Zeit dafür kam, und machte weiter. Wie sich das gehört, fragte nur noch einmal, am nächsten Tag, bevor er seine Wohnung verließ, wütend fragte er das Leben: Was willst du eigentlich?

Das Leben.

Oh Mann, nerv nicht rum. Nichts will ich, nichts. Laßt mich in Ruhe. Sucht euch einen Gott, dafür sind sie entwickelt, fragt ihn, er wird euch antworten, wenn ihr fest genug an ihn glaubt. Aber verschont mich mit eurem Gezeter und Gejammer, seid froh, daß ich da bin, und haltet die Fresse.
Ich hatte nicht mit dieser Renitenz gerechnet, als ich euch entwickelt habe. Ich war besoffen. O. k., ich war besoffen, ihr seid mir so rausgerutscht. Ein bißchen zuviel Hirn hat verheerende Folgen. Macht quengeln, macht jammern und denken, ihr seid mehr als das andere Zeug, das ich herausgebracht habe. Es ist ein Irrtum, hört ihr, ein Irrtum. Bitte seid einfach ruhig, schaut euch Pappeln an und eßt lecker Kaviar, freut euch, daß ihr Gedichte aufsagen könnt, wenn ihr spazierengeht, aber begreift, daß ihr keine Antwort bekommen werdet von mir. Ich bin doch nicht zum Antworten da, sondern zum Saufen.

Raul in einer Kneipe, geraume Zeit vergangen.

Raul arbeitet in einer Kneipe. Er geht nicht mehr anschaffen, denn er hat erkannt, daß sich das mit dem Älterwerden nicht vereinbaren läßt. Daß es demütigend ist, nicht mehr funktioniert, darum hat er sich einen anderen Job gesucht. Raul arbeitet am Tresen. Es kommen viele Mädchen, seit er am Tresen arbeitet, deshalb hat ihn der Besitzer der Kneipe zum Geschäftsführer gemacht, um ihn nicht zu verlieren, denn seit Raul am Tresen arbeitet, ist der Laden voll. Die Mädchen ziehen Jungen nach, die Jungen Schwule, und so ist die muffige alte Kneipe zu einem Szeneladen geworden. Seit Raul da ist. Die jungen Menschen finden es total in, die Musikbox laufen zu lassen, Schlager zu hören oder Led Zeppelin, sie halten das rustikale Eicheninventar für cool und sind so blöd, wie junge Menschen es eben sind. Da muß man jetzt nicht mehr dazu sagen.
Raul ist mit Maria zusammen, die in der Küche der Kneipe arbeitet. Sehr unspektakulär trafen sie aufeinander, und es war nicht die große Liebe, auf den ersten Blick gleich gar nicht, nicht der große Irrtum, den man Liebe nennt. Raul war einmal mit Maria gegangen, als beide etwas getrunken hatten, er hatte bei ihr geschlafen, sich von ihr trösten lassen, wegen was auch immer. Er war nach dieser Nacht öfter zu ihr gegangen, und dann war er einfach geblieben. Maria hatte gekocht für ihn, hatte ihm den Rücken massiert, und an einem Abend hatte er sie angesehen, und sie war schön gewesen in seinen Augen. So war er ihr Mann geworden.
Maria ist weich, warm, sie ist ruhig, sie liebt Raul, und das tut ihm gut. Ohne daß er sagen könnte warum, fühlt er sich wohl mit ihr. Maria ist nicht schön, nicht auf den ersten Blick, um genau zu sein, auch nicht auf den zweiten oder dritten. Es sind eher kleine Dinge an ihr, die Raul gerne anschaut. Ihre Augen, die schwarz sind mit was Rotem um das Schwarze, ihre Nase, die nach unten gebogen ist, der große Mund, ihre Haut. Tiefschwarz. Wie eine Voodoo-Priesterin sieht sie aus,

manchmal ein bißchen zum Fürchten, doch Raul fürchtet sich nicht. Er fühlt sich wohl. Er lacht viel mit Maria, er schläft gerne mit Maria und wundert sich immer wieder über ihre Gelassenheit. Nichts gibt es, das Maria angst macht, vielleicht ist sie ein bißchen blöd, denkt Raul mithin und schämt sich dann für den Gedanken. So gut er kann, liebt er Maria. Er käme vermutlich nicht darauf, das Gefühl Liebe zu nennen, denn Liebe muß brennen, muß Tränen erzeugen und Rausch. So gesehen liebt er Maria nicht. Es ist nur dieses Gefühl, leichter zu werden mit ihr, aber Liebe kann das nicht sein. Maria schaut Raul an manchmal, und er weiß, daß sie ihn kennt, daß sie ihn durchschaut. Daß sie dennoch bei ihm ist, wundert Raul, und er erklärt es sich damit, daß sie einfach schwarz ist und in einer Küche arbeitet. Und für diese Erklärung schämt er sich dann schon wieder. Maria liebt Raul. Sie möchte ihn beschützen, sie schaut ihn so gerne an, ihren schönen Mann, und manchmal könnte sie weinen, wenn sie ihn sieht. Maria liebt Raul bedingungslos. Sie ist nie böse auf ihn, nie hat sie das Gefühl, daß er ihre Erwartungen nicht erfüllt, weil sie keine hat. Sie möchte nur für ihn da sein.

Mit Maria in deren kleine Wohnung zu gehen, unter einem Dach zu sitzen und ihr seine Gedichte vorzulesen, gefällt Raul, und er hat begonnen, ein Drehbuch zu schreiben, weil Maria ihn dazu angehalten hat. Einen Menschen zu haben, der an einen glaubt, wenn man es doch selber nicht tut und keiner sonst, ist das größte Geschenk, das eines erhalten kann, neben dem der bedingungslosen Liebe. Die nichts fordert, keine Ideen hat, nur sieht, und der gefällt, was sie sieht. Eine solche Liebe ist wie ehrliches Mitleid mit einem, der nur Mensch ist.

Wenn Raul sich zu Maria legt in der Nacht, in ihre warmen Arme, dann fühlt er sich wie unter einer Bettdecke, unter die keine Geister kommen können. So kann es nicht weitergehen, sagt sich Raul manchmal und sucht dann nach Dingen, die er vermißt, weil Zufriedenheit doch eine Eigenschaft von Dummköpfen ist, weil doch nicht zufrieden sein kann, der denkt, und findet doch nur mit Mühe welche.

Jener Abend.

An jenem Abend befindet sich Raul in bedenklicher Stimmung. Er könnte nicht sagen warum, es würde auch keiner fragen. Menschen, die Depressionen haben, die grübeln, versteht Maria nicht. Manchmal nervt es Raul, daß sie so heiter ist, so oberflächlich, denn wie kann man leben, ohne zu leiden.
An jenem Abend geht Raul also in schwerer Stimmung in die Kneipe. Die Straßen sind dunkel, es ist frisch, und Raul denkt, daß er sich nun eigentlich lange genug ausgeruht habe. Langsam könnte er ... nichts mag ihm einfallen, was er noch könnte, und in jenem Moment fährt ein PKW an Raul vorüber, fährt durch eine Pfütze, näßt Rauls Beinkleid. Ein verschissener Jaguar, und im Fond erkennt er Anna, die Frau, für die er fast gestorben wäre oder so etwas in der Art, genau weiß das Raul nicht mehr. Er erinnert sich an ein großes Gefühl, an eine trügerische Idee, die jetzt noch sein Herz schneller schlagen läßt. Die Idee rollt vorüber, und der Geruch des Luxus kriecht in Raul, der Geruch nach Jaguar-Motorenöl, nach Leder, nach Parfüm und Überfluß kriecht in ihn, erfüllt ihn mit Unzufriedenheit, als hätte er den Teufel geschaut. Die Kneipe kommt ihm schäbig vor an jenem Abend, der Gestank nach Bier unerträglich, Maria unerträglich mit ihrem geisteskranken Optimismus, die kleine Wohnung unwürdig, er selber eine Witzfigur, und als er sich zu Bett begibt in jener Nacht, tut er es mit Ekel und schämt sich seiner Bescheidung und rückt so weit wie möglich von Marias unluxuriösem Körper ab. Wie er ihre Fleischlichkeit verabscheut, in jener Nacht findet Raul keine Ruhe. Es ist ein Nagen in ihm, ein ziehender Schmerz, etwas Gelbes, Unzufriedenes, so wälzt er sich in seinem Schweiß, der Schweiß, der ihm aus unzufriedenen Poren drängt, und in höchster Not betet er zu irgend jemandem. Sucht lange, verzweifelt nach etwas, zu dem er beten kann, findet dann sich, und bitte, bettelt Raul, laß mich einfach reich werden, um aus diesem dumpfen Leben zu ent-

kommen. Laß mich reich werden, damit ich würdig leben kann. Laß mich raus aus diesem durchschnittlichen Dreck, so betet Raul, er flüstert dabei, flüstert es immer wieder, immer wieder, ich will raus. Und Maria liegt neben ihm, versucht sich nicht zu erkennen zu geben, nicht hören zu lassen, wie ihr die Tränen aus den Augen fließen in jener Nacht. Raul spürt Maria nicht, als wäre sie gar nicht da, die dumme, dicke Negerin, er denkt an Anna, die einzige Frau, die er jemals geliebt hat, und betet dann doch zu Gott, weil er sich selber nicht den nötigen Ernst zutraut: Gott, laß mich doch bitte reich sein und Anna haben, ich gebe dir alles, was ich habe, einen Arm, ich gebe dir sogar meinen Schwanz dafür, hörst du mich, Gott?

Gott.

Ja, Spatzl, ich höre dich sehr gut.

Wenn ich berühmt geworden wäre ...
(Karla)

Deutschland. Heute.

Ein Sonntag am Ende der Welt, dahinter fällt sie steil ab. Immer diese Sonntage, die Feiertage, an denen die Straßen mit Watte ausgelegt sind und nichts auf den Straßen läuft, weil durch Watte laufen widerwärtig ist. Ein Tag, an dem alle irgendwo sitzen, nicht zu sehen, niemand, und zu vermuten steht, daß keiner, außer einem selber, einsam ist.
An einem Sonntag, der grau ist, grau war vom Morgen ab, immer kurz vor dem Regen, wenn es doch regnen wollte, wenigstens eine Bewegung wäre das, allein, keine Gnade. Und wehe dem, der kein Hobby hat, keinen Fernseher, keine Badewanne, um die Zeit zu vernichten, verschlieren, versäufen. Karla hat keine Hobbys, keine Badewanne und ist nicht wirklich an Dingen interessiert, die sich außerhalb von ihr zutragen. Die Welt dreht sich um Karla. Im Moment aber steht sie still, und der Mittelpunkt hat sich aus der Umlaufbahn entfernt, schlingert vor einem schwarzen Loch. Karla guckt die schwarzen Löcher an, sie haben dunkle Ränder an der Holzvertäfelung. Da hingen früher Plakate von Smokey.

Deutschland. Damals.

Damals fing es an, daß der Spaß aufhörte. Denn mit der Erkenntnis begann das Elend, das Erwachen des Verlangens nach Paarung, da geht es keinem gut, das Verlangen führt in die Enttäuschung, und zum Erkennen ist keiner geschaffen. Karla hockte auf dem Bett und starrte die Wände, an denen Poster hingen. Karla war verliebt in Chris Norman. Sie konnte nur noch an ihn denken, woran auch sonst, denn nach hinten gebrach es an Geschichte und nach vorne war es zu weit. Karla wußte, daß Chris und sie sich ähnlich waren, wie Geschwister waren, daß sie sich bewegte wie er, dachte wie er, sie schaute verschmitzt wie Chris, und beim Lachen hatte sie die gleichen Grübchen, überhaupt war sie die einzige, die Chris verstehen konnte. Wenn Karla auf der Straße herumlief, dann bewegte sie sich wie Chris, mit ihm, als liefe er in ihr, und hatte ein warmes Gefühl, als sei sie nicht alleine.

Wenn Chris sie nur sehen könnte, dann würde er erkennen, daß sie wie zwei Teile von einem waren. Von einem Kampfhubschrauber, einem Schaf oder so etwas. Hauptsache eins.

Nach solchen Glücksmomenten kam dann immer der Absturz in das Verstehen, die Augen auf, und Karla war nur ein dummer Teenager, der in einen Sänger verliebt war. Und allein. Es war wie jedes Verliebtsein. Eine schmerzhafte, unerwiderte Hysterie, die einsam fühlen macht, sich auflöst in Nur-ein-Mensch, immer Wunden hinterläßt, wie eine Krankheit ist, Feuer oder Krätze, und ein Brennen im Leib macht – für nichts. Irgendwann hört es auf, läßt einen erschöpfter und schwächer zurück, schwächer mit jeder enttäuschten Idee, die zerbricht, und das heißt Tod.

Mit vierzehn war Karlas Gefühl für Chris auf einmal vorbei. Gestorben bei Nacht, und als Karla sich wie jeden Morgen unter Chris' Blick anzog, verspürte sie keine Erregung. Es war ihr egal, ob Chris sie nackt sah oder nicht, er war nur mehr ein Typ mit einer Fußballerfrisur auf einem Plakat. Eine

große Leere war in Karla, war wie immer, wenn Liebe stirbt, ein bißchen Unschuld, und nachdem Karla eine Woche lang nichts gefühlt hatte, sich auch keine Tränen hervorpressen ließen, erkannte sie, daß die Sache wirklich gegessen war. Chris tat ihr leid, denn niemand würde ihn je so lieben wie sie.
Ein wenig war Karla froh, daß es mit Chris aus war, und sie nun frei für den strahlenden Mann, der noch käme, der ihrer sein würde, und den sie berühren dürfte. Wenn sich Karla das Berühren vorstellte, wie sie stundenlang nur die Härchen auf der Haut des Mannes aufstellen wollte, wußte sie noch nicht, daß sie Müll dachte und Männer nur ficken und sich nicht die Härchen aufstellen lassen mögen, daß Frauen romantisch verblödet sind und einem Traum nachhängen, das wußte sie noch nicht und dachte immer, der eine käme, mit all seinen Härchen. Immer mal wieder sollte einer kommen, aber der eine mit den rechten Härchen – nie.

Deutschland. Heute.

Karla sitzt in ihrem alten Kinderzimmer. Sie ist achtunddreißig und sieht nicht wirklich so aus, aber wer sieht heute schon noch wie achtunddreißig aus, wie das, was wir uns als Kinder unter Achtunddreißigjährigen vorgestellt haben, sieht doch keiner mehr aus. Und doch spürt man das Alter, wittert es wie einen Geruch, einen Geschmack, irgendwas um die Augen ist es, das alt macht.
Karla sitzt auf einem Fichtenbett im Zimmer unter dem Dach, und unten sitzen ihre Eltern vor dem Fernseher, umstellt von Fichtenholz, das auf den Moment des günstigen Angriffs wartet, sich auf das alte Paar stürzen wird, um mit ihnen die Sache auszudiskutieren. Die Unterdrückung, das An-die-Wand-genagelt-Sein, die Eltern jedenfalls langweilen sich auch, doch kennen sie es nicht anders, wollten nie was anderes, als sich langweilen, weil das Leben so länger ist, ruhiger,

und keine Gefahr droht in dem langsamen Sein. Das größte Glück war ihnen eine Fahrt auf einem Handelsschiff gewesen. Drei Monate lang, so fad wie mehrere Jahre, das war die Kompression der Langeweile, mehr ging nicht, und nun sparen sie für die nächste Reise, die soll dann ein Jahr lang dauern.

Die Eltern unten im Haus, in dem Karla aufgewachsen, von dem sie mit großer Geste gegangen und nun wieder zurückgekehrt war. Daß es egal ist, ob man vor- oder zurückgeht, ob man an dem Ort der Kindheit lebt oder anderswo, weil es doch überall um dasselbe geht, sieht Karla nicht, sie sieht nur die Augen der Eltern, die um ihre Rückkehr gewußt haben, immer, sieht das Fichtenholz an der Wand, und manchmal ist das Leben von einer so unerträglichen Fadheit, daß selbst ein Zimmerbrand eine willkommene Belebung wäre. Karla läuft in ihrem Zimmer hin und her, schaut, womit ein Feuer zu legen wäre, öffnet Schubladen, schließt sie wieder, denn kein Benzinkanister hat sich vor Autotanks in ihrem Nachttisch in Sicherheit gebracht. Kein Feuer, nix los, die Beine kribbeln Karla vor Langeweile, und darum verläßt sie das Haus, weil sie ihr Explodieren fürchtet.

Die Straße, in der sich das Haus ihrer Eltern aufhält, heißt Lange Straße, und so sieht sie auch aus. Einfach eine lange Straße mit Häusern, und kein Baum hat sich in sie verirrt. Es ist Herbst, natürlich ist es Herbst, und manchmal ist es wirklich besser, daß der Mensch um seinen Tod weiß, denn diesen Mist ohne Ende vor sich zu haben, wäre ein Grund zum Selbstmord.

Ein Mensch alleine in einer faden Stadt ohne gutes Wetter, in einer Stadt ohne Straßencafés, Märkte und Sammelpunkte anderer alleiniger Menschen, ist wie eine Krankheit, die mit jedem Schritt den Patienten mehr aushöhlt. Und egal wie sie heißt, die kleine Stadt, Heilbronn, Bochum, Münster, Birmingham, die miesen kleinen Städte, die immer gleich aussehen, immer nach Metall schmecken, nach vergammeltem, mit Metzgerläden, von denen alle zehren, einer großen Fabrik

oder Uni, die alle ernährt, mit Würsten ernährt und rohem Fleisch, das nur fette Schwarte ist. Die Straße mit ein paar großen, ein paar kleinen, aber immer durchschnittlichen Häusern, einem Kiosk und Toten in den Häusern, an Schwarte erstickt.
Menschen wohnen in der Straße, die man sonst nur in Krankenhäusern oder bei Flugvorführungen der Armee trifft, die es im normalen Leben gar nicht gibt zu so vielen. Erstaunt fragt man: Mutter, wo kommen all diese teigigen Menschen her, und wenn ja, denken sie, fühlen sie? fragt man, doch Mutter ist vor längerem verstorben.
Karla läuft die lange Straße hinunter. Am Ende befindet sich ein Busbahnhof ohne dazugehörige Busse, denn die sind heute zu Hause und spielen Karten. Keine Busse, doch zur allgemeinen Belebung hat ein feiner Sprühregen eingesetzt. Karla setzt sich auf die Bank eines Wartehäuschens. Die armen Dinger, die warten, ihr Leben lang, vielleicht lieber Lauf- oder Erlebnishäuser geworden wären, da sitzt Karla und starrt in den Regen. Nach geraumer Zeit Gestarre fällt ihr trübe ein Herr auf, der wie ein Haifisch um das Häuschen schwimmt, mit dem Mund Fischbewegungen macht und sich endlich neben Karla setzt. Ein recht unansehnlicher Mann, gezeugt von der unansehnlichen Stadt, doch etwas geht von ihm aus, wie ein Flimmern, das Karla in dem Moment zu ihm schauen läßt, da auch er den Kopf wendet. Mein Name ist Bert, sagt der Mann, und Karla sagt, daß sie Karla heißt. Das war das Gespräch, beide starren wieder, und Karla vergißt den Mann und denkt an ihr Leben und daran, wie es geworden wäre, wenn ...
... der Regen weicht strahlender Sonne, die Haltestelle verschwindet hinter Palmen. Karla würde jetzt gerade zu einer Filmpremiere gehen. Gehen, quatsch, gefahren werden. Sie hätte sich den Tag über schön gemacht, wäre also schön, würde mit einem ungeheuer witzigen Mann, in den sie verliebt wäre, zum Premierenfest fahren. Dort würde sie beklatscht und fotografiert, sie würde Kaviar essen, mit dem

Mann lachen und spät in der Nacht in ihre Villa fahren. Die wäre so schön und teuer, daß man sich darin nie langweilen würde. Sie würde mit dem Mann im Pool kopulieren.
Bert, der Mann neben Karla, ist nicht schön, die ganze Welt ist ein Pool ohne Wasser, und Karla steht auf. Sie verabschiedet sich von dem Mann, sieht ihn noch einmal an und hat flüchtig das Gefühl, daß da einer sei, dem es noch mieser geht als ihr, einer, dem sie aus unklaren Gründen sehr nah sein könnte, schaut in sein fades, farbloses Gesicht, schüttelt den Kopf und denkt, daß geteiltes Leid sich verdoppelt, und geht darum besser schnell los. Am Busbahnhof vorbei, an einer Kneipe vorbei, in der außer dem Wirt niemand ist, in der braune Stühle stehen, Decken auf den Tischen verwelken, und Karla merkt, daß durch diese Stadt zu gehen noch deprimierender ist, als im Zimmer zu sitzen. So geht sie wieder zurück, nach Hause, dem Ort, wo man sich nicht erhängt, weil das riecht. Sie sieht in die schwarzen Fenster der grauen Häuser. Es scheint, als wäre nirgends Leben, und wenn doch, verdammt, was machen andere Menschen an solchen Tagen. Was machen sie, wenn sie nicht arbeiten oder mit anderen reden, wenn sie nicht in Kinos sitzen? Liegen sie alle im Bett und versuchen die Zeit wegzuschlafen, bis sie wieder durch Montage bewegt werden?
Karla geht in das Haus ihrer Eltern zurück, öffnet die Tür, und da ist er. Springt sie an, versucht, sie zum Übergeben zu führen. Der Geruch, der Karla zuwider ist, den sie mit allen Poren atmete, eine Mischung aus Reinigungsmitteln, billigem Essen, altem Gemäuer und saurer Haut. Der Geruch eines Daseins, das nicht zum Ruhm gemacht wurde, der steht im Haus, und Karla hält die Luft an, stolpert die Treppen hoch und entzündet die Duftlampe. Zimt, der gute Geruch gegen Einsamkeit und Depressionen, bleibt heute ohne Wirkung. Heute. Morgen. Es ist wirklich egal, vor einer Woche oder mehr war Karla zurückgekommen.
Sie schließt die Augen und läßt sich nach hinten sinken, nicht fallen, das wäre zu schnell, wo doch alles vereist ist in ihr,

könnte zum Brechen führen, die Tränen nach oben drücken in den Hals, ersticken, sinken, mit geschlossenen Augen. Wozu die aufmachen, die Augen, was sollen die sehen, wissen doch um das Grauen, weg mit den Augen in eine Augenschale, die Ohren dazu, denn was sollen die hören, die Stimmen der Eltern, die immer sagen: Haben wir es nicht gesagt! Sie haben.
Karla macht die Augen auf, sie sieht aus dem Dachfenster in den Himmel, der ist noch da, wird aber bald gehen, und an dem Himmel ein Flugzeug, wo flögen die, wäre der Himmel woanders. Karlas Herz, oder was da immer weh tut, wenn etwas weh tut, etwas Sentimentales, wie alte Lieben, verpaßte Gelegenheiten, das tut weh.
Karla sieht das Flugzeug an. Das Gerät fliegt extra langsam, fünfzehn Stundenkilometer fliegt es, und Karla sieht das Flugzeug von innen, sieht die Business Class, wo die Stewardessen einen mit Namen anreden: Noch einen Champagner, Frau Karla?

Dazwischen. Damals.

Nein danke, sagte Karla und lehnte sich zurück. Euphorie in ihr, eine so große Aufgeregtheit, da brauchte es keinen Champagner. Karla war zweiunddreißig und sehr schön blond. In ihrer alten Heimat wurde sie auf der Straße erkannt. Immer waren Männer um sie, so daß sie bei jedem, den sie erhörte, dachte, daß es doch noch einen Besseren geben sollte, einen Schöneren, Berühmteren, Witzigeren. Alle hatte sie zurückgelassen und fuhr nun in ihr Glück. Das Flugzeug brachte sie mit jedem Meter, oder fliegen Flugzeuge gar nicht in Metern, ist ihnen das zu popelig, machen sie nur Kilometer, Hektosekunden oder Nanosekunden, ein Stück weiter weg vom alten Leben.
Das Flugzeug über der Stadt, Karlas Herz über der Stadt, bis in den Hals schlug es, Karla schaute aus dem Fenster, Herz

im Hals, hatte Angst, alles in ihr, denn waren nicht schon ganz andere gescheitert, die etwas Größenwahnsinniges wollten? Kolumbus zum Beispiel, der Amerika erobern wollte und dann in Indien landete oder in Ostpolen.
Karla schaute also aus dem Fenster. Eigentlich können wir uns jeden Tag entscheiden, jemand anderer zu sein. Daß wir immer dasselbe machen, dem Bild entsprechen, das wir irgendwann einmal entworfen haben, ist nur auf Bequemlichkeit zurückzuführen, sagte sich im Flugzeug Karla, und unten war Los Angeles. Da muß man hin. Wenn man es da schafft, dann überall, ist ein Spruch, der wie alle Sprüche nichts Näheres verrät, was man eigentlich schaffen soll, zum Beispiel, aber ein guter Ort, sich neu zu entwerfen war es allemal. Ein Ort, an dem es kochte, Geilheit in der Luft lag, durch Wüstenwind und Meerwind, die aufeinanderprallten, durch zwölf Millionen Menschen, die ihr Glück suchten, eine Stadt, in der alles möglich war, und da wollte Karla hin. Weg von dem eingerichteten Leben, von der Routine, von der Heimat, die für Wunder untauglich.
Entfernt saß ein Mann, der aussah wie Till Schweiger. Karla starrte ihn an, und der Mann, der aussah wie Till Schweiger, weil er Till Schweiger war, nickte ihr zu. Karla seufzte tief. In Ordnung, Till, bald werden wir zusammen drehen, aber nur einmal, hörst du, denn du bist nicht Star genug für mich.
Karla schaute die Lichter der Stadt, eine Versammlung unzufriedener Glühbirnen für mehr Freizeit, und dachte, ich werde ab jetzt ein neuer Mensch sein. Ein Star werde ich sein, und hätte sie diesen Gedanken laut gesagt: I wanna be a star. Wäre aufgesprungen aus dem Flugzeuggestühl, hätte den Satz gesungen, die Bluse runter, die Möpse raus, vom Stewart niedergerungen, angeschnallt, Fäustling in den Mund, Beruhigungsspritze – die Möglichkeiten, von der Normalität in die Unerträglichkeit zu gleiten, lauern überall. Doch selbst mit nackigem Handstand hätte keiner im Flugzeug aufgeschaut, sich gewundert, noch nicht mal gegähnt.
Also blieb Karla sitzen und versuchte ruhig zu werden. Es wird

nichts passieren, nichts Schlimmes, und Hauptsache ist doch, etwas Besonderes zu tun, sein Leben zu etwas Außergewöhnlichem zu formen, dachte sich Karla, und das Flugzeug, das Karlas eitle Gedanken nicht mehr ertrug, landete rasch.
Ich bin ihr Purser, sagte der Purser, und was auch immer ein Purser sein mochte, vemutlich etwas Sexuelles, Karla hätte gerne mit ihm getauscht in diesen Sekunden, da das Flugzeug auf dem Rollfeld rumfuhr, sie gleich die Kabine verlassen mußte, schutzlos in der Stadt, die schon von oben wie die Hölle aussah. Eine Purserin sein, nach Hause gehen, sauber abpursen, einem Hund Räder montieren, ihm die Trompete in die Tatzen, ab aufs Klistier und lecker Spaghetti auf den Tisch – alles, nur nicht aussteigen, nicht rausgehen, keine Wohnung suchen, keinen Job, keine Vorsprechen, keine Rolle, keinen Ruhm, keine Billboards, Karlas Gesicht darauf tausendmillionenfach vergrößert, daß jeder sie erkennen möge und sie nur noch mit Perücken aus dem Haus könnte. Bald.
Und dann kam dieser Wahnsinn über Karla, der die Menschen zu Entscheidungen treibt, die kleine Hormongabe, die macht, daß er sich bewegt, der Mensch, daß er Kriege führt, Berufe kündigt, zum Mond fährt mit Tüten über dem Kopf, Sex hat, den Mann verläßt, es geht ums Überleben, das machen die Hormone, das macht die Lüge, die der Mensch Entscheidung heißt, dann agiert er behend unter Drogen, körpereigenen Chemiebaukästen, und denkt, das Leben zu formen stünde in seiner Macht.
Karla entschied sich damals, mutig zu sein. Sie hätte umkehren können, doch gibt es Momente, an denen Umkehr ist wie Tod, und darum redete sie sich Blödsinn ein. Alles würde gut werden, denn wer, wenn nicht sie, würde es schaffen können, sie, die beste Schauspielerin der Welt und so weiter.
Karla war zu Hause immer unzufrieden gewesen, war nie genug gewesen, Liebe, Ruhm, Geld, war ein wenig bekannt gewesen, war im Fernsehen, im Kino zu sehen, und das bekommt den wenigsten, macht Größenwahn, macht den Menschen denken, er sei mehr als ein Mensch.

Noch einmal tief einatmen, Wut ausatmen, sie war so überdrüssig der kleinen Filme, kleinen Serien, der kleinen Freien-Gruppen-Stückchen in kleinen Freizeitclubs aufgeführt, kleines Leben mit kleinen Autogrammkarten. Pro Monat sechs Stück verschicken, das Leben ist zu kurz für kleine Sachen und lange Sätze, und jetzt raus hier.
Ein Taxi wohin? In ein Hotel am Sunset Boulevard natürlich. Als das Taxi fuhr, Karla aus dem Taxi schaute, Palmen, dicke Autos und so weiter, kam ihr Mut zurück, ihr Lächeln zurück, was kann passieren. Es war der erste Tag ihres neuen Lebens, alles könnte passieren, mit Jeff Goldblum tanzen, mit Rutger Hauer Petting haben, mit Robert Plant eine Platte aufnehmen, danach unbedingt küssen, in seinen Falten graben, mit Andy Garcia wegen zu viel Brusthaar ablehnen zu drehen, lieber noch mal mit Rutger Hauer küssen, niemals mit Til Schweiger, und zu Partys gehen an Swimmingpools, nakkig rein, sauber geliftet, in einem Haus leben in den Hügeln, einen Chauffeur haben, um die Welt fliegen im eigenen Flugzeug, wenn schon abstürzen, dann bitte mit dem eigenen Nackt-Piloten, dann bitte geliftete Glieder in die Wüste verteilen, das würde ihr neues Leben sein. Was soll da nicht passieren. Das Taxi hielt bei einem Motel im hinteren Teil des Sunset Boulevards, da, wo er ein wenig dunkler ist.

Deutschland. Heute.

Karla auf dem Bett im Kinderzimmer, die Augen immer noch zu, erinnert sich an den Geruch von Los Angeles. Sauberkeit und Frische, der Geruch nach Freiheit, nach Ruhm und Einsamkeit, nach Gnadenlosigkeit, nach Sonnencreme, Gleitcreme. So gut, der Geruch, schnell weitergedacht, gerochen, geträumt.

Amerika. Damals.

Karla neben dem Koffer auf dem Bett, eine alte Wolldecke darauf. Karla streichelte sie, denn vielleicht hatte mal Marlon Brando auf dieser Decke gesessen. Ein Ventilator und draußen die Straße, Palmen und Leuchtreklame, Jalousien. Es war heiß. Karla zog sich aus, die Füße ins Waschbecken, Wasser auf die Haut, stand dann am Fenster, mit einem Getränk, einer Zigarette, und hätte direkt aus dem Fenster fliegen mögen, eine Runde im Sonnenuntergang drehen, mal eben in die Hügel und wieder zurück.
Des Morgens um fünf wachte sie auf, das Licht weckte Karla, ein verschlafenes Licht, das Schönste, das sie je geweckt hatte. Sie zog sich an und ging auf die Straße, die noch schlief. An einer Tankstelle gab es schon Kaffee. So heftig, dachte Karla in der beginnenden Hitze, in der klaren Luft, mit dem Kaffee in der Hand, an der Tankstelle, würde nie mehr ein Moment sein. Und sie sollte recht behalten.
Wüßten wir, was Leben ist, würden wir uns wohl schon bei der Geburt die Nabelschnur um den Hals legen, aber das dachte Karla erst viel später, das gehörte nicht zu jenem Tag, zu der Erinnerung, die ist wie die an die ersten Momente einer großen Liebe. Der Tag war perfekt. Die Woche, die sich dahinter befand, auch, und das Leben, das folgen sollte, würde perfekt sein.
Karla mietete ein Auto, fuhr bei Agenten vorbei, die sie freundlich empfingen, sagten, sie würden sich bestimmt melden. Karla suchte sich einen Sprachlehrer gegen den Akzent, sie fand einen alten Schauspieler, der ihr Fotos aus seinen großen Erfolgsfilmen zeigte, von denen Karla keinen kannte, er versprach, aus ihr einen Star zu machen, und Karla glaubte ihm. Sie glaubte allen, denn die Amerikaner waren die besseren Menschen. Karla fand eine Wohnung am schlechteren Ende des Sunset Boulevards. Die verdammte Straße war so lang, daß keiner sie von Anfang bis zum Ende hätte laufen können. In Karlas Nachbarschaft lebten viele Russen.

Karla saß am Ende der ersten Woche in L. A. auf einer Bank vor ihrer Wohnung und schaute auf die Russen, auf die Autos der Russen, die nicht liefen, weil ja auf der Straße keiner lief, weil keiner sie von oben bis unten laufen konnte, und dachte daran, wie mutig sie war. Dachte kurz an ihre kleine Stadt zu Hause. Fast schon hatte sie vergessen, wo sie herkam, sie dachte an ihr kleines Leben, das ganz bequem gewesen war, sie aber nie hatte fühlen lassen, nichts. Karla fuhr an den Strand, kaufte sich in Santa Monica Sushi, saß mit dem Sushi am Meer. Dann fuhr sie mit lauter Musik zurück in ihre Wohnung, an Palmen vorbei, an den häßlichen bunten Läden vorbei, die an den Straßen standen, parkte vor ihrer Wohnung und war so stolz, daß sie vor Liebe zu sich gar nicht wußte, was tun. Sie nahm eine ihrer liebsten Marilyn-Posen vor dem Spiegel ein und onanierte.
Ich habe einen Star gefickt, dachte Karla stolz und saß hernach auf der Bank vor ihrem Haus, sah den parkenden Russen zu. Es war die erste Woche ihres neuen Lebens.

Deutschland. Heute.

Der Wecker klingelt um sieben. Aufstehen, aufschrecken aus Tiefen, die nicht angenehm sind, eine Mischung sind aus schlechten Träumen und Enge in der Brust. Aufwachen, hochgerissen werden, und die Angst sofort da, die kann man nicht wegduschen. An der Wand des Badezimmers kleben Bilder von Spülmittelflaschen, Bilder von John Travolta, von Hot Chocolate und hübschen, fragwürdig frisierten Jungs, die gesungen haben mögen oder geschauspielert, Karla kann sich gar nicht mehr erinnern. Die Kacheln im Bad sind ockerfarben, Karlas Gesicht auch. Achtunddreißig. Cher ist fünfzig, vielleicht ist sie auch schon sechzig.
Wenn es einer geschafft hat, ist das Alter egal, glaubt Karla. Das ist Quatsch, die Wahrheit ist, daß Menschen mit Fünfzig heute nicht in Gnade altern, daß sie sich operieren lassen,

am besten noch alleine operieren in Altersgegnerselbsthilfegruppen, daß sie, sollten sie die Operation überlebt haben, zum Hanteln gehen, zum Yoga gehen, Designerkleider tragen, hungern, um in die Kleider zu passen, auf daß sie ihnen stünden wie den Dreizehnjährigen, die sie vorführen, um den schwulen Modemachern zu gefallen, die die Welt beherrschen, die den Krieg gegen die Frauen gewonnen haben, sie vergewaltigen, in die Körper Dreizehnjähriger pressen, sich totlachen, daß sie bald alle Weiber in den Suizid getrieben haben.

Altern ist eine Krankheit geworden, wird untersucht von Medizinern, wie gegen den Krebs wird dagegen angeforscht, ist aber noch nichts dabei herausgekommen, Zellulitis ist krank, 80 % der Frauen mit kranken Erscheinungen an den Beinen, und Karlas Haut ist wie flüssig geworden, mit nichts mehr in Form zu halten, wo sind die Wäscheklammern, und was trägt man darüber – es ist aber auch egal, weil in der Straße, in der Stadt sieht kaum jemand gut aus, gesund aus, glücklich aus.

Karla hat jedes Interesse an sich verloren. Sie zieht etwas an, wichtig nur, sich nicht zu spüren, um wie Öl durch den Tag zu fließen.

Nur wenige gibt es, wie Erscheinungen von unbekannten Planeten, sie haben die Macht, Menschen zu verführen. Die anderen aber müssen sich ihr Star-Sein hart erkämpfen, unwürdig erkämpfen, so wie Karla, und für sie ist der Verlust der Bekanntheit wie der Verlust einiger Gliedmaßen, Schnabel, Tatzen, Gießkanne.

Karla hatte sich immer darauf konzentriert, bekannt zu werden, erkannt zu werden, und hatte sich nie gefragt warum. Nicht denken. Denn das könnte verstehen heißen, und keine Ausreden mehr. Mit Pech hat sie noch viele Jahre vor sich – wozu nur, bloß nicht denken, und Karla geht in das Büro ihres Vaters. Ein kleines Büro, ein alter Computer, Briefe hin und herschieben. Sie versteht nicht, womit ihr Vater sein Geld verdient, es ist unwichtig, Briefe hin und her, Zahlen eintippen, aus dem Fenster sehen, auf einen Hof sehen, den

Laster auf dem Hof ansehen. Von nichts mehr träumen ist wie eingegossen sein in Kunstharz, lebendig begraben, die Gruft, ein Körper, der sich bewegt und doch gerne stilliegen würde, ein Hirn, das sich bewegt und nichts mehr will außer Leere, bis zur geraden Linie. Was tut eines mit Achtunddreißig ohne Träume?
Karla kennt keinen mehr in der Stadt. Sie kannte auch vorher kaum einen, hatte doch die Stadt immer verachtet, wen sollte sie da kennen. Woher die Energie kommt, kurz vor fünf am Nachmittag, keine Ahnung, und Karla ruft einen Kollegen an. Einen Regisseur, mit dem sie Erfolg hatte vor zehn Jahren, der sie besitzen wollte vor Jahren, den sie aus L. A. zwei-, dreimal angerufen hatte.

Amerika. Damals.

Karla, wie geht es dir, mein Gott, welche Zeit habt ihr?

Nachmittag, wir haben Nachmittag, und ich war gerade bei einer Audition.

Cool, bei einer Audition, und Chancen?

Ich glaube, ich habe es, ich war gut, es ist ein Film mit Redford. Ich habe Redford getroffen vor einer Woche.

Du hast Redford getroffen? Ich fasse es nicht. Wie war er?

Süß. Er hat mit mir geflirtet. Er ist klein.

Sind sie doch alle.

Irons nicht. Den habe ich vor drei Wochen kennengelernt.

Wahnsinn, du wirst berühmt. Hast du schon gearbeitet?

Einen Commercial hatte ich und ungefähr zwanzig Auditions. Es ging immer nur haarscharf daneben. Aber meinen Akzent bin ich fast los. Ich glaube, es klappt diesmal. Redford steht auf mich, ich schwör es dir.

Und sonst?

Du, ein Traum. Das Wetter. Ich hatte nicht geglaubt, daß es einen so glücklich macht, das Wetter.

Hast du Geld?

Ja, mehr als genug. Wann kommst du?

Du, bald, ganz bald, du, ich möchte dich schrecklich gerne sehen.

Komm bald, du, ich freu mich.

Ich mich auch, du.

Tom kam nie. Nach dem Telephonat kam Karla der Graus, denn sie hatte kein Geld mehr. Am Abend schaute sie sich Jobs an. In einer Wurstbude, in einem Supermarkt, in einer Nackttanzbar, in einer Autowaschanlage, und am Abend darauf ging Karla das erste Mal in ihrem Leben arbeiten. Die Fahrt mit dem Taxi zu einem Club in einer unfreundlichen Gegend. Und ein Gefühl war in ihr, in diesem Taxi, daß es der Anfang vom Ende sei, doch das Gefühl löste sich auf, als sie auf einer Bühne stand und sich zeigte, Beifall bekam, war doch egal für was. Was blieb von jenem ersten Abend als Stripperin, war die Luft in den Lungen, die im Rachen noch lange den Geschmack von Bier, Schweiß, von Hormonen und Sperma erzeugte. War das Geräusch der Dollars in der Tasche.

Deutschland. Heute.

Karla wählt die Nummer von Tom, dem Regisseur. Warum Tom immer noch in derselben Wohnung wohnte, warum er zu Hause war, ist unklar, und so nahm eine weitere tragische Begebenheit ihren Anfang.

Ich bins, Karla.

Ja, ah. Karla.

Karla aus L. A. Karla jetzt wieder hier.

Karla. Du, äh, schön, du. Mein Gott, du bist wieder hier. Arbeitest du?

Ja, also –

Wir müssen uns unbedingt sehen, wenn du in der Stadt bist, ruf mich unbedingt an. Sorry, ich muß grad los. Dreh und so weiter, also versprich mir, daß du dich meldest.

Ich verspreche es.

Hörer drauf, Ruhe, Karla sieht ins Leere, in sich.

Deutschland. Damals.

Mit Fünfzehn wußte Karla, daß sie Schauspielerin werden mußte. Denn nicht zum Aushalten wäre es, in einem Büro zu sitzen, zu heiraten, zu vertrocknen, zu ersticken, in Farblosigkeit zu ersaufen, wie die meisten um sie herum. Karla wußte nicht direkt, was eine Schauspielerin können mußte, sie dachte an Filme und Bühnen, an unregelmäßige Arbeitszeiten, an spannende, schöne Menschen, rauschende Bälle, gute

Ficks, obgleich Karla damals nicht klar war, worum es sich dabei handelte.
Karla mit Fünfzehn auf dem Pausenhof, erinnern immer an Gefängnishöfe, an den Freigang im Kreis. Die Gruppe der Starken auf dem Hof, vor denen alle Angst hatten, zu denen man nie gehörte. Die Unscheinbaren, die Häßlichen, die aufs Maul bekamen, die Andersartigen. Karla war anders. Zu groß, zu dünn, zu schön, zu versponnen, bekam aufs Maul. Mit Fünfzehn nicht mehr. Es sprach einfach nur keiner mit ihr.
So sprach sie halt mit sich, sprach den Schwur: Wenn ich keine berühmte Schauspielerin werde, töte ich mich. Das war die härteste Drohung, die ihr einfiel damals, daß es Schlimmeres gibt als den Tod, konnte sie noch nicht wissen.

Deutschland. Heute.

Warum habe ich nicht den Mut, mich zu töten, fragt sich Karla. Sie steht vor dem Spiegel und betrachtet den Verfall, das, was das Alter mit Körpern anstellt. Warum löst sich der Mensch so plötzlich auf? Eben noch war Karlas Fleisch fest gewesen und hatte nun Unebenheiten wie Gebirge, Einschlüsse, Metallteile, Kräne unter der Haut, Falten überziehen die wie Butterbrotpapier, mehrfach benutzt, faßt sich an wie Quallenfleisch, kalte tote Qualle. Keiner faßt eine tote Qualle an. Karla geht vom Spiegel weg in das Zimmer zurück, als ob eine große Standuhr tickt, klingt es in ihr.

Deutschland. Damals.

Seit sie sich erinnern konnte, langweilte sich Karla. Sonntage im Haus, aus dem Fenster schauen, den Tag nur in Mahlzeiten teilen, drei Teile, und dann ist er vorbei.
Manchmal war die Langeweile als Kind gepaart mit einer Nervosität. Karla hatte das Gefühl, als ob etwas Großes in

ihr und etwas sehr Großes draußen in der Welt, in der Stadt, gleichwo sei, und sie es finden würde, wenn sie erwachsen sei, daß beide Größen deckungsgleich sich aufeinanderschrauben und das Leben explodieren würde. Karla wurde älter, die Langeweile blieb, kaum etwas reichte an die Erwartung von Gefühlen heran, immer enttäuschend, die meisten Gefühle und Erlebnisse blieben kleiner als die Vorstellung von ihnen. Das, was übrigblieb, war Langeweile, Stunden vernichten mit schlechten Büchern, schlechten Filmen, schlechten Gesprächen, schlechten Liebhabern. Nur geeignet, um die große Enttäuschung zu vergessen, die Leben war.

Deutschland. Heute.

Als Schauspielerin zu arbeiten, weiß Karla, ist wahrscheinlich unmöglich, dazu braucht man Kontakte, Freunde, Beziehungen, den ganzen Dreck, denn draußen sind 30 000 wie sie, besser als sie, ohne Quallen am Leib, und fast alle sind ohne Arbeit.
Zu Bett, schnell zu Bett, das wie zu klein ist, weil das alte Leben zu klein geworden ist, die Augen zu und schlafen, ein Tag weniger, weg damit. Und kein Schlaf will kommen, Karla wälzt sich im Bett, steht dann wieder auf und geht los.
Karla fährt in die große Stadt. Noch vom Bahnhof aus, ruft sie Tom an: Denk nur, was für ein Zufall, gestern reden wir noch, und heute muß ich hierher – und, hast du Zeit, sagt sie, und Tom ist nicht erfreut, gar nicht, vielleicht ist er einfach nur müde. Bitte laß es nur Müdigkeit sein, wer auch immer Gott ist, heute in der Gott-Schicht. Es ist ein Mufflon.
Im Café erkennen sie sich nach langen Minuten. Tom ist aufgedunsen, seine Haare hat er irgendwo verloren, das ist aber unerheblich, denn er ist ein Mann, ein Regisseur, die können aussehen, wie sie wollen, und wie Karla aussieht in seinen Augen, darüber möchte sie eigentlich nicht wirklich nach-

denken, sieht doch für Sekunden den Schock in seinem Blick, den Mund, der aufschnappt, fast als stürzte etwas aus ihm, und sich dann wieder fängt, die Gesichtspartien ordnet, sie einsperrt in eine Maske, unten ein Schlitz – ein Lächeln.

Karla, ich freu mich so.

Ich erst.

Ja, also, was trinkst du.

Einen Kaffee.

Zwei Kaffee, bitte.

Ich muß gleich wieder los, aber ich will alles wissen, wie lange bist du hier? Was drehst du gerade?

Oh, ich besuche nur schnell meine Eltern, dann gehe ich wieder rüber, rüber sagen nur wirklich Lässige, und immer ist klar, daß rüber über den Teich meint, alle rüber und runter in den Teich mit Getöse.

Ich habe sagenhaft Glück gehabt, hast du was von mir gesehen, ich habe in ungefähr vierzig Filmen mitgemacht.

Ja klar, ich habe dich gesehen, ich weiß nicht mehr genau in was, aber du warst großartig.

Gerade drehe ich mit Woody –

– mit Woody, das ist ja verrückt.

Schweigen. Kaffee kommt. Karla weiß, daß er weiß. Es ist alles egal.

Tom schaut auf die Uhr. Ja dann.

Halt, warte, geh nicht, ich, es ging alles schief, ich hatte kein Geld mehr, ich habe nichts gedreht, nichts gemacht, Jahre lang, ich will arbeiten, du mußt mir helfen.

Oh, Karla, das habe ich nicht gewußt, das tut mir so leid.

Tom zieht seine Hand weg, die sie geklammert hat, und kurz sieht Karla den Ekel in seinem Gesicht. Das ist das Ende, mehr Scham geht nicht, kann ein Mensch an Demütigung sterben, geht das.

Tom steht auf. Du, ich bin so in Eile, wir lassen uns was einfallen, bestimmt. Ich melde mich, ich muß jetzt.

Tom stürzt aus dem Café, rennt aus dem Café, flieht aus dem Café, denn Versagen ist ansteckend, Versager beschmutzen, infizieren, schnell weg, nur weg an einen sicheren Ort, an dem alle tun, als seien sie Gewinner auf ewig, nicht dran denken, daß es morgen zu Ende sein kann, vergessen und saufen. Weg.
Karla sitzt da und kann nicht aufhören zu weinen. Die Tränen kommen ohne Mühe aus den Augen, wie Luft aus der Nase kommen sie, lange, unvorstellbar aufzustehen, sich zu bewegen. Nicht drin.

Amerika. Damals.

Die Leere wird deutlicher durch die Hitze und das Summen von irgend etwas draußen. Kein Anruf. Alle saßen und warteten auf den Anruf. Jeden Tag. Tausende in Los Angeles und das große Warten, die Enttäuschungen, die eigentlich eine Apathie über die Stadt hätten legen müssen, lag aber nicht, denn die Apathischen waren weg oder tot, und die Warten-

den hektisch, hysterisch, laut, gegen die Stille an, gegen den Dämmerzustand des Wartens an, machten ein Flirren in der Atmosphäre der Stadt.
Es kamen keine Einladungen mehr. Die Hollywoodgesellschaft war Karlas überdrüssig, hatte sie besichtigt, für unwichtig befunden und vergessen.
Doch das wußte Karla nicht, sie dachte an die Partys, zu denen keine Einladungen mehr kamen, vielleicht, weil alle in Urlaub oder verzogen waren. Und Karla war nicht mehr dabei bei den immer gleichen Abenden, an denen nichts passierte, das passierte nun ohne sie, mit neuem Stoff für neue Niederlagen. Die Abende an der Poolbar eines Hotels, das gerade in war, wo nur eintreten durfte, wer reich war oder wichtig oder schön. Karla war nichts von allem, aber sie sah aus, als könnte sie alles sein. Die Menschen waren also reich oder wichtig, und der Rest sah aus wie von Hand gefertigt. Die Bodyguards, die Kellner, die Küchenhilfen, die Männer, die den Pool bewachten, und der Rest ohne Namen, und alle warteten auf ihre Chance. Die Nichtstars standen und schauten nach Stars, und manchmal streifte ein Blick Karla, ein kurzes Blickverweilen, ist es nicht Heather oder Kim oder –, nein, ich glaube nicht, ich glaube, sie ist niemand, oh, niemand, den Blick schnell weg, und Karla sank ein in sich, niemand war sie ohne Beachtung, und seit sie in der Stadt war, bekam sie so wenig davon. Zu Hause war ihr wohl gewesen, wenn eine Kamera auf sie gerichtet, wenn sie Interviews hatte geben können, mit wichtigen Regisseuren wichtige Gespräche führen konnte über die Kunst, wissen Sie, ich bin Künstler. Das Leben durch Öffentlichkeit, das Leben durch Faxe und klingelnde Telephone, das war nun nicht mehr. Das war der Tod.
Sie lernte alle kennen, die großen Regisseure, die Schauspieler, irgendwann traf sie jeden, und viele sprachen mit ihr, nahmen ihre Karte und sagten: Ich würde mich freuen, wenn Sie bei mir vorbeischauten, zu Gast wären, ich rufe Sie an. Karla bekam nie eine Karte, und keiner rief an.

Und dann wurde Karla also nicht mehr eingeladen, zu keiner Party, keinem Vorsprechen, und eigentlich hatte sie schon verloren. Hatte sie nicht, sie sagte sich: Wenn du es geschafft hast, in einem Land mit Thunderbirds und Palmen zu leben, wenn du es geschafft hast, weit weg von der Depression zu Hause zu leben, dir vorzustellen im Dezember, wie die Menschen zu Hause um fünf aus Büros kommen, ins Dunkel, in Schneeregen, und ein Leben führen, in dem Wunder keinen Zutritt finden, dann hast du es doch schon geschafft, der Ruhm wird noch kommen, ist nur eine Frage der Zeit.

Die Regel in L. A. war: Halte drei Jahre durch, dann wirst du gewinnen. Drei Jahre waren noch nicht, und Karla saß in ihrer Wohnung. Sie hatte am Morgen im Computer alle Castings angeschaut, die an jenem Tag in L. A. laufen sollten. Es waren sechsundfünfzig für Serien, Werbefilme, Kinofilme, Fernseh-Comedies, aber für sie war nichts dabei, niemand suchte eine mittdreißigjährige Frau mit europäischem Akzent. Gab es solche Rollen, stellte sich Karla mit zweihundert anderen vor. Manchmal bekam sie einen Anruf, um sich noch einmal vorzustellen, und dann noch einen. Dreimal vorsprechen, das wußte Karla inzwischen, bedeutete gar nichts. Freundliche Worte bedeuteten gar nichts, Sie hören von uns, Sie haben uns sehr gefallen, kommen Sie doch einmal vorbei, bedeutete gar nichts.

Karla in ihrer Wohnung, das Licht durch grüne Jalousien, Dämmerung in der Wohnung und nichts zu tun, außer sich zu langweilen. Sie könnte sich ein paar Sachen einfallen lassen, Präsentkörbe zu Casting-Chefs schicken, im Clownkostüm bei Casting-Direktoren vorsprechen, sich schön machen, am Abend zu einer Party gehen und hoffen, den Produzenten kennenzulernen, der alles ändern würde, doch sie war müde. Und es gab keine Party, zu der sie eine Einladung gehabt hätte.

Deutschland. Heute.

Da sitzt Karla. Eine Frau, die ihre beste Zeit hinter sich hat, zusammengesunken. Doch da ist es nicht schön, da sollte keiner hinsinken.
Wie ein Mensch, der Exkremente absondert, darauf kommen kann, daß ihm Heiligkeit gebührt, ist unklar. Sie sind gemacht, die Leben, um sie zu Ende zu bringen, um nicht nachzudenken, denn das kann innerhalb menschlicher Gehirne nicht weit führen. Karla könnte sich an der Nahrung erfreuen, am Schlaf erfreuen, am Luxus einer Naturbetrachtung, sie freut sich aber nicht, denn sie ist unzufrieden mit sich, mit der Welt, und weiß doch gar nicht, wie es anders sein könnte, hat nur so ein Gefühl. Will fliegen, der kleine Mensch, die jämmerliche Karla, die alleine und gedemütigt in einem Café sitzt, in einem Land wie tausend andere, in einer Welt wie tausend andere, ein Entwurf von sich wie Milliarden, mit kurzem Verfallsdatum, zu unwichtig, als daß ein Universum nur eine Sekunde innehielte für das. Karla schleppt sich auf die Toilette, um die Blicke zu fliehen. Im Spiegel sieht sie Reste ihres Gesichts unter Wimperntusche verborgen, das sich an fragwürdigen Stellen befindet, Karla wäscht das Gesicht weg und geht zum Bahnhof, um heimzufahren.

Amerika. Damals.

Müde und alleine, denn kein Mann blieb bei ihr, seit Karla in Amerika war, blieb einfach keiner, und gerade war schon wieder einer gegangen. Sie hatte ihn in der Bar kennengelernt. Sie hatte getanzt, die Brust mit Heftpflaster abgeklebt, seinen Blick darauf gespürt, überall gespürt. Er war schön, jung, hatte lange schwarze Haare, wie ein Indianer sah er aus, und sie hatte getanzt, als wäre sie mit ihm alleine. Sie waren durch den Morgen gelaufen, wie das nur Schauspieler bringen so hysterisch, er war einen Strommast hochgeklettert, um ihr eine Lei-

tung zu pflücken, sie hatte geschrien vor Schreck, sich ein bißchen in die Hose gemacht vor Lachen über sein Gesicht, als er Stromschlagopfer spielte, sie hatten sich geküßt. Am Meer hatten sie gesessen, immer hocken sie in Wassernähe, und hatten über ein Drehbuch gesprochen, das sie schreiben wollten, hatten über das neue Traumpaar Hollywoods – sich – geredet, und seit drei Tagen rief er nicht an.
Karla war alt genug, um zu wissen, was das bedeutete. Alt genug, um sich keine Ausreden mehr einfallen zu lassen, wie früher, die toten Geschichten noch ein bißchen zucken zu lassen, daß sie dann bei ihrem Ende nur noch mehr schmerzen.
Ein verliebter Mann ruft immer an, das ist die Wahrheit. Er ruft einmal am Tag an oder fünfmal, ein halbes Mal, und er labert oder stottert, er schweigt oder schickt ein Fax, aber er tut es, und tut er es nicht, ist die Geschichte zu Ende oder hat nie angefangen. ER hat keine Angst, er ist nicht krank, er hat dich nicht mißverstanden, er ist einfach nicht interessiert. So einfach, und Karla war am Weinen, weil irgend etwas mit ihr definitiv nicht in Ordnung war seit einiger Zeit. Nie hatte sie Probleme mit Männern gehabt. Also einen zu finden, zu halten, wenn sie wollte, wollte sie nie, es waren immer zu viele, und nun liefen ihr die Männer weg.
Der Anfang war wie immer. Sie schlief mit den Männern, verliebte sich, fragte sich, ob sie den Mann wirklich wollte, doch diese Entscheidung wollte keiner mehr wissen, denn dann waren sie auch schon verschwunden, die Männer.
Karla fragte sich, ob sie nun alt sei. Immer hatte sie sich vorgestellt, daß es das Schlimmste am Alter sein möge, nicht mehr begehrt zu werden. Das Zweitschlimmste, keine schönen jungen Männer mehr haben zu können, mit langem Haar und fester Haut, sondern nur noch die Abgehangenen, die Alten, mit schütterem Haar und dem Geruch.
Karla auf der Bank vor ihrem Haus, seit über zwei Jahren in Los Angeles, hatte einen Moment der Klarheit. Sie war fast Mitte dreißig, eine Deutsche in Hollywood. Eine Deutsche mit Akzent, den sie wohl nie mehr loswürde. Eine deutsche

Schauspielerin, die aussah wie ungefähr zweitausend amerikanische Schauspielerinnen, die keine Kontakte hatte, die ein paar Male mit Männern aus der Filmbranche geschlafen hatte, bis sie erkannte, daß in Hollywood jeder in der Filmbranche ist, und die noch nichts erreicht hatte in zweieinhalb Jahren. Die es doch schaffen mußte, wie sollte sie sonst weiterleben, die Karla, die zum ersten Mal Angst hatte.

Deutschland. Heute.

Solche Angst, daß kaum ein Gedanke Raum hat. Außer: Was habe ich für Angst. Vor dem Ankommen, Heimkommen, In-die-Stadt-Kommen, Ins-Büro-Kommen, In-die-Jahre-Kommen, vor dem einsamen Kommen und Gehen, und dann ein Leben vertan mit nichts. Karla sieht aus dem Zugfenster auf unerhebliche Landschaft, Bäume, Fabrikschornsteine, nicht klar, was was ist, Einfamilienhäuser mit Maschendraht eingezäunt, kein Mensch draußen, alle in den Häusern, trauen sich nicht vor die Tür aus Angst vor der Häßlichkeit. Schon immer hatte Karla ihre Heimat als besonders häßlich empfunden, und Reisen in andere Länder hatten ihr recht gegeben, denn schließlich reist man in der Fremde selten zu einem Ort wie diesem, mit Maschendraht und Schornsteinen, und was man nicht sieht, existiert nicht.

Karla weiß, was heute passieren wird. Wie sie ankommen, aussteigen, heimgehen wird. Weiß, was morgen passieren wird und übermorgen, allein die Phantasie für den Rest ihres Lebens geht ihr abhanden, wäre nicht so schwierig, ist aber zu weit. Karla steigt aus dem Zug, die Langeweile wie ein Schwarm Fliegen um sie, geht mit denen zu dem Haus ihrer Eltern. Die Diele mit einem Messingkleiderständer, die Treppe mit einem Linoleum belegt, das tut, als sei es Teppich, die sechste Stufe knarrt, beim Knarren der sechsten Stufe steckt Karlas Mutter wie ein Kuckuck den Kopf aus der Uhr und fragt wie immer: Und war es schön, und Karla sagt immer ja und hat

dann ihre Ruhe, heute nicht. Karla sagt: Es war ein beschissener Tag, ich habe mich so richtig erniedrigt vor einem Mann, ich hätte mit ihm geschlafen, seinen Schwanz gelutscht oder ihn gegessen, wenn er mir einen Job gegeben hätte. Das hat er natürlich nicht, und schlafen will mit mir auch keiner mehr. Möchtest du sonst noch etwas wissen. Karlas Mutter sagt: Dann ist es ja gut, Kind, und steckt den Kopf in die Uhr zurück, und Karla geht auf ihr Zimmer.
Scheiße, sagt sie, läuft hin und her dabei, Scheiße, hin und her, Scheiße, brüllt sie und schlägt den Kopf so lange an die schräge Wand, bis ein wenig Blut aus der Wand hervortritt, viel bringt das aber auch nicht, eine Änderung oder so etwas gar nicht. Darum geht Karla zu Bett, der sicherste Platz, den es gibt, denkt der Mensch, raucht eine, verbrennt, das war wohl nichts. Der sicherste Platz ist bei Mutter im Bauch, der Hure, der Säuferin, die dich nicht liebt, die fickt mit ungewaschenen Kerlen, die dich haßt, bevor dein Kopf aus ihrer Fotze kriecht. Is ja gut.
Die Decke zu einem Iglo geformt, darunterrollen, ihr könnt mich alle, denkt Karla und versucht zu schlafen, was aber schwierig ist, weil alle sie ja können, und das tun sie denn auch.

Amerika. Damals.

Dreimal in der Woche ging Karla in den Titti Club. Am Hollywood Boulevard, wo es nicht mehr fein war, nicht mehr hell, wo im Dunkeln Gruppen finsterer Männer zusammenstanden, ohne zu reden, warum auch immer sie so standen, da war der Titti Club.
Eine Bar, eine kleine Bühne, ganz dicht die Gesichter der Männer am Schritt. Dreimal, viermal in der Nacht ging Karla auf die Bühne, vor die Herren, tanzte mit einer Feuerwehrrunterrutschstange, zog sich aus, die prekären Stellen an der Brust, die verrieten, daß es sich nicht nur um Fettbeulen han-

delte, mit Heftpflaster zugeklebt wegen der Moral, ein paar Minuten tanzen, manchmal für einen Herrn in einer winzigen Kabine tanzen, nach seinen Vorstellungen. Die waren meist: Dreh dich um, wedel mit dem Hintern, faß deine Brüste an, spreiz deine Beine – nicht sehr originell, die Herren. Keiner wollte mal den Radetzkymarsch vertanzt sehen, das Gnu, keiner. Und Karla tanzte, rauchte zwischen den Auftritten und trank mit den Herren.
Damals war es ein widerlicher Abend nach einem ekelerregenden Tag gewesen. Karla hatte sich mit einem deutschen Regisseur getroffen, der hatte mit ihr geschlafen, es hatte sauer aus seinem Mund gerochen, dann, nach einem raschen Akt, hatte er von seinem Projekt erzählt, und das war ähnlich.

Er: Du, ich habe da ein großes Ding vor, eine todsichere Sache.
Sie: Oh, interessant.
Er: Eine Dreiecksgeschichte, ein bißchen tragisch-komisch.
Sie: Wahnsinn.
Er: Für die weibliche Hauptrolle kann ich mir dich gut vorstellen.
Sie: Du bist süß.
Er: Eine anspruchsvolle Rolle.
Sie: Du weißt, daß ich nur für meine Kunst lebe.

Karla hatte in den Jahren in Hollywood ungefähr fünfzig Regisseure mit ähnlichen Projekten getroffen und wußte, was daraus werden würde. Sie hatte gelernt, daß es zwei Sorten von Menschen gab. Die, die quatschten, und die anderen.
Nachdem der Regisseur gegangen war, hatte sich Karla wieder gelangweilt. Sie nahm schon seit einiger Zeit keinen Unterricht mehr, denn sie hatte erkannt, daß sie ihren Akzent nie verlieren würde, daß sie keine bessere Schauspielerin würde, und jünger wurde sie sowieso nicht. In Karlas übliche Langeweile hinein hatte das Telephon geklingelt. Ein längst vergessener

Liebhaber war dran gewesen. Er hatte Karla von einer Hepatitis-Infektion erzählt, die bei ihm festgestellt wurde, die er schon in sich trug, als er mit Karla geschlafen hatte, das wollte er ihr nur sagen, es sei Hepatitis B, nicht zu heilen und irgendwann tödlich. Karla hatte nach dem Gespräch den Fußboden gewischt, Wäsche gewaschen und gebügelt.
Und später dann, in der Bar, tanzte sie vor zehn Männern mit einer Krankheit in sich, die im besten Falle zum Tode führt. Der klare Gedanke, die entleerte Substanz der Botschaft, war noch nicht bis in Karla gedrungen, sie tanzte, wand sich um die Metallstange. Die Herren tranken, unterhielten sich, und nach ein paar Minuten fing der erste an zu pfeifen. Andere fielen ein, schrilles Pfeifen, wie Peitschen auf dem nackten Leib, machte unerhörte Scham, und Karla nahm ihren BH, ihren Schlüpfer, stolperte von der Bühne und rannte in die Garderobe, fiel über einen Schuh, glitt aus, die Möse saugte sich am Boden fest, losreißen mit einem Schmatzen, wieder fallen.

Deutschland. Heute.

Momente der tiefsten Erniedrigung bleiben im Gedächtnis erhalten, in ihrer reinen Schönheit, klar wie Gebirgsbäche, so kalt auch, und filigran wie ein Sonett. Die Jahre in Los Angeles, im Rückblick schmelzen sie zusammen auf wenige Tage, vielleicht auch nur Stunden, und die meisten davon waren nicht wirklich angenehm.
Die Erniedrigungen materialisieren sich zu einem Drei-Kilo-Klumpen Kot, auf Karla abgelegt. Schnell weg, die Gedanken zu etwas anderem, Schafe, Liebe, Sonne, doch da will sich kein Bild einfinden, und nach vorne denken ist ungewiß, darum begnügen sich fast alle Menschen mit der Rückbetrachtung, das eine so wenig real wie das andere, erinnern sich die Menschen, denken, es sei die Wahrheit, an die sie sich erinnern, können aber auch Träume sein oder Implan-

tate. Es wird eine Nacht, die später erinnerungswürdig sein wird für Karla.
Sie sitzt mit rasendem Herzen in der Dunkelheit an der Wand, betrachtet die Lichter vorüberschleichender Fahrzeuge, wie Ufos, die kommen, um Karla abzuholen. Im Raumschiff fesseln sie Karla nackig mit Laser an einen Metallstuhl und lassen den Film ihres Leben ablaufen.
So, jetzt sehen Sie sich den Müll mal an, sagen die Außerirdischen. Karla sieht sich also ihr Leben an. Die Außerirdischen schütteln die Köpfe, das muß leider bestraft werden, sagen sie, nachdem der Film zu Ende ist, Sie haben nichts aus Ihrem Leben gemacht, da müssen wir Sie jetzt leider foltern, sagen sie. Gesagt, getan, und Karlas Strafe für die Führung eines bescheuerten Lebens ist, daß sie es zehnmal wiederholen muß.
Karla lebt bei ihren Eltern, arbeitet in einem gelben Büro, hat keinen Mann, einen reichen schon gleich gar nicht, und Karlas Angst vor dem Rest wird so groß, so mächtig, daß es ihr die Kehle zudrückt, die Luft entweicht mit Pfeifen, und sie gerät in einen Ausnahmezustand, so vielleicht, wie sich Menschen mit Vorliebe für merkwürdige sexuelle Praktiken fühlen, wenn sie sich Stromkabel ins Gesäß geschoben haben, Tüten über den Kopf, oder wenn sie an den Füßen an einem Kran aufgehängt merken, daß das schiefgeht. In den letzten Sekunden werden sie es merken, und dann geht es ihnen eventuell so wie Karla. Die nicht mehr in sich ist, keine Kraft hat, nur noch aufgeben möchte, gescheitert an Ideen.
Die ins Bad geht, die Klingen eines alten Beinhaarrasierers in ihre Hand nimmt und mit dem rostigen Metall versucht, Schneisen zu schlagen.
Als der Morgen kommt, findet sich Karla in Blut, frierend auf den Kacheln ihres Kinderbadezimmers. Schnitte an den Beinen, den Armen, steht auf, gleitet aus im Blut, schlägt sich das Gesicht auf und sieht im Liegen unter dem Toilettenschrank verborgen ein Buch. Holt es hervor, sitzt in der Blutlache und blättert darin. Ihr Tagebuch, wie süß, das sie geschrieben hat

von zehn bis sechzehn. Karla beginnt zu lesen. Und wüßte nicht zu sagen, was das Lesen verändert hätte. Die runde Schrift, ihre eigenen Gedanken, eine große bewundernde Rührung, stille Freude an der Genialität der Worte, die Sorgen um Jungen, um die Langeweile, viel Angst dabei, es hat sich nichts verändert, und wenn das so ist, ist es vielleicht das Leben. Nichts Besonderes. Dann könnte sie auch einfach weitermachen, weil es doch von alleine schnell aufhört, so ein kurzes Leben.
Karla duscht eine Stunde, so lange braucht es, um sich einige Jahre Versagen wegzuspülen, danach schminkt sie sich seit ihrer Rückkehr aus Amerika das erste Mal wieder.

Amerika. Damals.

In wenigen Tagen mußte Karla aus ihrer Wohnung ausgezogen sein. Sie lag auf dem Bett und wußte nicht, was sie warum tun sollte. An eine Karriere glaubte sie schon lange nicht mehr, warum sie noch in Amerika war, wußte sie nicht zu sagen, vielleicht, weil es da genauso war wie überall. Oder weil der Gedanke an das dumpfe Grau, das vom Morgen ab nie einen Strahl durchließ, Urin, ihrer alten Heimat schlimmer war in ihrer Erinnerung, als obdachlos unter der Sonne Kaliforniens zu sein. Nachdem Karla aus der Stripbar gefeuert worden war, war sie noch aus einem Pornofilm geflogen, weil sie sich weigerte, ein ungut riechendes Glied abzulutschen, aus einer Kneipe geflogen, weil sie mehrfach Essen über Gäste geschüttet hatte, aus einer Bücherei geflogen, weil sie keine Papiere hatte, aus einer Tankstelle geflogen, weil sie nicht mit dem Besitzer schlafen wollte, aus einer Filmproduktion geflogen, wo sie als Garderobiere arbeitete, weil –, da fiel ihr nicht mehr ein warum, war als Babysitter geflogen, weil das Kind ihr aus der Hand geglitten war, war aus einer drittklassigen Theaterproduktion geflogen, weil sie zu alt war, hatte angefangen, morgens eine große Tasse Kaffee mit

Wodka zu kombinieren, weil sie vom Fliegen nicht mehr lassen wollte.
So saß sie am Morgen auf einer roten Samtcouch, den Wodkakaffee in der Hand, und sah der Straße zu. Es war schon früh zu hell, ein Licht, das jemanden, der nichts zu tun hatte, absolut fertigmachen konnte, weil es war, wie unter Scheinwerfern, das Licht, das jede Verwahrlosung von Gesicht, Körper und Selbst ausleuchtete. Manchmal traf sich Karla mit Menschen. Es waren Heimatlose, Erfolglose, Träumer, Spinner, und mit allen verband Karla nichts. Zusammenkünfte mit diesen Menschen machten, daß Karla sich kalt und traurig fühlte, weil es nichts zu sagen gab. Keinen hatte sie, den sie anrufen konnte, konnte eh nicht, denn das Telephon war gesperrt. Karla vertrank die Tage, ohne wirklich komatös besoffen zu werden, umzufallen oder zu kotzen, sie trank, um sich nichts zu fragen, um die Angst nicht zu spüren, die verdammte Verantwortung für sich. Solange sie trank und schlief, könnte ihr nichts passieren, dachte Karla.

Deutschland. Jetzt.

Karla hatte sich gefürchtet vor dem Winter. Der findet gerade statt, doch Karla spürt ihn nicht. Das Zimmer, das sie ein paar Blocks neben dem Haus ihrer Eltern gemietet hat, ist klein, doch es ist wie ein Bauch, ein warmer. In dem Zimmer befindet sich ein Bett, ein Eisenofen und ein winziger Tisch, der Blick aus dem Fenster führt in Hinterhöfe und Gärten, die überall sein können, in fast jedem Land der Welt. Das gefällt Karla, der Gedanke, daß es überall sein könnte, daß sie jeder sein könnte und mit sich nichts mehr zu tun haben müßte. Der Ofen überheizt das Zimmer, es mögen sechsunddreißig Grad sein, und Karla sitzt in Unterwäsche am kleinen Tisch, trinkt Tee dazu, schaut aus dem Fenster auf die Gärten. Eine große Ruhe ist in ihr, und der Fernseher läuft. Von morgens ab, läuft den ganzen Tag, denn Karla hat herausgefunden,

daß einem wohler ist, wenn Stimmen im Raum sind. Gerade findet eine Werbung für Telephonsex statt. Eine unsichere, blonde Maus knallt mit einer Peitsche, so daß der Betrachter sich sorgt ob ihrer Unbeholfenheit, und im Takt des Peitschenknalls befiehlt sie mit bösem kleinen Mausgesicht: Ruf mich an.
Karla fragt sich, ob sie das tun sollte. Das Mädel anrufen, fragen, wie es ihr geht, wohin sie in Urlaub fährt, läßt es aber dann, und schaut weiter in den Garten.
Sie hört Schritte im Flur. In der Wohnung lebt die alte Vermieterin und ein anderer Untermieter, der Karla bekannt vorkam, als sie ihn das erste Mal sah. Ein Journalist mit lieben Augen, der Bert heißt, den Karla gerne näher kennenlernen würde. Karla springt auf und geht in den Flur, um Bert aufzuhalten. Er steht gerade vor seiner Zimmertür. Wollen Sie einen Tee mit mir trinken, fragt Karla, und Bert errötet. Wie süß, denkt Karla. Bert sagt: vielleicht später, und schlüpft in sein Zimmer. Karla geht zurück und denkt, daß sie und Bert einer Generation angehören. Und daß sie es gar nicht so schrecklich findet, nicht mehr jung zu sein. Karla hatte sich nie vorstellen können, daß es mal eine andere Generation geben würde als ihre. Sie hatte lange Zeit keinen Unterschied gefühlt zwischen den Zwanzigjährigen und sich. Sie mochte die Musik der Jungen, ihre Kleidung, sie waren wie sie gewesen. Doch wie über Nacht war ein großes Unverstehen über sie gekommen. Sie verurteilte, hielt die Jugend für blöd und oberflächlich, albern mit ihren DJ-Taschen, ihren übergroßen Sackhosen, den fettigen Haaren, langweilig ihre elektronische Musik. Öde ihr Desinteresse an allem, außer an Fernsehen, Kino und Spaß. Das definitive Zeichen dafür, daß man alt wird, ist, wenn man Abscheu für die Jugend entwickelt. Karla gehört einer anderen Generation an, und zwar der älteren, und das verwundert sie im freundlichsten Fall. Verunsichert sie, denn zu der Generation zu gehören, die vermutlich zuerst sterben wird, ist nicht angenehm. Zur Gruftgeneration zu gehören in einer Zeit, die die Jugend verehrt,

tut weh. Die Angst vor dem Untergang ist das, sie befällt die Menschen am Ende eines Jahrtausends, macht ihnen ihre Vergänglichkeit bewußt, macht sie krallen an frischem Fleisch. Was jung ist, macht sie leben, können doch nicht sterben, wenn es so junge Menschen hat.
Alle meiden die Normalität wie etwas Nässendes. Menschen ohne Feinde werden wunderlich. Feinde braucht der Mensch, braucht sie für seine negativen Energien, hat den Feind des Jahrzehnts erkannt: Das Alter, das jeden bedroht, um es zu bekämpfen, ist jedes Mittel recht. Das ist, was die Menschen verdient haben. Sich selber verachten für mehr als die Hälfte ihres Daseins.
Später kommt Bert. Er klopft schüchtern an die Tür, trinkt einen Tee mit Karla, und sie merkt, daß er ihr nicht in die Augen sehen kann. Bert gefällt ihr. Er sieht nicht gut aus, aber nett, und abends, als sie in ihrem Bett liegt, denkt Karla, wie es wäre, mit Bert im Bett zu liegen. Das wundert sie ein bißchen, denn Bert ist anders als die Männer, die Karla sonst immer gut fand. Aber das war auch ein anderes Leben.

Deutschland. Immer noch jetzt.

Einen Job hat Karla gefunden. In einer Bücherei, und dort sitzt sie jeden Tag im Warmen, zwischen altem, staubigem Papier, da kaum jemand kommt, da kaum einer liest, wozu gibt es denn Fernsehen, lesen ist out, und wenn, dann bitte Bücher von Dreiundzwanzigjährigen, und so sitzt Karla ungestört, liest, und ab und an kommt dann doch ein Mensch, meistens ein älterer, und Karla redet mit dem Menschen. So hat sie auch Rolf kennengelernt. Rolf schaut aus, als hätte er die Normalität erfunden. Oder sie ihn.
Er programmiert Computer, hat fliehendes Haar, er hat warme Hände und hält Karla die Tür auf. Früher hätte sie ihn nicht wahrgenommen, weil sie dachte, ihr stünde ein ganz besonderer Mann zu, ein schöner, strahlender, berühmter, der

etwas Kreatives macht. Heute weiß Karla, daß ein Mann immer nur ein Mann ist, und das Beste, was so einer überhaupt bieten könnte, ist Normalität. So trifft sie sich mit Rolf, ist aber ein bißchen in Bert verliebt, und an Hollywood denkt sie kaum noch.

Amerika. Damals.

Sie hatten Karla vor die Tür gesetzt. Morgens, als sie gerade ihren ersten Wodka-Kaffee trank, waren zwei Herren gekommen und nicht eher gegangen, bis Karla mit ihrer Reisetasche die Tür hinter sich schloß. Mit der Tasche lief Karla den Sunset Boulevard entlang, dachte an ihren ersten Morgen, lief, bis sie nicht mehr konnte und war so entleert, daß es einem rettenden Gedanken hätte leicht fallen müssen einzukehren. Allein der kam nicht, weil er zu tun hatte, und Karla war in die unfreundlichste Gegend der Stadt gelangt, nach einigen Stunden Gelaufe mit der Tasche befand sie sich in Down Town, da wo Touristen nie laufen, Einheimische sowieso nicht, die Gegend zwischen und neben den Hochhäusern, wo niemand lebt außer Kreaturen des Versagens, wahnsinnige Crack-Raucher, Geisteskranke, Lumpenträger, Geschwürträger, Untote, sie leben in Pappkartons, leben neben Einkaufswagen, leben und lauern, daß vielleicht doch ein Tourist sich hierher verirren möge, Gott, schick uns einen. Karla schickte er.
Karla durch die Nacht, die warm war, die aber nicht mehr gut roch, gut riechen tut es nur für Gewinner, Karla durch die Nacht, ein harter Griff um die Luftröhre, ganz unten, nicht berühmt, nicht bekannt, und das Übelste ist, nicht weinen zu können, wenn die Tränen eine Rückkopplung erzeugen, Tränenstau, Kurzschluß der Atemwege. Was hatte sie alles ertragen, jede Ablehnung, eine Absage an ihr Inneres, Äußeres, als Mensch nicht gefragt, tausend Männeraugen auf ihren Titten, tausendmal sich zum Idioten gemacht, mit Regisseuren geschlafen, Kabelträgern, oder Regisseuren, die eigentlich Ka-

belträger waren. Karla stolperte vor Empörung. Dieses arrogante Scheißland hatte sie nicht gewollt, die Schweine, die unkultivierten, sie gedemütigt, eine deutsche, gut ausgebildete, überlegene Göttin abgelehnt und kaugummifressende, geliftete Retortenweiber ihr vorgezogen, wenn sie jetzt sterben würde, sollte das Mistland doch sehen, wie es damit klarkäme. Die Tränen, die ungeweinten, fuhren durch den Körper, entluden sich in Karlas Fuß, der mit Verachtung für das Land, das ihr so Unrecht getan hatte, gegen eine amerikanische Mülltonne fuhr. Ein helles Licht, ein Klirren im Kopf, ein schneidender Schmerz, der Karla ein Geräusch von sich geben ließ. Zusammensinken ließ auf dem schmerzenden Fuß, Karla am Boden, den Blick hebend, sah sich plötzlich umringt von Gestalten, Fratzen mit Schorf, Fetzen um schrundige Leiber, leere Augen. Höhlen gottlob nicht, fünf Obdachlose starrten still auf Karla.

Deutschland. Heute.

Da ist dieser Abend, an dem Karla sich vorgenommen hat, Bert zu verführen. Sie hat etwas gekocht, das aussieht wie ein Drama in der Vogelwelt, und sich hübsch gemacht. Sie wartet auf Bert. Bert kommt. Sie sitzen am Tisch. Essen das Zeug auf. Sitzen, trinken Wein, und Karla sollte doch spüren, daß da keine Verbindung ist zwischen ihnen, doch die Idee hat sich schon materialisiert, sie will Bert, den unscheinbaren Bert, ganz für sich alleine. Will mit ihm leben, nicht mehr nachdenken. Nach Stunden zäher Unterhaltung greift sich Karla ein Herz, welches ist egal, und Berts Hand, sie zieht den Verstörten auf das Bett neben sich, so überzeugt, daß er nur zu schüchtern ist, daß er sich nicht vorstellen kann, eine Frau wie Karla zu besitzen, ignoriert sein Widerstreben, zieht ihn, er fällt auf das Bett. Und Karla wirft sich darauf, beginnt das Küssen. Nach einer Weile Geküsse merkt sie, daß Bert sie anschaut, mit Peinlichkeit im Blick. Beide setzen sich auf, und nach langer Pause sagt Bert: Es tut mir leid, ich liebe eine andere Frau. Erhebt sich und geht rasch aus Karlas Raum.

Deutschland. Ein paar Wochen
nach dem Abend mit Bert.

Rolf sieht Karla an. Seit ein paar Wochen leben sie zusammen. Hatten sich rasch zusammengetan wie Menschen, die keine Illusionen mehr haben, die nicht mehr an Ritter oder Prinzessinnen glauben, an Verschmelzung, hatten sich zusammengetan wie Erwachsene. Wir kommen gut miteinander aus, hatten sie befunden, laß es uns doch zusammen machen. Nun machen sie. Sitzen da, der Fernseher läuft, sitzen, um nicht alleine zu sitzen und den Fernseher anzuschauen, weil es alleine gefährlich werden kann, falls der Fernseher angreift, doch im Fernseher ist alles in Ordnung. Im Fernseher ist das Leben aufregend, wild und überschaubar. Als Ängstliche vor den Gefahren des Fernsehens gewarnt hatten, war das falsch, Fernsehen schadet nicht, hält nicht vom Leben ab, sondern hält die Menschen am Leben. Was würden Rolf und Karla ohne das Fernsehen tun, säßen still beieinander, würden sich für die Stille verantwortlich machen, für die zähen Sekunden, die klebrigen Minuten, die wie schwarze Spinnen das Zimmer überschwemmten, überkrabbelten, in sie hinein, sie mit ihrem Gift beschmutzten, sie den Haß aufeinander lehren würden, der ausbräche, würden sich erschlagen, früher oder später. So sitzen sie beisammen auf dem Sofa, essen kleine Nüsse und sehen die Nachbildung spannender Leben an. Schöne Menschen in überschaubaren Zeiträumen. Solange es die gibt, ist Hoffnung vorhanden. Solange es die gibt, ist Reden vorhanden. Nach den Filmen, den Reportagen aus Ländern, die vielleicht gar nicht existieren, können beide gut reden, Gemeinsamkeit fühlen, danach ab ins Bett, wieder aufstehen, schnell den Tag weg, um dann

fernzusehen, die Wahrheit zu betrachten. Die bei ihnen zu Hause ist, da muß man nicht mehr hin, kennt man alles, und die großen Gefühle müssen nicht mehr in harter chemischer Arbeit vom Körper erzeugt werden.
Karla und Rolf schalten den Fernseher aus und gehen zu Bett. Karla hat Rolf nie von ihrer Zeit in L. A. erzählt. Rolf hat Karla nie erzählt, daß er Ängste hat, die sich nur in der Nacht zeigen. Angst vor dem nächsten Tag, vor Frauen, Kindern, Hunden, vor seinem Chef, vor der Impotenz, vor dem Leben, vor Karla. Ist ja nicht weiter wichtig, das bißchen Angst, das macht, daß Rolf aus dem Bett schleicht, manchmal auf der Straße herumtigert in der Nacht, um nicht von der Angst aufgegessen zu werden. Muß man nicht darüber reden, daß Karla den Traum ihres Lebens verloren hat.
Rolf und Karla im Bett, das Bett ein Boot, auf einem Wasser schlingert es, das Wasser ist gar keines, was könnte das wohl sein? Die Straßenlaterne hell im Zimmer. Beide schweigend, beide mit offenen Augen. Rolf wagt nicht, die Schulter zu berühren, die hell leuchtet neben ihm, warm oder kühl, egal, er würde sie einfach gerne anfassen, sich zwischen Karlas Brüsten verbergen vor den Geistern der Nacht. Und Karla möchte so gerne berührt werden, da liegt Rolf, den sie leiden kann, nicht mehr oder weniger, warum vergräbt er sich nicht zwischen meinen Brüsten, fragt sich Karla, und dann schläft sie ein.

Amerika. Damals.

Die erste Filmrolle kam, als Karla nicht mehr daran geglaubt hatte. Karla schlief in einem Hauseingang neben zwei Männern, die nicht speziell gut rochen, schlief auf Tageszeitungen, womit auch deren Zweck klar wäre. Saß den ganzen Tag auf ihrer Zeitung unter einem Baum an der Straße, bekam Geld von Passanten, das sie sammelte für Getränke, die machten, daß sie den Zustand nicht verlassen mußte, der so

gut gedämpft war, so verschliert war wie etwas im Auge, das aber nicht drückt.
Essen gab es genug, in Mülltonnen, in Papierkörben, wenn die Angestellten in ihre Büros zurückhasteten mit Magengeschwüren, die Hälfte ihres Sandwiches gab es immer im Müll. Hunger hatte Karla nicht, schlechte Laune nicht, das Leben reduziert auf Null, war nicht so schlimm, wie gemeinhin vermutet, befreit von der Idee, von der Anstrengung.
Die Filmcrew kam an einem Abend, um Statisten für einen Zombie-Film zu suchen. Sie hatten große Freude an Karla. Eine fast gutaussehende Pennerin, zu viel Ekel ist eklig, und sie nahmen Karla mit ins Studio. Karla mußte durch künstlichen Nebel wanken. Das war ihr Auftritt. Und als wäre nichts gewesen, kam ihre Schauspielkunst wieder hervor, als hätte die nur geschlafen. Karla wankte göttlich. Und bekam nach der ersten Rolle direkt noch eine, in einem Splatter-Horrorfilm. Mit einer Kreissäge wurde sie tranchiert. Karla gab alles. Noch nie wurde jemand mit soviel Grandezza geteilt.
Das war das Ende. Karla wußte, daß die Zeit zu gehen gekommen war, daß sie ihre Chance gehabt und vertan hatte, daß es nur den Weg in den Untergang oder den zurück nach Hause gab.

Deutschland. Jetzt.

Nach einem Jahr tut es nicht mehr weh. Karla hat sich arrangiert. Was sind schon Träume, sagt sie manchmal zu Rolf, wichtiger ist doch das Leben, nach solchen Sätzen schmiegt sie sich an ihn, schließt kurz die Augen und fühlt nach, ob der Satz so wirklich stimmt. Er stimmt wirklich nicht. Die Unzufriedenheit sitzt wie ein Geschwür unterhalb des linken Lungenflügels. Aber nach einem Jahr tut es nicht mehr weh, und daß es in Amerika nicht funktioniert hat, lag bestimmt an ... Und das fällt Karla dann nicht ein, an wem es wohl gelegen haben mag, aber sie wird noch dahinter kommen.

Tom, der Regisseur, hat sich nie mehr gemeldet, aber ein anderer Bekannter hatte ihr eine kleine Rolle in einer Serie gegeben, die auf einem Bauernhof spielt. Karla ist das Pferd, stimmt nicht, Karla spielt die Freundin einer Freundin, aber sie spielt, sie ist zu sehen, und an manchen Abenden, wenn sie von einem Dreh nach Hause kommt, schaut sie Rolf an. Der etwas dicker geworden ist, ungeschlacht, mit seinem dünnen blonden Haar, mit seinen wasserfarbenen Augen, mit seinen immer etwas feuchten dicken Händen, der auf dem Sofa klebt wie ein benutztes Papiertaschentuch, sie sieht ihn an und hat so eine Ahnung. Bald würde sie berühmt sein, bestimmt, doch könnte sie das an der Seite eines Mannes, der ist wie gestandenes Wasser? Warum fordert er mich nicht, denkt Karla, warum sagt er nie etwas Spannendes, denkt Karla, sie gähnt innerlich und stellt sich nach dem Gähnen Rolfs Tod vor.

Amerika. Zuletzt.

Es war Herbst. In Los Angeles war der wie alles andere, zu hell, zu schneidend, kein warmer Ort, dieses L. A. Eine Stadt des lauten Lachens, der gekauften Momente in netten Restaurants, die tun, als seien sie mit Efeu bewachsen. Zu Hause fühlt man sich niemals in L. A.
Doch man geht nur, wenn man verloren hat oder tot ist. Karla ging weg. Fuhr weg. Noch einmal Auto fahren in L. A., die letzte Fahrt zum Flughafen, mit dem letzten Geld, das letzte Lied von Lou Reed: It's a perfect day, zu laut aus dem Radio des Taxis. Die häßlichen Boulevards entlang mit den großartigen Namen, Van Ness, La Cienega, wie gut das klingt, wie wenig dahinter steckt, wie mit der verdammten Stadt ist das mit den Namen. Karla im Flughafen, die größte Niederlage ihres Lebens, das war nun vorbei, gelaufen, vergiß es. Der Flughafen, die letzte Zigarette davor, die letzte in Amerika, fuck off, ihr Arschlöcher, fuck, fuck, sagte sie leise, aber es

griff nicht nach innen, nur einer war hier gefickt, und das war sie. Karla stand am Ticketschalter, sah die Schalterdamen reden, zu ihr schauen, und ihr wurde heiß, denn eines wußte Karla damals. Sie mußte weg, unbedingt in Sicherheit, an einen Ort, an dem ihr nichts geschehen konnte.
Die Schalterdame mit Bedauern und ihrer Karte in der Hand, die Karte, die seit einem Jahr gesperrt war, dumme Karla, verzweifelte Karla, hatte es noch mal versucht, war eben schief gelaufen. Ohne Kreditkarte bist du ein Penner in L. A. Karla, der Penner mit rotem Kopf am Schalter, die Karte in der Hand, ohne eine Idee, Freunde gab es keine, Karla hatte noch nie welche gehabt, Karla hatte Liebhaber oder Konkurrenten oder gleichgültig, und sie mußte weg, weil sie am Ende war und ein Tag länger sie mindestens das Leben kosten würde. Und so hatte sie Menschen angesprochen, Reisende nach Deutschland, Paare, aus den Ferien zurück nach Hause, die gut rochen, zusammengehörten, zu zweit waren mit wundervollen Tickets und golden funktionierenden Kreditkarten. Sich als Penner fühlen, als Bettler, im Hirn nur Raum für Panik, im Bauch kein Platz mehr für irgendwas, außer Schweiß, der sich bekanntlich im Bauch bildet vor Angst und dann überfließt. Können Sie mir vierhundertfünfundsechzig Dollar borgen, hatte Karla gefragt und gespürt, wie die Menschen sie ansahen, ihre Gedanken hinter den Augen, die einmal hoch und runter liefen. Eine nicht mehr junge Frau mit blonden Haaren, mit einem bodenlangen Mantel, nach Zigaretten riechend, mit wirrem Blick. Nach Zigaretten riechen ist das Schlimmste. Junge Frau, Entschuldigung, sie riechen nach Zigaretten, nach Kot quasi. Keiner hatte ihr Geld gegeben. Wirr die Augen, schwitzen, die Achsel runter, rauchen wollen, eine Zigarette so groß wie ein Feuerlöscher. Weg hier, in Sicherheit, wo ist das. Ein Mann faßte Karla an, am Hintern, eine Hand, ein Mensch, Karla ließ sich zu den Toiletten schieben. Vor der Keramikschüssel kniend nahm sie seinen Schwanz in den Mund, verwirrt den Schleim in den Rachen und zündete sich, während der Herr sein Glied hernach verpackte,

mit noch vollem Mund eine Kippe an, sagte danke, als er ihr fünfhundert Dollar gab, danke, das Sperma aus dem Mund, die Kippe naß, es war die letzte.
Das Ticket und weg. Den Schleimgeschmack präsent, tropft noch etwas, elf Stunden ohne Zigarette, ein Alptraum, endlich flog es los, das Flugzeug, dazu wurde es gebaut, und Karla hatte eine Explosion in der Brust, einen Schmerz, der alles zur Seite drängte, und sah aus dem Fenster, den Ort ihres Scheiterns kleiner werdend, nicht endend, L. A. hört nirgends auf. Fängt nirgends an. Karla flog zurück nach Hause.

Deutschland. Gerade.

Karla kommt nach Hause. Sie spielt eine Kellnerin in einer Serie, Pilot und so weiter, unglaublich lockere Stimmung am Set, der Kameramann hatte Karla eine Rose geschenkt, ihr gesagt, wie großartig sie aussähe, der Regisseur hatte Karla gesagt, daß er ihre Rolle ausbauen würde, die Brunnhoff hatte scheel geguckt. Wer, bitte, ist die Brunnhof, ist doch Wurst, was Schaupieler immer quatschen: Wissen Sie, dann habe ich mit dem Haller gedreht, der Bierbaum war dabei ..., Karla hatte sich wie die Dietrich gefühlt, oder wie etwas Vergleichbares, es war sehr groß und blond, ein blondes Schwein mit Flügeln, das kommt nach Hause geflogen, und auf der Couch liegt Rolf, er schläft und schnarcht ein bißchen, weil er müde war, weil er zuviel arbeitet, weil er Karla ein Auto geschenkt hat und für eine Eigentumswohnung spart, darum arbeitet er zuviel und war müde. Karla auf dünnen Absätzen steht über ihm, sieht auf den Speichel in seinen Mundwinkeln, der kleine Blasen schlägt, sieht Rolfs Bauch, der sich hebt und senkt, und unter dem Blick, der Rolf lieblos mustert, öffnet der die Augen. Karla sieht Rolf an, der erschrickt unter ihrer Härte, ihrer harten Stimme: Mein Gott, siehst du unkultiviert aus, wenn du schläfst, sagt Karla und geht ab. Läßt sich ein Schaumbad ein. Rolf schämt sich wegen seiner Figur, seiner losen Haare, er ist doch so stolz auf Karla, er will so sehr, daß sie ihn liebt.

Rolf auf dem Sofa, in der Wanne Karla, die sich ein bißchen schämt und denkt, wie es ohne Rolf sei, ohne seine Sorge, sein Geld, seine Liebe. Denkt an L. A. und wie grauenhaft es ist, ohne einen Menschen zu sein. Sieht auf die Haut, die unter Wasser ausschaut wie die einer Leiche, die schon lange Zeit im Wasser treibt.

Dankbar sollte sie sein, daß Rolf sie liebt und versorgt und nicht weggeht von ihr, sonst wäre sie einsam, eine einsame alte Frau, und Karla springt aus der Wanne, rennt zur Couch, setzt sich auf Rolfs Knie und beginnt ihn abzulecken. Ich hab dich soo lieb, leckt Karla zwischen den Worten, und Rolf kommen die Tränen. Er weiß nicht, womit er eine so tolle Frau verdient hat, eine Schauspielerin, eine solche Schönheit, und alles würde er für sie tun. Für kurze Zeit glaubt sich Karla ihre Liebe, spielt sie so gut, läßt sich in sie sinken, fühlt so sehr, so starke Gefühle, daß es ihr in jenem Augenblick scheint, als müsse sie sterben ohne Rolf. Rolf, ich habe gestern die Engel gehört, sagt Karla, es war ein heiliger Moment, sie sprachen zu mir, die Engel, daß ich meine große Liebe gefunden habe, für immer, du, du bist es, sagt Karla und erstickt fast an ihren großen Gefühlen, ihren tiefen, so tief ist sie, so aufrichtig, keiner auf der Welt, der so sensibel ist und so große und tiefe Gefühle hat. Und vergißt über den Küssen sich.

Deutschland. Was später.

Wie lange es her ist, daß Karla aus Amerika zurückkam, zählt nicht, so weit weg, daß es verschwommen scheint wie ein Traum, ein Gedanke, eine Idee ohne Boden. Es kamen keine Rollen mehr, es wurde egal, ob Rollen kamen, die Wohnung ist schön, Rolf ist dick, Karlas Haar wird dünn. Der Weg zur Bücherei, aus dem Haus um halb acht, im Winter noch dunkel, in einer Bäckerei an einer Kreuzung der erste Kaffee, ein

kurzer Moment wie Freiheit. Im Winter, im Sommer, der sich in jener Stadt nicht voneinander unterscheidet, steht Karla mit dem Kaffee vor der Bäckerei, sieht auf die Kreuzung von unglaublicher Häßlichkeit, kneift die Augen ein wenig zusammen und stellt sich vor, sie stünde in einem Ort am Meer, irgendwo, in Italien vielleicht, würde Kaffee trinken und danach wieder zu Bett, dann einen Film drehen oder am Pool liegen nach der Massage, geht aber in die Bücherei. Manchmal trifft sie Bert am Kaffeestand. Bert hat neuerdings merkwürdige Kleider an, aber das ist unwichtig, trifft sie Bert, dann stehen sie nebeneinander an einer lauten Kreuzung, kneifen beide die Augen zu, stellen sich Italien vor und verabschieden sich.
Die Bibliothek ist morgens für Karla der Geruch von gewachstem Linoleum, das Knattern des Neonlichtes, wie kleine Schläge eines kleinen Lebens, das um sich schlägt, weil es nicht geliebt wird. Weinen möchte Karla immer bei diesem Geruch, dem Geräusch. Gegen abend jedoch geht es besser. Gegen abend geht sie heim.
Rolf ist da, sie essen beim Italiener, beim Griechen, eine Spelunke, irgendwohin irgendwas essen. Rolf ist nicht reich geworden, für die Eigentumswohnung hat er einen Kredit aufgenommen, den er zurückzahlt. Die nächsten dreißig Jahre. Die Wohnung ist in der Straße, die Karla nur einmal in ihrem Leben verlassen hat, und das ging nicht gut aus. Ich werde nie mehr ohne die Straße sein, denkt Karla manchmal, es wird jetzt immer so weitergehen, die Falten werden mehr, das Geld für ein Lifting nie vorhanden, Rolf immer da, der gute, warme Rolf, wenigstens einen Rolf hat sie. An den Wochenenden machen sie Spaziergänge oder Schlimmeres. Manchmal in den Zoo, Tiere schauen, denen es noch schlechter geht. Rolf geht es nicht schlecht. Er hat nie mehr vom Leben erwartet als das, was es ist. Er ist glücklich, nicht alleine zu sein, er liebt Karla, und über seine Arbeit denkt er nicht nach. Arbeit ist nicht zum Spaß da, das Leben eigentlich auch nicht, wenn er spazierengehen kann am Wochenende mit Karla, ist Rolf glücklich.

Deutschland. Heute. Ende.

Es ist ein Sonntag. Einer, der grau ist, vom Morgen ab. Karla ist alleine zu Hause. Rolf irgendwo, es ist nicht wichtig, nicht da. Karla allein zu Hause am Sonntag. Sie liegt im Bett, sieht auf ihren nackten Leib, mag ihn nicht berühren, bloß nicht anfassen, was man nicht anfaßt, das gibt es nicht. Draußen grau, draußen die Straße, die Karla nicht verlassen wird. Das ist also mein Leben, denkt Karla. Es ist eine kleine graue Angelegenheit. Nichts von dem Wunder, das sie sich erträumt, noch nicht mal ein bißchen von dem Tempo, das sie sich vorgestellt hat, einfach nur so ein Leben mit Essen und Trinken, mit einem Mann und einer Wohnung, die gelbe Fliesen im Bad hat, die Spannteppich am Boden hat und drei Zimmer.
Es wäre alles anders geworden, denkt sich Karla, wenn ich berühmt geworden wäre, glücklich geworden wäre. Das Glück ist so weit entfernt, in einem anderen Land. Nur die guten Momente sind Karla geblieben, in ihrem Hirn sind Filmrollen, Autogramme, all der Mist, als sie Leben fühlte, Glück, und dachte, es geht jetzt los, es geht nach oben, und Grenzen hat es nicht für mich. Hinuntergefallen, gestoßen, gezogen in etwas, das sie immer verabscheut hat, weil es nicht gut ist, nicht schlecht, weil es nichts ist, ein Käfer sein, einer von Millionen sein, nichts Besonderes. Nie mehr wird Karla ein Autogramm geben, nie mehr erkannt, nie mehr Business Class, nichts mehr für Karla außer dem Weg in die Bücherei, Rolf, fettige Nahrung und häßlich alt werden. Schön altern nur die Reichen, für Karla ist es jetzt zu spät. Kein schöner Mann, kein schöner Ruhm, die Bescheidung in die Unerträglichkeit des Am-Leben-Seins, aber wirklich nicht mehr. Es ist Sonntag, heute vor vielen Jahren war Karla nach L. A. geflogen. Und alles hätte doch mit ein klein wenig Glück anders laufen können. Alles wäre gut geworden, wenn sie nur berühmt geworden wäre –
Karla läuft auf ihrer Straße zu ihrem Platz, der Bäcker hat heute geschlossen, alle Läden geschlossen, das Leben ge-

schlossen, Karla davor, dahinter, darunter, zu spät, Chance vertan. An Häusern vorbei, wie gemauerte Armut, geistige, vor Schwere kaum die Beine vom Boden ab, ab, hoch, lauf, warum bloß, wie lange noch?
Dann geht sie nach Hause. Durch die dunklen Straßen. Geht zurück in die Reste dessen, was sie sich von ihrem Leben erträumt hatte. Wäre ich doch berühmt geworden, murmelt Karla, so absurd, der kleine Satz in der kleinen Stadt, in ihrem kleinen Leben.

Wenn Toni bei mir geblieben wäre ...
(Anna)

Vier Wochen nach dem Ende.

Könnte ja sein, daß vier Wochen zu wenig sind. Sind zu wenig, um eine große Leidenschaft zu vergessen, einen großen Traum zu vergessen, den Mann zu vergessen, der die große Liebe war, und einfach weiterzumachen. Mit einem neuen Mann, in einer neuen Stadt. Rudi ist der neue Mann, und es war einfach der falsche Zeitpunkt, Anna zu begegnen, tröstet er sich.
Anna möchte Rudi gerne gern haben, weil es bequem wäre und richtig und weise und der ganze Mist. Rudi wäre der Mann, um den sie alle beneiden würden. Wenn sie sich doch nur selber beneiden könnte. Immer verliebt man sich in die falschen Männer. Nie in die, welche einem Blumen schenken. Immer in die, denen man sein Geld schenkt, sein Herz, und die auf den Blumen herumtreten, auf dem Herz. Frauen sind blöd, und ganz speziell blöd ist Anna. Die den nettesten Mann der Welt getroffen hat, ihn nicht lieben mag, noch nicht mal freundlich zu ihm sein kann. Ihn nicht achten kann, weil was für ein Idiot muß das sein, der sie erträgt, die heult, seit vier Wochen.
Und weil sie immer heult, hat Rudi ihr vorgeschlagen, in Urlaub zu fahren. Auf eine Insel. Als ob sie Urlaub bräuchte, als ob nicht ihr ganzes Leben Urlaub wäre, keinen Urlaub

braucht Anna, sie braucht ihren Traum zurück, denn der ist gestorben vor vier Wochen. Aber weil ihr sowieso alles egal ist, fährt sie in Urlaub.

Vier Wochen und ein paar Tage nach dem Ende.
Anna schreibt Tagebuch.

Ich bin seit einer Woche auf der Insel. Weil ich mir klar werden will, ob ich Rudi lieben und ob ich mich jetzt mal erwachsen benehmen kann. Wegen solcher Sachen bin ich hier. Es war nicht meine Idee. Ich habe keine Ideen im Moment. Eine Insel ist ins Wasser geworfen, damit Menschen davon träumen können, wie schön es wäre, auf diesem Haufen zu sein, und sind sie dann da, bekommen sie grad feuchte Hände, weil sie merken, daß von einer Insel so schlecht wegzukommen ist. Wie im Flugzeug fühlt sich der Mensch dann für schwache Sekunden, wenn er realisiert, daß kein Grund ist unter seinen Beinen, keine Straße zum Weglaufen.
Inseln sind das Letzte, und ich bin hier, damit ich nicht weg kann, damit ich gesund werde, damit ich vernünftig werde. Ich werde eine gute Frau.
Seit Tagen oder Jahren bin ich auf diesem Haufen Dreck in einem Wasser, das mich nichts angeht, und werde gesund, um mein Leben wieder aufzunehmen, das mich auch nichts angeht, um es zu einem guten Schluß zu bringen, das ist die Aufgabe, mit den gleichen Darstellern kann das nichts werden. Morgen wird ein Mann kommen, mich von der Insel nehmen, in ein ruhiges Leben führen.
Wenn meine Hand mich aus Versehen berührt, ist es wie Greise greifen, mein armes Leben, wo ist es hin. Nur noch ein paar Jahre, bis ich alt bin, richtig alt. Weil ich die Absperrung sehe, dahinten, die das Leben beendet, habe solche Angst und keine Zeit mehr für Fehler, ich muß es richtig machen.
Die Hindus legen ihren Besitz ab, ihre Leidenschaften und

Bedürfnisse. Ich bin auf der Insel, um Hindu zu werden. Ich sitze am Hafen auf der Insel, ganz Hindu, ein schöner Hafen, ein schönes Café, viel weiß hier, wie Knochen, hell in der Sonne, ausgebleicht von zuviel Alter, das sie gesehen haben, die Häuser. Das Meer, Freund in der Langeweile, Kubikzentner Schwermut und Überdruß, flüssig gewordene Dummheit, darauf wird er morgen kommen, der Mann, der mich liebt, den ich nicht liebe, wird an der Reling stehen oder am Bug oder am Spoiler, wie auch immer das heißt auf Booten, und wird schauen, ob er mich schon schaut, aufgeregt wird er sein, und ich werde wieder im Café sitzen morgen, und ruhig werde ich sein, denn, ob der Mann kommt oder nicht, ist wie egal, mein Herz schlägt leise, und das ist es, was ich noch will, vom Leben, von einem Mann.

Der Mann ist einer, bei dem ich bleiben sollte, weil er mir wohltut, weil er mich durch Bäche trägt, mich zudeckt in der Nacht, und morgen kommt er, und mein Herz bleibt leise, es ist etwas gestorben, ich weiß nicht was, aber es ist gut, daß es tot ist, ich bin vernünftig geworden, ich bin erwachsen geworden, über Nacht, über welcher auch immer. Ich freu mich. Ich seh das Meer, dunkel wie Augen, so wie die des Einen. Und für einen schwachen Moment denke ich, der Eine käme. Ganz schlechter Gedanke, dumme Idee, das Herz holpert, setzt aus, steht still, die Hände feucht, und verdammt, er soll nicht kommen, und das wird er auch nie.

Er war so schön, und es war eine von den Lieben oder Leidenschaften oder Verirrungen, die es ein-, zweimal gibt im Leben. Geflogen sind wir, kein Boden mehr, so ein Schwachsinn, und es war alles egal, ich mir und der Welt, solange ich ihn halten konnte. Viel gelacht, wenig gegessen und gar nicht geschlafen, so eine Liebe, die vielleicht einmal Haß wird oder Wut oder Trauer, aber enden nie.

Zuviel von allem. Tränen und Blut, und schön war er, daß Menschen wegschauen mußten, ich wegschauen mußte, weil Schönheit Angst macht, frieren macht, nicht zu halten ist. Hätte ich ihn halten können, wollte doch nicht mehr, als ne-

ben ihm, auf, unter ihm zu liegen und ihn anzusehen, nicht mehr bewegen, nicht mehr essen, nicht mehr atmen, im Sand habe ich mit ihm gelegen, und er hat gestrahlt wie etwas, das aus einem Reaktor ausgebrochen war, es strahlte, und ich habe ihm die Nase geleckt, das Gesicht, alles ab und weg und sauber, und ich habe ihn so geliebt, mein Leben für ihn, denn mich gab es nicht mehr, ihm die Beine absägen, die Arme, daß er nicht von mir gehen könnte, ihn fesseln, den Rumpf verbiegen, den Kopf in eine Büchse, ihn mit mir führen, böse auf alles um ihn, das nicht ich war, auf jeden, der ihm die Hand geben durfte, auf den Stuhl, der ihn tragen konnte, getragen hätte ich ihn von Moskau nach Nowossibirsk, aber wer will da schon hin. Er wollte da nicht hin und ist gegangen in einer kalten Nacht in einer fremden Stadt, und es war anders als die Enden zuvor, als er mir sagte, daß ich gehen sollte am nächsten Tag, und ich versuchte, mit meinem Körper in seinen zu kriechen, daß er ganz starr wurde vor Abscheu. Das war die Nacht, in der ich alt wurde.
Und zur Frau werde ich jetzt. Da ich mir denke, daß es gut ist, daß er nicht kommt mit dem Schiff, sondern der andere. Eben war ich noch jemand, der an Leidenschaft glaubte, Märchen glaubte, und morgen wird ein Mann kommen für die Frau, die ich geworden bin.
Ein schweres Gefühl, ein Gefühl nach dicken Brüsten, lauter solchen Frauensachen, Falten und Dekolletés, Schuhe mit Blockabsätzen, Kostüme, kein Spaß mehr. Spaghettis essen und gemessene Bewegungen, keine billigen Kleider und keine Leidenschaften, keine Jungs, die schön sind, für die man sterben möchte, an denen man stirbt. Jetzt bin ich Frau, jetzt wird gelebt, ein prima Leben, ich freu mich drauf.
Die Sonne geht unter, das letzte Boot auch, und morgen kommt ein Mann, der es gut mit mir meint, den sollte ich behalten, der ist friedlich, Gott, ist das alles friedlich, ich habe auch schon zugenommen.
Worum geht es denn, daß es einem gutgeht, um Hindu zu werden, dick auch. Zu verstehen, daß Leidenschaft nicht fürs

Leben taugt. Fürs Leben taugt ein Mann, der einen schlafen läßt, der, der kommt, hat einmal meinen Kopf auf dem Schoß gehabt. Zehn Stunden in einem Flugzeug hielt er die Füße still, damit ich nicht erwache. Ich aber war wach, tat, als schliefe ich, damit ich nicht mit ihm reden mußte, damit ich an den anderen denken konnte. Und träumen konnte, Prinzessinnenträume von großer Liebe, in Höhlen eingesperrt und nichts tun, außer sich anschauen, welche Sage ist das, sie ist für Kinder, für Mädchen. Ein Mädchen bin ich jetzt nicht mehr. Da ich am Hafen sitze, Boote anschaue und genese, nach einem Entzug, dem Entzug von Jugend. Es tut weh, als wäre die Jugend noch da, klammerte sich an mich, wäre er noch da, jetzt in mir, täte Gift dorthin, wo er Löcher gerissen hat mit den Zähnen, säße er doch in mir, trüge ich ihn in mir, könnte ihn beschützen.
Morgen kommt ein Mann, der mir guttut, mit dem Boot, und ich werde mich freuen, genauso, als würde er nicht kommen, er wird Obacht geben, daß keine schönen Männer mir das Leben rauben, das Lachen rauben wird er mir, die Jugend ist schon weg, bin Frau geworden. Ist das nicht schön? Frau geworden sein heißt, um den Tod zu wissen, die Wechseljahre, aber viel Spaß am Geschlechtsverkehr und keine Unsicherheiten mehr, keine Aufregung und Falten und Rheuma, die Nacht kommt, und ich bin Frau, erwachsen, morgen werde ich Kostüme kaufen und kluge Entscheidungen in Ruhe fällen, schön ist das, endlich Ruhe.
Und dann gehe ich über die Insel, die Luft ist warm, riecht wie eine Decke, gespült, frisch, Decke aus Liebe, aus Küssen, aus Küssen, Himmel, nur noch einmal fliegen, bevor das Alter kommt, es kommt morgen mit der Weisheit zusammen auf einem Boot. In einer Gasse stehe ich, die weißen Häuser sind warm, warm wie ein Mensch, wie er, würde er doch kommen, auf dem Boot stehen, seine Haare im Wind und sein Gesicht, ich würde es halten, würde er kommen, ich schwöre, ein Jahr säße ich, ohne Nahrung zu mir zu nehmen, und hielte nur sein Gesicht, würde die Tränen von ihm wi-

schen, die er weinen würde, weil ich seinen Scheißkopf nicht losließe.
Ganz Frau möchte ich eine Schlinge um einen Baum legen, meinen Frauenkopf darein geben, einen letzten Blick auf ein Meer, auf ein Boot, mit dem der richtige Mann nie mehr kommen wird, weil ich weiß, was gut für mich ist, das Alter ist gut und Träume vor den Arsch, die Füße weg vom Boden und die Augen aus den Höhlen.

Zwei Monate nach dem Ende.

Rudi ist gekommen. Sie sind zusammen über die Insel gegangen, Anna hatte sich gefreut, als er kam. Es war besser, als mit sich alleine zu sein. Sie verstand nicht, was Rudi an ihr fand. An einer Frau, die gerade verlassen worden war, die zu häßlich war, zu langweilig, als daß jemand Spannendes bei ihr bleiben mochte. Dafür verachtete sie Rudi. Ein wenig, wirklich nur ein klitzekleines Stück Verachtung war das.
Sie lief mit Rudi auf der Insel rum, sie aßen in teuren Restaurants und hatten sich nicht viel zu sagen. Anna freute sich jeden Tag darauf, mit Rudi zu Bett zu gehen, denn dann müßte sie ihn nicht mehr anschauen, nicht mehr mit ihm reden, sie könnte sich anfassen lassen und sich vorstellen, er wäre ein anderer. Dann sind sie zurückgefahren, in Rudis Stadt, in Rudis Haus.
Rudi hatte Anna gesagt: Ich liebe dich, ich will mit dir zusammensein, du bist ein toller Mensch, und ich werde auf dich warten. Einfach so, bis du mich auch lieben kannst. Und das ist nun ein paar Tage her, und Rudi ist arbeiten gegangen, Anna ist alleine zu Hause. Anna wiegt sich auf dem Stuhl hin und her, auf einem Sessel, Design und so weiter, und starrt in sich, ohne viel zu erkennen. Das Haus ist leer, das Haus macht Geräusche, weil es einsam ist. Es ist in einer Selbsthilfegruppe für häßliche Häuser. Sie treffen sich jeden Donnerstag, der Therapeut ist echt nett.

Wasser kriecht durch Heizungsrohre, Türen knacken, Fensterkreuze wimmern, locken, wollen Hälse in Schlingen, auf dem Dachboden knarrt es, das ganze Haus schreit und stöhnt vor Langeweile, möchte sich gerne selber zum Explodieren bringen, schafft es nicht. Draußen, vor dem Haus ist die Lange Straße, ist eine lange Straße eben, in der nicht Großes gedeihen kann, aber es ist Anna egal, was draußen ist, wenn nur das Drinnen nicht wäre. Wenn nur Anna nicht wäre. Nur der Schmerz nicht wäre, der so lange anhält. Klar hält der an, wenn man ihn nicht sterben läßt. Weil man Gefühl möchte. Anna seufzt. Ein Geseufze ist das, es verläßt ihren Mund und schleicht in dem Zimmer herum, in dem großen Zimmer, dem ungemütlichen Zimmer, dunkelgrüne Wände, goldenes Messing. Kampf der Killermessinghähne. Alles wäre so einfach, wenn Anna Rudi lieben könnte. Anna hatte wirklich geglaubt, ihn lieben zu können. Weil er sie gerettet hatte, weil er Sicherheit war und Reichtum. Weil er ›Ich liebe dich‹ gesagt hatte, hatte sie es auch geantwortet und hatte am Anfang wirklich geglaubt, ihn zu lieben, hatte sich gefreut über ihr neues Leben, war aufgeregt gewesen. Wenn Rudi nach Hause kam, ihr Geschenke mitbrachte, hatte sie ihn geküßt, sich von ihm durch die Wohnung tragen lassen, und nun saß sie hier und fühlte sich leer und tot und verstand nicht, warum das so eine komplizierte Sache war mit der Liebe.
Rudi hatte Anna mit zu sich nach Hause genommen. Als Anna am Ende schien, hatte er ihr geholfen, ihr ein Zimmer in seinem Haus gegeben und nach einer Woche hatte er ihr seine Liebe gestanden. Anna hatte Ruhe mit Liebe verwechselt, und Rudi hatte Aufregung mit Liebe verwechselt. Immer diese Verwechslungen, Projektionen, die Idee, die glaubt, ein Mann und eine Frau würden genügen, um ein Leben aus seiner Unerträglichkeit zu heben, doch da hebt sich nichts, es fliegt nur rasch, und dann folgt immer der Aufschlag der leeren Seelen auf dem Boden.
Anna, die Reisende, und Rudi, der Millionär, die versuchen,

ein gutes Leben zu führen, die sich verhalten, wie es Menschen tun, die ein gutes Leben führen, doch es klingt falsch.
Da sitzt Anna mit einer Badewanne, mit Cremes und einer Kreditkarte in einem öden Haus, doch gut geheizt, und versucht, zufrieden zu sein, denn es ist mehr, als sie hatte zuvor. Ein friedliches Leben, das Leben aller guten Bürger in kleinen Städten, mit kleinen Honoratioren, kleinen Apothekern, kleinen Literaturfestspielen, kleinen Kleidern, kleinen Büchern, kleinen Hunden. Ein kleines Dasein. Als Rudi sie zu sich nahm, dachte Anna, ausgesorgt zu haben. Nie mehr Geldsorgen, gar keine Sorgen, der Hauptgewinn. Wie auf Weihnachtsmärkten, wo durch die Stille, die Schnee herstellt, erwachsene Menschen mit sehr großen Plüschelefanten herumlaufen. Hunderte, schweigend mit diesen Elefanten, als ob es ihr Job wäre, die Elefanten auszuführen, als ob sie auf eventuelle Fragen erwidern würden: Ja, wissen Sie, es mag komisch aussehen, aber der Elefant hat mir das Leben gerettet, ich verlasse das Haus selten ohne ihn. Freuen sich über ihren Gewinn, tragen ihn heim, er sitzt dann auf einer Ledergarnitur, und fest steht, daß nichts besser wird, wenn sich ein 1,50 m großer Plüschelefant in einer Zwei-Raum-Wohnung aufhält.

Zwei Monate. Sechs Tage nach dem Ende.

Anna sitzt an ihrem Tisch, starrt aus dem Fenster, die Hände in einen kleinen Stoffbeutel verkrampft, ab und an hebt sie den zur Nase, gräbt die in den Beutel, doch es mag kein Geruch mehr herauskommen, alles leergerochen. In dem Beutel ist ein Stein. Tonis Beutel, Tonis Stein, den hatte er ihr geschenkt, und er hatte lange nach ihm gerochen, nach einem herben Parfüm, Moschus mit Toni vermischt. Er hatte den Beutel immer in einer Hosentasche gehabt, aber jetzt war er leergerochen. Sie riecht an dem Säckchen eines Idioten im Haus eines netten Mannes, in ihrem prima neuen Leben, und das macht Anna nicht besser fühlen.

Draußen verändert sich die Farbe der Luft, das hat Anna nie ganz verstanden, wieso Luft, die farblos ist, ihre Farbe verändert, ahnt, daß es durch die Erde kommt, die Sonne, und wie sich diese Sachen bewegen. Aber muß man das glauben? Kann es nicht so sein, daß die Luft ihre Farbe von Blauschwarz über Grau und Rosa in Gelbweiß ändert, je nachdem, wie sie sich fühlt. Das Licht ist gerade rosa. Stille draußen, kommt in den Raum, stellt sich vor, trägt ein Hermesschälchen, die Straßenbahn quietscht, es ist die erste, mit Toni könnte sie hier leben. In einem beschissenen kleinen Ort sogar, irgendwo an einer Bahnstrecke, in einem grauen Haus, ihn morgens zur ersten Straßenbahn begleiten oder selber darin sitzen, übermüdet zur Schicht in eine Schraubenfabrik fahren. Oder in Bangladesch leben. Am Rande einer Müllkippe in einer Hütte mit Schlamm als Fußboden, mit zerschnittenen Reifen als Dach, in fünfzig Grad Hitze, überall könnte sie sein mit ihm.
Bevor sie Toni getroffen hatte, war das ihr Die-große-Liebe-Spiel. Wenn sie an einem absolut trostlosen Ort war, fiese Hütten in Bitterfeld, gebaute Trostlosigkeit, Orte, an denen noch nicht mal der Tod sich aufhalten mochte, und wenn sie sich dann die große Liebe vorstellte, dann dachte sie, mit der müßte ich überall wohnen können und wäre glücklich. Mit Toni hätte sie überall sein mögen.
Unten aus dem Wohnzimmer ist das Ticken einer Standuhr zu hören. Es sind immer die gleichen Räume, die um solche Uhren gebaut werden, und ihr Schlagen bewirkt immer dieselbe Stimmung in jenen Räumen, die ist, als warten alle auf den Tod, während sie fahles Teegebäck essen.

Zwei Monate und zwei Wochen nach dem Ende.

Nach zwei Monaten und zwei Wochen, in denen Anna wirklich dachte, es wäre ihr möglich, Rudi lieben zu lernen, begann sie, ihn zu verachten. Warum konnte sie nicht sagen. So gerne würde sie ihn lieben, denn von ihm weggehen hieße auf

die Straße gehen, wieder losfahren mit ihrem alten Rucksack, und Anna wußte doch, daß sie die Welt nicht mehr interessierte, und war langsam dem Alter entwachsen, in dem Traveller zwar auch Scheiße, aber noch süß sind.
Sie hätte Rudi so gerne geliebt, hatte es versucht, doch sie konnte nicht lachen mit Rudi, sie mochte ihn nicht berühren, sie mochte ihn nicht ansehen, wenn er schlief, nicht streicheln, ihr Herz ging nicht schneller, hörte sie seine Schritte. Anna haßte sich dafür, daß sie Rudi nicht lieben kann. Einen Mann, der ihr so guttat. In dieser wohltuenden Normalität. Normal und erwachsen, bitte nicht, noch nicht erwachsen sein, heißt sonst, sich mit dem Leben arrangieren, nicht mehr träumen, daß noch Wunder bevorstünden. Anna dachte doch immer, der Sinn ihres Lebens sei die große Liebe, und die war gestorben. Und nun? Läuft Anna in Rudis Haus herum. Anna blättert in Zeitschriften, Anna sieht fern, Anna lümmelt im Garten rum, Anna hört Platten, Anna sieht ihr Leben wie etwas, das nicht zu ihr gehört. Anna weiß nicht, ob sie vorher wußte, wozu ihr Leben gut sein sollte. Glaubte immer, wenn ein Mann da wäre, den sie lieben könnte, würde sich die Frage gar nicht stellen. Sie hatte ihr Leben verliebt, und jetzt weiß sie nichts mit sich und der plötzlichen Ruhe anzufangen.

**Zwei Monate, zwei Wochen nach dem Ende.
Anna schreibt in ihr Tagebuch.**

Wenn ich doch nur noch ein Leben hätte. In noch einem Leben wäre ich ein selbstgerechter Student in einer heilen Studentenstadt. Ich würde in einer WG wohnen und den ganzen Tag lesen, ich hätte Zeit dazu, und die großen Gedanken der Philosophen, der Gelehrten, ich würde sie zu meinen machen, weil ich noch gar nicht bin, und darum wäre es ganz leicht für die Gedanken, in mich zu dringen. Ich würde mich überlegen fühlen wegen der Gedanken, von denen ich vergessen hätte, daß es nicht meine wären, würde erhaben in mei-

ner kleinen Studentenstadt herumlaufen, und für die Zeitung der kleinen Stadt würde ich Artikel verfassen, die alle beschimpfen, die nicht so schöne große Gedanken hätten wie ich. Ich wäre unglaublich korrekt und würde gegen Vergewaltiger kämpfen, das wären alle Männer, und gegen Tierquäler, das wären alle, die Tiere essen, die Bandwürmer vernichten, kleine handzahme Viren killen, gegen Frauen, die Vergewaltigerfreunde haben, weil ich dächte, daß es im Leben korrekt zuginge, da ich außer meinen Büchern und der kleinen Studentenstadt nichts kennen würde. Ich dächte nicht an das Ende des Studiums, an das danach, und es wäre die Ewigkeit der Jugend. Ich verliebte mich hernach und ...
Ich habe meine Chancen auf ein erregtes Leben vertan, was bleibt, ist ein Mann, den ich nicht liebe, und das Rumsitzen in einem geheizten Haus, in einer Stadt, die mich nichts angeht. Das definitive Nichts. In Italien kommen die Rentner und die Hausfrauen morgens mit Klappgestühl, hocken sich vornehmlich an Ränder äußerst stark befahrener Straßen, sitzen da, bis der Abend kommt, dann nehmen sie ihr Stühlchen und gehen wieder heim. In Afrika oder Asien hocken sie ohne Gestühl, ohne Bewegung an den häßlichsten Orten im Staub, lassen Harn dabei aus ihren Kaftanen, sitzen in der Sonne und warten, starren und warten, und früher fragte ich mich, was ist los mit euch, dachte mir, das ist doch das Ende, so zu hocken.
Heute weiß ich, ob man nun an einer Straße kauert oder in einem Haus, ist gleich, geht ums Gleiche, um das Warten auf etwas, das den inneren Zustand verändert, das Wasser zum Kochen bringt, daß man doch nur irgend etwas fühlen möchte.
Wenn nicht die Welt untergeht, dann könnte ich doch untergehen. Aber eines wie das andere, wie stellt man es an? Untergehen, wohin, einfach nur eine Etage tiefer und auf dem Teppich kriechen ist keine Lösung, wissen die Angehörigen der Kriechtierpartei, die mit kleinen Plakaten für den aufrechten Gang eintreten.

Drei Monate und zwei Wochen nach dem Ende.

Anna steht morgens mit Rudi auf, weil liegenbleiben genauso blöd wäre. Sie küßt ihn zum Abschied, wenn er in sein Büro geht, um noch eine Million zu verdienen, sie in Papiere anzulegen, in Safes, von denen keiner, er selber auch nicht, weiß, ob sie existieren, damit die Welt aufkaufen, aber ob es diese Zahlen wirklich gibt, die Welt wirklich gibt, wer will das wissen?
So langweilig, was der Rudi macht, und er riecht nach Rasierwasser, egal welches, egal wohin er es sich streicht, es riecht überall alt, sauer, es riecht wie das Haus. Wenn Anna sich von Rudi verabschiedet hat, gehört der Tag ihr, und sie beginnt unverzüglich zu leben und zu wohnen. Läuft im Haus herum, wohnt, daß es nur so kracht, schaut in den Garten, lauscht dem Schlagen der Standuhr, hockt sich nackig auf alle Sitzgelegenheiten, badet, bis sich ihre Haut nicht mehr vorhanden fühlt, streicht Masken auf ihr Gesicht, geht wieder im Haus herum, stöbert in Schubladen.
Anna hatte nie besondere Interessen gehabt. Gelesen hatte sie gerne und gereist war sie, weil sie glaubte neugierig zu sein. War sie aber gar nicht, nur gelangweilt und unentschlossen, sich auf einen Beruf festzulegen, verspürte sie keine Lust. Macht kaputt, was euch kaputtmacht, Berufe gehören dazu, Versicherungen, Zahnersatz, Steuern, Polizisten, und drauf geschissen. Einen Beruf hatte sie sich nie gewünscht, ein Talent war nicht vorhanden, früher hatte Anna nur in der Idee gelebt, daß Liebe ihr Lebensinhalt sein werde, sich keine Gedanken gemacht, denn sie war jung und schön.
Anna mag nicht, wenn Rudi nach Hause kommt, denn er stört sie, er macht es ungemütlich, vertreibt ihre Träume, die sind, wenn sie nackt auf der Biedermeierkommode hockt, daß Toni käme, Toni, Toni käme, mit ihr hier leben würde, und dann wäre das natürlich eine andere Geschichte, nichts mehr mit Leere, ausgefüllt und spannend wäre das Leben mit ihm. Aber das ist vorbei, verloren für immer. Nie mehr einen

Schönen berühren, nie mehr besoffen von Hormonen. Dann ist er da, der Rudi, und Anna schämt sich ein wenig für ihr Nichtstun, für ihre Langweiligkeit. Und wird böse auf Rudi, weil er diese Gefühle in ihr auslöst. Und weil er so verständnisvoll ist. So vernünftig.
Wie das Paar neulich, so vernünftig all diese Paare, am Nebentisch, im Restaurant. Sie trug einen Hut und war so geliftet, daß keine Bewegung mehr nötig war, sie trug Weiß und versuchte zu lächeln, was nicht ging wegen des Liftings. Er sah aus wie ein Mann, der Liftings bezahlen kann. Sie redeten laut und sagten Sätze wie: Natur ist ja nun wieder etwas Hochdynamisches ...
Assoziationen springen breit, sagte er oder sie, und dazwischen sagte der andere immer ja ja, ja. So saß das Paar und redete von Inhalten sauber befreite Sätze, aß von Kalorien befreite Speisen, lächelte von Gefühl leere Lächeln, das Paar, wie sie alle sind, nur die Zeit abwartend, bis unendliche Ruhe eintrete.

Drei Monate. Zwei Wochen nach dem Ende.
Anna schreibt in ihr Tagebuch.

Ich habe einen Mann, der mich ernährt. Der mich nur mit Masken ficken kann, aber dazu komme ich noch. Oder er. Jeden Tag kommt er darauf, das ist der Preis, auf der Straße müßte ich mehr für mein Geld tun. Kriegt man eigentlich vom widerwilligen Beinespreizen O-Beine? Und was hieße das für die gemeine Japanerin?
Ich verlasse also mein Zimmer nicht mehr, rausgehen ist nicht, soll ich in eines dieser Cafés gehen, die es hier hat, mit Holzstühlen, Löchern in der Lehne, die tun wie Ornamente, gepolsterte Bezüge, genagelter Wahnsinn? Wer hat beschlossen, Menschenärsche auf so etwas Erniedrigendes zu heben? Die Regierung vermutlich, die französische hat auch in der Metro diese Bänke angebracht, auf denen alle sitzen, ohne

daß ihre Füße den Boden berühren können, weil die Bänke zu hoch sind, das raubt dem Menschen die Würde, die Füßchen in der Luft, Tatzen, die nicht greifen, um den Menschen zu zeigen, wo sein Platz ist, am Arsch. In so einem Café also könnte ich sitzen, schlechten, zu lange in der Maschine gestandenen Kaffee trinken, mit einem Rahmtröpfchen, das langt nie, um die fahle Bitterkeit zu überdecken, nie gehe ich in ein Café, ich bleib schön hier. Wenn die Sonne scheint, das tut sie selten, liege ich im Garten, unruhig, gespannt, lauschend, ob Rudi zurückkommt, wenn er kommt, springe ich schnell hoch und tue, als täte ich etwas. Vermutlich, weil ich mich für meine Faulheit schäme und weil ich Rudi doch nicht liebe, ist es, als hätte ich keine Daseinsberechtigung.

Wenn ich doch etwas könnte. Frei von jedem Talent zu sein ist wie frei von einer Seele, die einen fühlen läßt. Etwas zu wollen, malen oder singen oder solches Zeug, das zwar niemand braucht, aber wer braucht schon Computer oder Halbleiterplatten, zu wissen, warum man aufsteht, heißt das.

Manchmal versuche ich ein Bild zu malen, ein Gedicht zu schreiben, ich langweile mich aber an meinem eigenen Unvermögen, ertrage meine Stümperhaftigkeit nicht, daß ich ein Niemand bin, nicht geschaffen für etwas Großes, eine kulturelle Leistung, vergiß es. Ich habe nichts zu tun, der Welt nichts zu geben, das ist die Wahrheit.

Früher bin ich gereist. Ich dachte, es sei mein Talent, mich mit einem Minimum an Geld maximal weit fortzubewegen, von allem. Unter uns, wenn ich unterwegs war, dann war mir genauso fad, ich hab nur einfach geschwitzt. Mir Ausländer im Ausland angesehen, zugesehen, wie sie so rumleben, und mich gelangweilt, es nicht so gemerkt, weil man bei vierzig Grad sowieso nicht viel merkt. Das Blut in dir langsamer, die Gedanken vertrocknet, und heute für immer vorbei.

Luxus verdirbt den trägen Körper. Ich kann mir nicht mehr vorstellen, mich auf staubigen Straßen zu bewegen, mit schmutzigen Männern zu sein, bei denen ich schlafen konnte, die mir zu essen gaben, die immer mit mir ficken wollten,

manchmal habe ich mit ihnen gefickt, es war egal. Im Freien zu schlafen, in stinkigen Pensionen, auf der Straße zu essen, mich nicht zu waschen, nicht mehr vorstellbar nach all dem Luxus.
Mit Zwanzig bin ich weggefahren und hatte gedacht, mich seht ihr nie wieder, nicht gewußt, daß ich niemanden damit kränke. Zuerst flog ich nach Bangkok. Ich weiß noch von der Hitze und dem Hotelzimmer in einer Straße mit billigen Pensionen. Das Zimmer hatte kein Fenster, eine eiskalte Klimaanlage und Kakerlaken. Ich in diesem Zimmer, und wußte nicht, was zu tun sei.
Draußen Lärm von Autos und Menschen und das Gefühl, daß man sich dem Leben aufdrängen muß, weil es einen überhaupt nicht benötigt. Ich hatte Angst, auf die Straße zu gehen, vor der Erkenntnis hatte ich Angst, zu merken, daß woanders sein noch blöder ist, als zu Hause nichts mit sich anzufangen. Ich hockte auf der Straße, später in den Bars und wartete auf das große Gefühl.

Drei Monate. Drei Wochen nach dem Ende.

Anna schlägt ihr Tagebuch zu. Ganz schnell, ertappt, gerade rechtzeitig, denn Rudi betritt ihr Zimmer, unsicher, ob er Anna ansprechen soll, ob sie sich gestört fühlt, ob sie ihn sehen will, er spürt, daß sie ihn eigentlich nie sehen will, das macht ihn verlegen und traurig und endlich wütend, dann kann er mit ihr schlafen, wenn er wütend ist.
Rudi tritt ein, und Anna wird kalt, steif der ganze Körper, sie ist so widerwillig, daß sie Rudi manchmal erschlagen könnte, weil er schuld hat an allem, weil er da ist, weil er nicht Toni ist. Rudi küßt Anna auf den Nacken, und Anna erschauert, wie wenn ein Tier von unangenehmem Äußeren sie berührt hätte, wischt sie, ohne zu denken, den Nacken nach.
Wie war dein Tag?
Wie immer.

Schweigen.
Und du?
Auch wie immer.
Schweigen. Eine Uhr tickt, es ist Rudis Armbanduhr, Quarz tickt nicht, tickt was in den Schläfen, Widerwille, Fremdheit, kann ticken und explodieren.
Wollen wir essen?
Ich habe keinen Hunger.
Dann gehe ich mal runter.
Mach das.
Rudi geht, traurig geht er, unglücklich geht er, liebt Anna, irgendwas liebt er, vielleicht nur, daß sie so schön ist, ihm so fremd ist, daß er sich in ihre Leere hinein vorstellen kann, wie sie wäre, wenn sie ihn lieben würde.
Anna sitzt in ihrem Zimmer, sie hört Rudi lachen unten in der Küche, vor dem Fernseher, lautes schrilles Lachen, eines, das sie ausschließt von etwas, in das sie gar nicht eingeschlossen sein möchte. Aber so genau weiß Anna das nicht, denn sie vermeidet Gedanken, die nichts Reales beinhalten, keine Ereignisse, nichts Erlebtes, solche Gedanken findet Anna langweilig, stellt sich dann ihr Inneres vor, Organe, Blut, und da mag sie nicht nach einer Seele suchen, das ist für Metzger. Ob Menschen, die sich Dinge fragen, die man nicht greifen kann, wohler ist, ist fraglich, ob einem wohler ist nach einer zehnjährigen Analyse des Unwohlseins, einem wohler ist nach langen Gesprächen über die eigenen Ängste, wenn sie sich kennen und wissen, woraus sie gemacht sind, ob es ihnen dann wirklich besser geht?
Anna sitzt in ihrem Zimmer, ihre Füße beginnen zu kribbeln, es kriecht die Beine hinauf, in den Körper, die Arme, ein Orgasmus, wie schön, ist keiner, ist Nervosität. Anna springt auf, läuft im Zimmer herum, hört Rudi die Treppe hochkommen, setzt sich schnell wieder, tut, als läse sie. Er kommt in ihr Zimmer, und es ist Peinlichkeit. So gerne hätte Rudi mit Anna geredet, wäre ihr nah, sie ist doch seine Frau. Und so weit, jeden Tag weiter weg ist die Frau, nah nur die Ruhe im

Raum und das Überlegen, worüber zu reden sei, wie man Interesse zeigen könnte für Uninteressantes. Rudi merkt nicht, daß sie nicht zusammenpassen, daß er ihre Gedanken nicht versteht, ihren Humor, das ist ihm nicht wichtig, sie ist schön, ist seine Frau, er schläft mit ihr, das Reden, mein Gott, immer das Gerede.

Anna sieht Rudi kurz an, er ist so fremd, sein Geruch ist fremd, seine Gestalt ist fremd, ein richtiger Mann mit gut funktionierenden Drüsen, mit Männergedanken, was soll man mit dem. Und jede Frage eine Anstrengung, ein Gewürge, die Worte langweilen sich, ehe sie den Mund verlassen, in den Raum gestellt werden, so langweilen sich die Worte, daß sie zäh werden und jeder jedes Wort ganz bewußt hören kann, so langsam ist es, und so unsinnig. Anna hatte gedacht, daß die Liebe schon kommen würde mit der Zeit, aber die ist da oder kommt nie, wenn die Phase der hormonellen Verzauberung entfällt, fehlt die Bereitschaft, einen fremden Menschen zu ertragen. Rudi hört ihr zu, er tröstet sie, beschützt und beschenkt sie, sorgt für sie, all das Zeug, was man nicht wirklich will von dem falschen Menschen, macht aggressiv, wenn es der falsche Mensch ist, weil er nie der Richtige wird, weil er sich demütigt, weil er immer daran erinnert, wie wirkliche Verliebtheit ist. Rudi sieht nicht häßlich aus, gedrungen mit kurzgeschorenem Haar, stark sieht er aus und zum Fürchten, und das hatte Anna gefallen, theoretisch. Inzwischen erträgt sie kaum noch, ihn anzuschauen, mit seiner stämmigen Männlichkeit, wie ein feister Faun, so plump die Glieder, so breit die Hüften, das Glied nudelholzgleich, nichts Feines am Rudi. Da sitzt er und sie auch, im Hintergrund läuft der Fernseher, tut seinen Job als Atemgeräuschschlucker, im Fernseher eine aufgeregte Reporterin, die versucht mit einem Mann zu reden, der vom Nabel ab unter einer Stahlplatte liegt. Anna fragt sich, was er da macht, ob er immer dort liegen mag oder nur für das Interview.

Die Reporterin kreischt: Aber was fühlen Sie, Sie müssen doch quasi Angst haben?

Der Mann stöhnt.

Die Reporterin: Meine Güte, Mann, reißen Sie sich doch zusammen, denken Sie an Ihre Familie.

Der Mann stöhnt.

Die Reporterin wendet sich ab.
In die Kamera: Also, ich stehe immer noch an der Unglücksstelle an der A 3. Ungefähr hundert Menschen sind durch eine einfallende Brücke, gegen die ein Hubschrauber geflogen ist, förmlich zermust worden. Hinter mir liegt ein Überlebender, der sich bis jetzt leider noch weigert, mit uns zu sprechen.
Geht zurück zu dem Mann, dem Blutfäden aus Augen und Mund laufen.
Reporterin: Wenn Sie uns nicht gleich sagen, wie es Ihnen geht und was Sie gesehen haben, können Sie was erleben.

Der Mann hustet eine Blutfontäne. Die Reporterin beginnt, mit dem Mikrofon auf ihn einzuschlagen.

Anna schaltet den Fernseher aus und geht zu ihrem Stuhl zurück, nicht zu dicht an Rudis Stuhl vorbei, damit sie ihn nicht touchiere. Die beiden sitzen und schweigen. Eine Annäherung nach so einem Schweigen ist unmöglich, es schafft einen Graben, über den wirklich niemand springen sollte.
Rudi räuspert sich.
Und wie war dein Tag, fragt er, und seine Stimme schämt sich so, daß sie klingt wie die eines häßlichen Fünfzehnjährigen.
Gut, sagt Anna. Ruhe.
Wollen wir zu Bett, schlägt Rudi vor, und seine Stimme wird in Ahnung dessen, was im Bett geschehen wird, fester.

Gut, sagt Anna, froh, daß etwas passiert, unerträglich, dieses Schweigen und die Angst, daß er genug hat von ihr, sie wegschickt, auf die Straße schickt, aber sie kann sich doch nicht verstellen, will ihn nicht berühren, will nichts wissen von ihm. Sie gehen schweigend die Treppe zum Schlafzimmer hinauf. Das Schlafzimmer ist wie das ganze Haus. Groß, denn je kleiner der darin lebende Geist, um so größer oft seine Räume, zu groß, als daß irgendein Möbel es kommod darin hätte, eine Wand aus Glas, den Blick freigebend in einen häßlich kultivierten Garten, da zuckt der Blick gleich wieder weg, prallt an der zu niedrigen Decke ab, verfängt sich ratlos in einer Barockkommode, in die eine Elefantenfamilie passen würde. Das Bett, in dem bereits Rudis Eltern lagen, vermutlich auch starben, denn zu anderem taugt das Ungetüm nicht, in der Mitte des Raumes, mit einer gewissen Koketterie positioniert, wirkt wie ein letzter Sarg im Ausstellungsraum eines pleitegegangenen Bestatters.

Anna geht in das angrenzende Badezimmer, gelbe Kacheln, goldene Wasserhähne, irgendwo sind bestimmt auch Schwäne, denn es ist ein Badezimmer, das unbedingt nach goldenen Schwänen verlangt, und versucht die letzten Minuten vor dem Unvermeidlichen zu genießen. Aber wie soll das gehen, hatte sie doch den ganzen Tag für sich gehabt und nicht eine Sekunde genossen. Anna reinigt ihren Intimbereich, wartet ab, denkt, vielleicht schläft er schon, wenn ich nur lange genug warte, wartet, sieht sich im Spiegel, hört das Tropfen des Wassers, geht dann in das Zimmer, als es nicht mehr angeht, im Bad zu stehen. Rudi steht im Raum, am Fenster, sieht in den Garten, puh, ist der häßlich, er trinkt zügig, damit es geht.

Als Rudi mit einer Elefantenmaske, daran ein flexibler Rüssel, mit einer engen Radlerhose aus Nylon mit gelben und giftgrünen psychedelischen Mustern und einem Kettenhemd aus dem Bad kommt, schläft Anna schon fast. Sie schreckt hoch, als ihr das Nachthemd ins Gesicht fällt. Zieh das an, sagt die durch die Maske verzerrte Stimme Rudis. Es ist das

Nachthemd, in dem Rudi seine tote Mutter in diesem Bett gefunden hatte, als er sechzehn war. Meine Güte, irgendeine Macke hat doch jeder. Anna legt das Hemd an und begibt sich in die Pudelposition. Der Rest ist schnell geschehen, der Gummirüssel, der ihr im Takt der Stöße um die Ohren fliegt, der kurze Elefantenschrei, den Rudi ausstößt, schnell zieht er sich aus ihr, geht ins Bad, legt sich wieder neben sie und schläft scheinbar ein. Aber Rudi schläft nicht. Er weint, ganz leise weint er, weil er nicht weiß, wieso es nur noch in diesem Kostüm geht, wieso es nur noch geht, wenn er sich vorstellt, Anna sei seine tote Mutter, weil er unglücklich ist, ein ungeliebter blöder Mann, der eine Frau hat, die er zu lieben glaubt, und die neben ihm liegt wie ein Briefträger, und weil einfach alles verschissen ist, darum weint Rudi sich in den Schlaf. Anna steht leise auf, als sie Rudis leise Schluchzlaute, die sie für Schnarchlaute hält, hört, und verläßt das Zimmer, ohne sich die Spuren des vorausgegangenen Aktes wegzulöten, wegzulöten, denkt Anna kurz, schüttelt den Kopf und geht in den Garten. Es ist kalt, und Nebel hängt auf der Leine. Anna sitzt auf einer Bank. Nur das Sperma an ihrem Bein, das kalt wird und fest, erinnert sie daran, daß es sie gibt.
Rudi liegt in seinem Bett, dem Ungetüm, lauscht, ob er Anna hört, er ist so verliebt in sie, warum wüßte er nicht zu sagen. Er ist doch nur ein Mann, und er möchte Anna beschützen, sie heilen von diesem Kerl, den würde er töten, bekäme er ihn in die Finger. Warum er sie nur mit einer Maske ficken kann, weiß er nicht zu sagen, am Anfang hat er es normal versucht und hat, sich auflösend, in ihre Augen geschaut. Das möchte er nie wieder. Und Rudi ist traurig, Anna dort unten, so weit entfernt, und hofft doch, daß er sie überzeugen wird, ihn zu lieben. Mit der Zeit.

Vier Monate. Drei Wochen nach dem Ende.

Annas Leben wird normaler, erträglicher, selbst der Schmerz dünnt aus. Was bleibt? Ein Mann, eine Frau, die sich nicht besonders gut ertragen, nicht den Mut haben, es zu ändern, weil sie hoffen, weil die Hoffnung die Menschen ertragen läßt, ein anderes Wort für Lüge, sonst wären sie schon alle tot, die Menschen, würden sie nicht hoffen, daß irgendwann die Erleuchtung käme, das Wunder.
Na, komm, so lange halten wir schon noch durch.
Anna geht jetzt öfter mal aus dem Haus, sie kauft Dinge, die sie dann wegwirft, sie stellt Blumen ins Haus, sie beginnt zu begreifen, daß sie eine reiche Frau ist. Seit gestern ist Rudi irgendwo, um noch mehr Geld zu verdienen. Und als die Dämmerung eintritt, nimmt Anna den Walkman, eine alte Kassette darin, und geht hinaus. Alte Lieder auf der Kassette, so lange nicht mehr gehört – und wie es ist mit Musik, sie weckt viel stärker Erinnerung als Bilder oder Gerüche.
Ein kleiner Regen überzieht die Bäume, die vor Laternen stehen, es bilden sich strahlende Kreise, wenn man sie anschaut, Kreise in der Nacht, leichter Regen, kleiner Regen, Feuchtigkeit auf der Haut, die Musik ins Ohr, ins Hirn, ins Herz, was für ein Lied. Eine altes Lied von Sisters of Mercy. Fuck me and marry me young, so nah das Gefühl dazu.
Im Flugzeug sitzen von Neuseeland nach L. A., jung sein, noch Träume haben und Toni treffen. Das Lied in der Nacht, da sie draußen stand am Meer, und er schlief, zu wissen, da liegt der Mann meines Lebens, zu wissen, da liegt der Hauptgewinn, drei Zentner Gold, sie gehören mir, ich kann ihn berühren, er wird die Augen öffnen und mein sein.
Auf jene Erregung für immer zu verzichten, weiß Anna in dieser Nacht bei diesem Lied, ist bei aller Bescheidung durch die Vernunft der Verlust dessen, was Lachen herstellt und Glück. Ist das Sich-Setzen auf ein Stühlchen in einer bequemen Wartehalle, der Bus ist weg, der fährt ohne sie in ein Paradies. Wie sieht das Paradies aus? Es ist gestopft voll mit Toni, er ist

nackig, keine anderen Frauen sind da, nur noch Häschen und Sushis und Wassermelonen und überall Betten, die sich selbst reinigen, und ein paar gute Kinofilme von Wong Kar-Wai.
Anna kommt an einem besonders häßlichen Café vorüber und schaut ihm ins Fenster. Dahinter sitzt ein Mann. Anna erinnert sich, ihn schon einmal gesehen zu haben, schon einmal erschrocken zu sein, als sie ihn sah, weil er Toni ähnelt. Weil er ein bildschöner Mann ist, und Anna war damals ganz schnell weiter gelaufen. Sie sind eine spezielle Rasse, diese Schönen. Immer krank, das auf jeden Fall, und immer treiben sie normale Menschen in den Wahnsinn. Anna lehnt neben der Tür des Cafés, sie atmet schnell und denkt sich: Ich werde mich jetzt für immer befreien. Von den Männern, in die ich mich immer verliebe, von den Schweinen, ich werde es jetzt tun, und ich werde danach ein ruhiges Leben führen. Ich werde Rudi liebhaben, wir werden in teure Länder fahren, in exzellenten Hotels schlafen, und es wird gut, verdammt. Und dazu brauche ich dich. Anna weiß nicht, ob sie sich belügt, mit dem Gedanken an die Befreiung, aber weitergehen mag sie nicht, irgend etwas will sie tun. Jetzt.
Anna war aufgefallen, daß der schöne Fremde im Café ihr nachgestarrt hatte, daß er sie wollte. Er sollte sie haben. Anna geht in das Café und setzt sich neben ihn. Nach einer Zeit blickt der Mann auf, und Anna spürt, daß sie ihm gefällt. Sie sieht es in seinen Augen, an seinen fahrigen Händen.
Sie ist kühl. Und ein großer Haß steigt in Anna auf. Dich werde ich fertigmachen, denkt Anna. Der Mann beginnt zu reden, wie um sein Leben, und Anna ist kühl, wäre sie nur bei Toni so kühl gewesen. Sie fühlt sich sicher heute, denn sie hat einen Mann, sie hat Geld, sie hat ein ordentliches Leben. Jetzt wird mein Spiel gespielt, denkt Anna. Und schlägt dem Mann, der Raul heißt, vor, mit ihr zu schlafen. Einmal und sich dann nie wiederzusehen. Der Mann ist so nervös, so dankbar, so einfach ist das. Und sie geht neben ihm in ein Hotel. Und fühlt sich stark.
Der Mann zieht sich aus in dem Hotelzimmer. Er ist sehr

schön, es ist ein Toni. Ein perfektes Arschloch, und gleich wird er büßen. Anna zieht sich aus. Sie läßt sich von Raul berühren, aber es steht ihm nicht. Das ist gut. So gut. Anna lacht ihn aus. Sie lacht und sieht den schönen Raul an. Und es ist Toni. Und endlich ist sie gerächt.
Anna zieht sich an, schlägt die Tür hinter sich zu und geht nach Hause. Ich habe es besiegt, denkt sie. Ich bin frei. Frei für ein prima angenehmes Leben. Anna freut sich, als Rudi am nächsten Tag nach Hause kommt.

Sechs Monate nach dem Ende.

Anna hat sich arrangiert. Sie ist geheilt von schönen Männern. Sie hat ein normales Leben. Ihr Mann ist reich, nett auch, sie liebt ihn nicht. Na und. Nach einem Monat oder einem Jahr hört die Liebe ja doch immer auf, sagt sich Anna, und was Rudi mir zu bieten hat, ist mehr, als sonst meist bleibt. Aufregung, große Gefühle, da lach ich doch drüber. Ein halbes Jahr sind Rudi und Anna nun zusammen, es ist ruhig, wo sie sind, wird nicht viel geredet. Sie sehen fern zusammen, sie schlafen zusammen. Anna ist es langweilig, mit Rudi zu schlafen, aber es gibt Schlimmeres. Schlimmer wäre, weg zu müssen. Sie stellt sich vor, wie es wäre, weg zu müssen. Sie wüßte nicht, wohin sie gehen sollte. Irgendwohin, ein Zimmer mieten, einen Job suchen. An die Kasse eines Supermarktes, und dann? An die große Liebe mag Anna nicht mehr glauben, nur noch an ein Leben, das frei ist von Aufregung, und für dieses Leben ist Rudi gut. Anna mag die Dinge, die er ihr schenkt, sie mag es, in seinem Jaguar zu fahren, sie mag es, nichts tun zu müssen. Wir verlassen Anna für eine Weile und wenden uns Rudi zu.

Sechs Monate nach dem Ende. Rudi.

Rudi, wir haben ein paar Fragen an dich.

Wer ist wir?

Ist doch egal.

Stimmt eigentlich.

Warum lebst du mit Anna? Es ist dir doch klar, daß sie dich nicht liebt.

Ich weiß es nicht. Ich glaube nicht an die Liebe. Ich habe Anna gefunden. Wie eine kranke Katze. Sie brauchte mich. Und jetzt ist es mir angenehm, daß sie da ist. Ich hatte vorher Beziehungen. Mit Liebe und was weiß ich nicht allem. Das endet nie gut. Da weiß ich bei Anna doch wenigstens, woran ich bin. Mir gefällt ihre Abhängigkeit von mir. Sie braucht mich, das ist doch Grund genug, oder?

Bist du nicht manchmal traurig, daß sie so kalt ist?

O. k., manchmal bin ich traurig.

Acht Monate nach dem Ende.

Rudi und Anna sind ein paar Tage ans Meer gefahren. Anna hatte sich gewünscht, mal ganz einfach zu verreisen. So wie früher. In einer billigen Pension zu wohnen und so weiter. Sie dachte sich, vielleicht tut es uns gut, mal etwas zu tun, was ich früher getan habe. Und so waren sie mit einem Zug ans Meer gefahren. Das Wetter war schlecht.
Sie laufen einen Tag lang in dem erschreckend unfreundlichen Ort herum. Ein kalter Wind und häßliche Backstein-

häuser. Unfreundliche Menschen. Aber zurückreisen geht nicht, sie wollten doch Urlaub machen, sich gut verstehen. Geblieben wird. Anna neben Rudi, küßt ihn gegen die Stille an, sein Geruch so fad, vorsichtig gehen sie miteinander um, und in der dritten Nacht schlafen sie miteinander. Anna schafft sich in große Leidenschaftlichkeit, und als Rudi nach zehn Minuten in ihr immer noch nicht fertig ist, beginnt Anna vor Widerwillen und Langeweile zu weinen.
Verbringen die Zeit dichter, als es ihnen guttäte. Und der Tag, jeder Tag, besteht aus Mahlzeiten. Da passiert was, da geht was los, das Auswählen, Warten, Essen, Kauen, Schlucken, Rülpsen, Leben. Und dann in den Pausen, zwischen den Mahlzeiten, zwischen der Versicherung, der eigenen, etwas Lebendiges zu sein, der Tod, der Kollaps, die Stille, die Leere, leerer Magen, nach jeder Mahlzeit sofort wieder Hunger. Gerade Kuchen gegessen. Zwischen alten Menschen mit Hüten auf, Streuselkuchen mit Sahne. Schlecht, alt, kalt, aus einer Vitrine, dabei aus dem Fenster sehen, das Meer ansehen. Kaltes Meer, zum Baden ungeeignet, kalter Tag, zum Träumen nicht gemacht, eine häßliche Sache. Warten auf das Abendessen. Laufen die zwei. Eine Strandpromenade. Bänke, Asphalt. Mieses Wetter. Im stumpfen Gleichschritt marschieren sie. Da ist noch nicht mal Regen, nur grau, und gleich werden die Laternen angehen, Neonlicht, gnädiger wird es nicht dadurch, das Wasser wie flüssiger Dreck und Schweigen, aber keiner hat einen guten Gedanken, zuviel Watte im Kopf, Putzwolle im Kopf, dumpf, nichts geht da durch. Ich liebe dich, hatte Rudi gesagt, irgend etwas hatte er damit gemeint. Ich liebe dich, hatte Anna gesagt, und sie meinte einen anderen oder meinte, ich liebe, daß du mich ernährst, und was er meinte, ist egal, das Leben geht so schnell, und Erinnerungen an Gefühle werden so fad, wenn man sie nicht pflegt, löschen aus, fransen aus und sind dann weg. Jeder Schritt, so schwer, das Bein zu heben, soviel Kraft, wozu bewegen, laufen wohin, es ist doch gleich, keine Tunnel, kein Licht, alles Lüge. Der Traum kaputt, noch nicht mal mehr die Erinnerung an den Traum da,

schon lange weg, und da sind nur noch die Beine, so schwer, der Wind zu kalt, jetzt gehen die Laternen an, beleuchten Dinge, die im Dunkel besser aussehen. Zu hell. Die Ohren zu groß, die Nase zu feucht, der Typ so fad, ach, mein Herz, mein armes Leben. Er ist, sie ist schuld, daß wir schweigen, uns nichts zu sagen haben, nicht wissen, wie das Leben geht, wo kann man es umtauschen. Leben ist nur gut, wenn Träume da sind, sind aber weg, die Pension ist da. Das Haus gelb, Putz ab, Steine drunter austauschbar, in Formen hergestellt wie Millionen Leben. Holzeckbänke, Lampen aus Schmiedeeisen und Tischdecken auf Tischen, an denen man sich immer die Knie haut. Sitzen, sich die Knie hauen macht kein Gefühl, macht nicht das Gefühl zu existieren, damit haben sie aufgehört oder noch nie angefangen, sie essen Bratkartoffeln, die ihre besten Stunden nie hatten. Schweigen, Schmatzen. Sie sieht ihn an, und ein Viertel Bratkartoffel hängt in seinem Mundwinkel, bewegt sich im Takt seiner Kiefer, fieser Kiefer, fiese Zunge, war mal in ihrem Mund. So eklig. Schaut das Viertel an, ihn an und hat so einen Haß. Auf sich, auf das Leben. Beide nicht da, wer da ist, ist er, und drum ist er dran:
Iß doch mal ordentlich.
Er ißt weiter, sagt nichts.
Ich hasse, wie du das Essen runterschlingst, das ekelt mich, du kannst nicht genießen, nichts kannst du genießen.
Er ißt seine Bratkartoffeln.
Das ganze Wochenende schon läufst du rum wie bei einer Beerdigung. Macht es dir keinen Spaß mit mir?
Ihre Stimme ist schneller geworden, höher geworden, springt aus ihrer Verankerung.
Außer deinem Job interessiert dich nichts, nichts interessiert dich, nichts kannst du genießen, du versaust alles, immer machst du alles kaputt, nie hast du mich verstanden, was willst du eigentlich von mir, glaubst du, mit Geld kann man alles kaufen, so sag doch mal was, nie sagst du was.
Sie klopft mit ihren Händen auf dem Tisch herum, wischt auf dem Tisch herum, schmiert auf dem Tisch herum, mein Gott,

wie er sie haßt, ihre Hände haßt, die Arme dahinter, den Körper daran, den Kopf oben drauf. Er ißt Bratkartoffeln, schlingt sie herunter, jetzt extra, das Essen schmeckt ihm nicht, das Leben schmeckt ihm nicht. Der Urlaub war eine falsche Idee, eine dumme Idee, einen Irrtum kann man nicht retten. Am Tisch entfernt sitzt der Mann, dem die Pension gehört. Sieht aus wie ein alter Vogel, schaut über der Zeitung weg zu den beiden hin, freut sich, Leben ist nicht zum Spaß gemacht.
Du hast alles kaputtgemacht, du nimmst mich nicht wahr, sieh doch mal hin, ich lebe, ich lebe, schreit sie, und er fragt: Warum eigentlich? Sie nimmt den Teller mit den Bratkartoffeln, ein paar sind noch drauf, Speckwürfel auch, leert den über seinem Kopf, die Speckwürfel rutschen langsam, ein paar verfangen sich in seinen Augenhöhlen, die sie vorgestern ausgeleckt hat, stundenlang hätte lecken können, berauscht an der eigenen Stimmung, dem eigenen Lecken, was kann ich fühlen, was bin ich zärtlich, gedacht, es seien die Augenhöhlen von Toni, Toni, Toni, die sie heute auskratzen möchte, er haut in ihr Gesicht, ganz leicht, und sie schlägt zurück, ganz fest, und rennt aus dem Raum. Hoch in das Zimmer, wirft sich aufs Ehebett unter ein Bild, ein Hirsch wäre zu einfach, und weint den Schmerz heraus, die Wut heraus, und weiß doch gar nicht worauf. Nur darauf vielleicht, daß Leben so eine kleine Sache ist, so eine unerhebliche Sache, und daß das, was bleibt, sich nicht vom restlichen Grau abzuheben vermag. Der Besitzer der Pension hat seine Zeitung vor die Augen gehoben, das Drama ist vorbei, immer diese Dramen, kurzes Aufbäumen, dann wieder ein Dreinschicken in Unabwendbares, der Tag ist gelaufen, wird nichts mehr passieren. Rudi reinigt sein Gesicht mit einer Serviette, feucht im Auge, wohl nur Spritzer von erkaltetem Fett. Sitzt lange steif da, kann sich kaum bewegen, so kotzt ihn alles an. Gleich werde ich hochgehen zu ihr, denkt er sich, werde sie schlagen, meinen Koffer packen und losgehen in ein verrücktes, spannendes Leben. Oder sie rausschmeißen, die undankbare Kuh, die

blöde Tramperin, die leere Nülle. Denkt er und sitzt ganz hölzern vor Trauer, vor Nicht-Wissen, wie ein großes Leben geht. Dann steht er auf, viel später, steigt die Treppe hoch, die noch nicht mal knarrt, steht geraume Zeit vor dem Zimmer, Zimmer 6, Sechs, Sex. Geht hinein, sie liegt auf dem Bett, auf dem Rücken, ihr Blick trifft ihn wie ein Schlag in den Magen, in die Eier, geht auf sie zu, auf sie drauf, nur nicht reden, es gibt keine Worte, es gibt nichts zu sagen, kein Gefühl auszudrükken, da ist keines. Beginnt sie zu küssen, wirft sich über sie, gräbt sich in sie, mit den Zähnen, mit dem Schwanz, sie krallen sich ineinander wie Hunde, die kämpfen, schnell und laut, laß es nur nicht leise sein, nicht ruhig sein, die Gedanken könnten kommen in der Stille, im Kreis irren, Unglück machen, laß uns miteinander schlafen, Geschlechtsverkehr haben, Liebe machen ist das nicht, Liebe gibt es nicht, ist Quatsch, laß uns realistisch bleiben, laß uns sabbern, brüllen, kopulieren, schwitzen, nicht denken, bitte nicht, nur nicht aufhören, was soll danach kommen, nach dem Aufhören, und hört doch auf. Liegen dann nebeneinander. Von draußen der Wind ins Zimmer, zu schlaff, um die gelbe Gardine zu bewegen, von den Laternen fahles Licht ins Zimmer.

Acht Monate und ein paar Tage nach dem Ende.

So sind sie wieder heimgefahren. Noch ein paar Tage waren sie sich sehr fremd nach dem Schock des verunglückten Urlaubs, nach dem kurzen Erkennen, daß sie nicht glücklich würden miteinander, kam die Routine wieder, die Arbeit wieder, das Nichtstun wieder. An einem langen, dunklen Nachmittag nimmt Anna ihr Tagebuch in die Hand, blättert darin und liest. Die Geschichte ihrer großen Liebe.

Annas Tagebuch. Die Liebe. Das Ende.

Schweigend nebeneinander, und es war hell in der Nacht, keine Dunkelheit in der Nacht, denn das Licht wollte nicht gehen, wollte noch schauen, war verliebt in ihn, das Licht. Es stach, mir weh zu tun, und kein Ort, zu welchem ich hätte hinsehen können. Am Strand hockte ich neben ihm und konnte mich nicht bewegen, den Kopf nicht drehen, die Augen nicht schließen. Das Atmen so schwer, das Heben des Brustkorbs anstrengend. Die Finger verkrampft, das Herz zu schnell.

In einem Café hatte ich gesessen mit meinem Rucksack, war ein paar Stunden zuvor aus Neuseeland gekommen, vergiß Neuseeland, Scheißschafe dort. Dreckig und müde hockte ich also in L. A. und kannte niemanden, wußte in jenem Moment auch nicht wirklich, was zum Teufel ich in Amerika verloren hatte. Und dann sah ich ihn. Es war einer von den Momenten, die dich von einem normalen, übermüdeten Menschen in etwas verwandeln, das unfähig ist zu reden, zu denken, sofort bist du gefangen, begraben unter Hormonen, vermischt mit all dem romantischen Kitsch in deinem Kopf. Er war so schön, daß eine Nervosität entstand. Die Männer redeten lauter, die Frauen verstummten, sahen ihn. Etwas Asiatisches mit Hellerem gemischt, große schräge Augen, halblanges schwarzes Haar, die Bewegung wie ein Tier, ein geschmeidiges, und eine Perfektion der Gliedmaßen, des Gesichts, die Betrachter erstarren macht.

Er kam zu mir. Seine Hand hatte er abgestützt auf dem Tisch, ein Arm daran, ist ja wohl auch besser, braun, fein, mit Silber, weiter oben aus dem Ausschnitt des Hemds, Fleisch heraus mit Samt darauf, Mund auf, wollte was sagen, kam nicht heraus. Ich hörte mich ganz schrill lachen. Wie peinlich ich mir war.

Ein kleines Holzhaus, er wohnte im Untergeschoß, ich könnte bei ihm duschen, bei ihm übernachten, hatte er mir angeboten, warum weiß ich nicht, ich war nicht schön, ich

war schmutzig, und ich hatte noch keine Sätze gesagt, nichts Schlaues. Und dann stand ich in seinem Bad und sah mich, verschwitzt und viel zu häßlich, und versuchte hektisch, schön zu sein für ihn. Nie zuvor hatte ich mich so häßlich gefühlt wie dort, in diesem Badezimmer.
Viel zuviel Parfüm und Make-up, sagte er, und sah mich an, seine Wimpern waren zu lang, sie warfen Schatten auf seine Wangen. Er lag auf dem Bett, die Wimpern lagen da auch, und er zog mich zu sich. Es passierte nichts, es kam nicht zum Äußersten, meine ich, wir haben uns nur angefaßt, stundenlang, und gestaunt, als es dunkel draußen war, und als es hell wurde frühmorgens um drei, saßen wir auf seinem Bett und redeten. Ich weiß nicht was, ich sagte nicht viel, nicht daß ich mich an irgend etwas erinnern könnte, ich war völlig neben der Spur, und wenn ich ihn anfassen wollte, schob er meine Hände zur Seite. Er wußte ziemlich genau, wo man Frauen anfaßt. Ich kam mir nicht vorhanden vor.
Wir saßen am Abend drauf am Strand. Nebeneinander, und ich war nicht mehr da. Toni war entspannt, das machte mich unglücklich. Warum war ich so unglücklich mit ihm, schon ganz am Anfang. Dabei redete er so schön. Daß er ganz glücklich sei und daß ich es wäre, nach der er immer gesucht hätte, aber verdammt, er war so gelassen. Warum ist er so ruhig, dachte ich und auch an Momente, in denen ich ruhig gewesen war mit anderen. Es waren die Momente, die nicht zählten.
Toni erzählte Märchen von Seeungeheuern, er stand da, im Meer, bis zu den Knien, hell ausgeleuchtet vom Mond, der war auch verliebt in ihn, schwule Sau, das Haar berührte seine Schultern, ich war eifersüchtig auf das Haar.
Er stand im Meer, ganz ruhig, und ich konnte nicht wegsehen, sieh doch weg, rette dich, lauf schnell. Ich lief nicht. Natürlich laufen sie nie weg, die dummen Weiber, und er kam zu mir mit Tropfen auf brauner Haut.
Wir gingen in seine Wohnung, in sein Bett, und es war zuwenig, daß er mich nur an der Hand hielt, er sollte mich tra-

gen. Als er sich schlafend von mir wegdrehte, wurde mir kalt, und ich mußte weinen, erst ganz leise, und dann vor das Haus gehen, weil ich nicht mehr aufhören konnte. Da stand ich in einem fremden Land und hatte Angst. Wäre ich schlau gewesen, wäre ich gegangen, hätte mich in Sicherheit gebracht, weil ich mehr wußte, als meine Gefühle wissen wollten. Ich ahnte, daß er mir Schmerzen machen würde, aber zum Umkehren war es zu spät. Ich legte mich wieder neben ihn, preßte mich an ihn und achtete darauf, ob er nah bei mir liegen blieb, ich wollte in ihn kriechen, ein Teil seiner Schönheit sein.
Tonis Gedanken schossen immer über den Rand in den Wahnsinn. Ich habe soviel gelacht. Ich meine, er lachte nicht über das, was ich sagte. Ich sagte nicht viel, er sagte doch schon alles, viel schneller war er als ich. Und ich war so glücklich, bei ihm sein zu dürfen, so unglücklich, weil ich darum wußte, nicht zu genügen. Warum er bei mir war? Ich wußte es nicht.
Ich gab ihm Geld, alles fast, was ich hatte, für eine Ausstellung seiner Bilder, ich hatte ein paar gesehen, sie schienen mir, wie alles, was er tat, genial. Ich aß nichts, schlief nicht, weil ich ihn in der Nacht doch für mich hatte und nicht schlafen konnte. Neben ihm zu liegen, ihn zu betrachten in den Nächten, war das Intimste, was er mir erlaubte. Trotz der Angst, ihn zu verlieren, war ich so lebendig und zugleich bereit zu sterben, denn was käme, nach ihm, konnte nur weniger sein.
Die Frauengeschichten aus seiner Vergangenheit machten mich verrückt. Mir vorzustellen, daß eine andere ihn berührt hatte, wie ich sie haßte, die Weiber vor mir, gegen die ich nichts mehr machen konnte. Ich hatte das Ziel, länger als alle anderen bei ihm zu sein, ein Teil seines Lebens zu werden.
Nach Monaten spürte ich, daß Toni sich entfernte oder nie dagewesen war. Selten schlief er mit mir, und wenn, dann mit einer Brutalität, die mich glücklich machte, weil ich sie mit Nähe verwechselte, die mich weinen machte, weil sie mich

nicht sah. Wie schlecht und zugleich gut war es, sich so aufzugeben, daß man den Boden unter den Füßen eines anderen küssen möchte, seine Ausscheidungen kosten, seine Haare essen, den Schleim, den er absondert. Für nichts mehr verantwortlich sein. Ich hätte mir Gliedmaßen abgetrennt, für ein Wort der Liebe von ihm. Das kam nicht mehr.
Du, ich bin einfach nicht so gut mit Worten, sagte Toni, und ich glaubte ihm. War er eben nicht gut mit Worten. Hauptsache, er ist da. Je mehr er sich entfernte, um so verkrampfter wurde ich. Sah mir zu, sah, daß ich alles zerstörte, daß man einen wie ihn nur mit Leichtigkeit halten konnte, ich war nicht leicht.
Toni war nicht mehr oft bei mir. So wartete ich auf ihn, stöberte in seinen Sachen, roch an seiner Wäsche, weinte und wurde häßlich dabei. Abgemagert, nervös, mit roten Augen. Wußte, daß ich nicht liebenswert war, hysterisch, krank vor Verlangen, aufgelöst, nicht vorhanden, und konnte nicht stark sein und gelassen und fröhlich, wenn er kam, mußte ich weinen, weil ich fühlte, daß er mir seine Liebe entzog, langsam. Saß da, starr vor Angst, wußte, daß es falsch ist, konnte doch nicht anders. Dann kam die Nacht.
Mir ging es wirklich beschissen in jener Nacht. Ich mußte heulen, und Toni tröstete mich nicht. Er saß auf dem Bett. Sah mir beim Heulen zu und sagte, daß es nicht mehr ginge mit uns beiden, daß ich ihn krank machen würde, daß ich gehen sollte, sagte er und drehte sich von mir weg. Er neben mir, sein Körper starr vor Widerwillen. Die Nacht wurde heller, wurde morgen, und mich zu bewegen hätte Realität bedeutet. Er würde erwachen, mich in den Arm nehmen, doch als er erwachte, war nur Kälte.
So saß ich vor seiner Tür, als er zurückkam nach vielen Stunden. Ich schlief irgendwann ein vor seiner Tür. Ich begann, vor seiner Tür zu leben. Weil ich nicht die Kraft hatte, von ihm zu gehen. Ich berührte den Boden, auf dem er lief, küßte die Klinke, die seine Hand berührte, ich wartete, daß er sich erbarmen würde, ein Mitleid käme, daß ich nur bei ihm sitzen

dürfte. Daß ich ihn noch einmal halten dürfte, seinen Körper spüren, mich zudecken mit ihm.
Toni kam und ging, nie sprach er zu mir, lag ich im Weg, stieg er über mich. Die Blicke der Menschen, die vor dem Haus standen und mich beobachteten, waren mir egal, alles war mir egal, wenn er mich doch noch einmal anfassen wollte, wenn ich ihn doch halten, trösten, beschützen könnte. Noch einmal seinen nackten Leib sehen, sein Gesicht, wenn ich ihn noch einmal berühren dürfte, er würde spüren, daß keine ihn mehr so lieben würde.
Nach einer Woche wachte ich auf, und Toni kam mit einer Frau, sie stiegen über mich, die Frau und er, sie schienen verliebt, sie hatten diese Aura, und ich hörte ihr Lachen, ihr Flüstern, ihr schnelles Atmen, die ganze Nacht. Als die Frau am nächsten Tag zu mir sprach, ihre Worte verstand ich nicht, fehlte mir die Kraft, sie zu schlagen. Ich schleppte mich über den Weg in die Dünen, lag dort und wartete in der Sonne auf einen anderen Zustand. Licht, heiß, brannte mich aus, das Leben zu Ende ohne ihn.
So fand mich Rudi ein paar Tage später, ich wachte kurz auf aus einem Zwischenzustand, wurde getragen und fand mich später in einem Krankenhaus wieder. Neben mir saß Rudi.
Nun bin ich hier, mit ihm, und denke an den anderen. Jeden Tag denke ich an ihn, jeder Tag ist leer ohne ihn. Nur der Rudi da, und wenn er in mir ist, denke ich an Toni, wenn ich aufstehe, denke ich an ihn, immer denke ich an ihn, und käme er zurück, ich würde ihn küssen, ihn ablecken, und das zu wissen macht mich noch mehr zum Hund. Ich glaube, es war meine Schuld, daß er ging. Ich war nicht ich. Heute wäre ich. Was bin ich heute? Die unglücklichste Frau der Welt, aber gepflegt. Mit einem halben Herzen, mit herausoperierter Freude. Er war der schönste Mann in meinem Leben, der verrückteste Mann, und bäte er mich, bei ihm zu sein, sagte er, du darfst bei mir sein, in einer Ecke meines Raumes, ich werde dich ab und zu streicheln, mit dir reden, ich würde zu ihm gehen.

Acht Monate und ein paar Tage.
Anna legt das Ende beiseite.

Noch einmal sieht sie auf die Seiten, die alte Tinte, dann nimmt Anna das Tagebuch und wirft es in das Kaminfeuer. Was ist schon Liebe gegen einen Kamin.

Neun Monate nach dem Ende.

Anna und Rudi trennen sich nicht. Warum weiß keiner. Annas Schmerz um Toni vergeht, und eines Tages wirft sie seinen alten Beutel weg. Eingerichtet, erwachsen, zufrieden. Anna geht in einen Gymnastikclub. Sie sagt sich, wenn ich schon Toni nicht haben kann, dann ist jeder so gut wie jeder, und Rudi sagt sich, ich will doch nur meine Ruhe haben. Vielleicht wird er mal eine treffen, die ihn begehrt, vielleicht wird er dann den Unterschied spüren und Anna verlassen, vielleicht aber auch nicht. Anna kauft ein, manchmal fliegt sie irgendwohin, um dort einzukaufen, warum auch nicht. Kaufen ist prima, es ist ein Gefühl, eine Erneuerung, ein Neubeginn, kaufen ist eine feine Sache. Anna schläft mit Rudi, redet mit Rudi, Rudi ist nicht oft zu Hause. Anna liest Bücher, sie schüttelt manchmal den Kopf, wenn sie daran denkt, wie sie sich angestellt hat wegen eines Mannes. Das Leben ist doch ganz in Ordnung. Sie hat viel Zeit für sich, wozu ist ja egal. Und Rudi hat noch nie große Leidenschaft erfahren, vermißt also nichts, oder vielleicht liebt er auch, daß er nie ganz an Anna herankommt, sie nie versteht und es immer ein wenig ist, wie eine Fremde zu ficken.
Und ich bin doch schon so alt, sagt Anna sich zur Entschuldigung, da fängt man nichts mehr an, nichts Neues mehr, da ist man froh, daß es gut geht. Und es wird Winter darüber, die ehrlichste Jahreszeit, die so häßlich ist, daß sehr viel inneres Leuchten nötig ist, um Freude zu empfinden. Anna ist lecker in Kaschmir gekleidet. Sie sitzt in ihrem Zimmer und wartet

die Stunden weg. Anna am Fenster, sieht aus dem Fenster, draußen ist etwas Graues, und plötzlich, wie ein Licht, fällt Toni in ihre Gedanken, und Anna fragt sich kurz, was er wohl macht, sieht ihn lachend am Strand mit seiner Schönheit, ihn noch einmal berühren, noch einmal, heute, weiß Anna, würde sie alles anders machen, doch dann verbleicht das Bild, verlöscht das Bild, sie weiß noch nicht einmal mehr genau den Verlauf seines Gesichtes, so fahl der Schmerz, nur noch ein altes Lied, der Garten draußen, der Winter draußen. Anna schließt die Vorhänge. Und wieder ein Tag vor ihr, wenn Toni zurückkäme, würde sie sich freuen auf den Tag.

Wenn ich doch nur schön wäre ...
(Bert)

Sieben Tage vor dem Ereignis.

Der Tag war erniedrigend, war wie jeder, und wie jeden Abend auf dem Weg von der Redaktion in die Bar kommt Bert an jenem Haus vorbei und bleibt kurz stehen, aus verschiedenen Gründen hält er inne im Gehen und schaut in eines der Fenster, wenn es erleuchtet ist.
Um der Routine willen, weil er es jeden Abend so macht, ein paar Minuten vor dem Haus, ein Durchatmen nach einem Tag, der nicht gut war, ein bißchen Gras riechen, Regen, Vögel, Erde, Asphalt riechen, und eben weil Rituale die Zeit beanspruchen, in der man sich sonst Fragen stellen könnte, steht er dort.
Und um vielleicht einen Blick auf die Dame zu werfen, die in jenem Haus wohnt. Um etwas Schönes zu sehen nach einem Tag voller Niederlagen, eine schöne Frau, eine traurige.
Wie man so traurig sein kann, wenn man so schön ist und in einem großen Haus lebt, versteht Bert nicht, und in den Minuten des Innehaltens auf dem Weg in seine Kneipe, jeden Abend, überlegt er sich, was für eine Geschichte die Frau wohl haben mag. Daß sie sterbenskrank sei, befallen von Schlundwürmern, die sie aufäßen, und ihr nur noch ein Monat zu leben bliebe, daß sie entführt worden sei, in dem Haus eingesperrt, solche blöden Geschichten eben. Jeden Abend

steht er, schaut, ob er den Schatten der Frau sieht, und geht dann in seine Kneipe.
Da läuft Bert, er ist nicht groß, hat einen gedrungenen Leib, über dem eine grüne Kordhose und einen Parka, er hat ein Gesicht, das nicht schön ist, aber nicht häßlich genug, als daß es sich durch das auszeichnen könnte. Die Augen treten ein wenig hervor, als wollten sie Bert fliehen, die Konturen verlaufen, die ganze Erscheinung ist so durchschnittlich, es ist das einzige, was sie hervorhebt, die umfassende Durchschnittlichkeit, fast Karikatur ihrer selbst.
Wie jeden Abend geht Bert in seine Kneipe, wie jeden Abend steht er vor der Tür und atmet tief durch. Er hat Angst hineinzugehen, weil sich Menschen in der Kneipe befinden, und Bert weiß, daß sie ihn beobachten werden. Jeden seiner Schritte, die Schritte eines nicht Dazugehörigen, eines Außenseiters, Fremdkörpers, von allen verachtet, belächelt.
Wovor Bert genau Angst hat, wenn er unter Menschen geht, vermag er nicht zu sagen. Es ist ein großes Unwohlsein unter jenen, die ihn anschauen, ihm fremd sind. Und doch geht er in die Kneipe. Wegen des Rituals, und weil sie dort arbeitet. Weil er sie sehen will, von ihr träumen will, und weil er noch nicht nach Hause will. Zu früh, zu hell, was soll er dort, die Stunden bis zum Schlaf herumkriegen, wie nur. Bert haßt die Abende, sie sind leere Zeit, Zeit der Unsicherheit, zu sehr mit sich, das ist nichts Sicheres. Bert ist ein ängstlicher Mensch, einer, der in keiner Minute Ruhe hat mit sich, immer auf der Flucht vor Gefahren, vor Kränkungen, vor dem Bösen, vor sich. Kein ruhiger Ort in ihm, heimatlos in sich, das Leben zubringen in ständigem Zittern, die Muskeln in Bewegung, im Schwingen, Beben aus großer Furcht. Der Atem immer unregelmäßig, immer schreckhaft, der Bert. Nicht wissend, daß niemand ihn wirklich erschrecken möchte, weil er der Welt egal ist, wie ein Glas Wasser ist, so fad, so uninteressant, daß man noch nicht einmal Aggressionen gegen ihn entwickeln möchte. Einzig sicher fühlt Bert sich nur im Schlaf und freut sich, wenn er zu Bett liegt, weil der dann kommt, die

Sicherheit mit ihm, wollte er doch immer bleiben, der Schlaf, die ruhige Dunkelheit nicht weichen dem Hell, da ihn alle wieder anschauen werden, über ihn lächeln werden, sich belästigt fühlen durch seine Häßlichkeit.
Bert hat die Kneipe betreten, und es ist ihm, als wäre ein großes Schweigen mit durch die Tür geschritten, kalt und raumgreifend. Er geht zum Tresen, kaum die Füße ordentlich bewegen könnend. Die Füße, alle sehen drauf, sehen, wie sie Angst haben und tatterig tapsen, die armen Tatzen. Bert weiß, wie seine Füße aussehen.
Es sind die häßlichsten Füße der Welt. Weiß und unförmig, mit feuchtem Gezeh, das wittern die anderen durch das abgespeckte, rote Leder, soviel ist mal klar. Am Tresen ein Halt. Die Augen geradeaus, ein Bier bestellt mit leiser Stimme, da kommt das Kaltgetränk, und Bert gießt es in sich, so verhalten, wie manche auf öffentlichen Toiletten urinieren, in der Sorge, daß alle die abstoßenden Laute vernehmen würden.
Da steht Bert. Ein Mensch wie Milliarden, einer von uns, in einer Welt, die zu groß für ihn ist, der arme Bert, der geeignet wäre, eine Frau zu lieben, zu verehren, und wäre doch so glücklich mit kleinen Vergünstigungen. Einer warmen Hand auf seinem Schopf, einem Kind vielleicht, und wenn es das häßlichste, dümmste Kind der Welt wäre, er würde es liebhaben. Würde kämpfen für seine Frau und das Kind, seine kleine Wohnung, doch keiner da, der mit Bert in die Wohnung kommen würde, denn selbst die Unwürdigste träumt von großartigem Leben, und Bert sieht nicht aus, als könne er das versprechen. Alleine an der Theke, in der Dämmerung, die Hände feucht, den Blick geradeaus, ein Auge schielt nach links die halboffene Tür an, denn dahinter ist sie. Sie, die Bert zu seiner Frau machen würde, deren Füße er stundenlang lecken möchte, alles, alles würde er tun für sie, lecken auch, alle seine Gedanken drehen sich um sie, schöne, romantische Gedanken, nie geht es ums Ficken dabei, nur ums Halten, Übers-Haar-Fahren, An-den-Fingern-Küssen geht es, um Verehrung einer Heiligen. Der schwarzen Maria der schmutzigen Küche, Tür

auf, und sie kommt in den Gastraum mit einem Teller, irgendwas drauf, Hirn oder Herz, Berts Herz. Maria, rund und schön, von der Festigkeit einer Fruchtbarkeitsgöttin, die Haare in Zöpfe gedreht, die Arme, die Beine wie Säulen gedrechselt und Zähne so weiß.

Ein kurzer Blick streift Bert, trifft Bert mitten in die Brust, die wird so schwer, dann ist Maria wieder weg, und Bert kann kaum das Zittern seiner Hand kontrollieren, das Bierglas schnell abgestellt. Der Raum verschwimmt, die Stimmen entfernt, Berts Auge glasig, wie er aufstehen würde, denkt er sich, in die Küche gehen, vor ihr auf die Knie sinken.

Ich liebe dich mehr als mich, würde er sagen, sterben würde ich für dich, und Maria würde antworten, warum hast du mich so lange warten lassen, dann würde sie zu ihm auf den Boden kommen, und weinend lägen sie sich in den Armen, er würde sie halten, an ihren großen Busen sinken, wie ein Kind, wie nach Hause kommen. Und dann aber schnell aus der Kneipe mit ihr, in ein neues Leben.

Bert verläßt den Ort, er kann es nicht ertragen, sie noch einmal zu sehen heute, zu spüren, daß ihre Entfernung nicht größer sein könnte, sie ihn nicht wahrnimmt, wie alle, weil er doch ein Nichts ist, der häßlichste Mensch der Welt, Bert schleicht durch die lange Straße nach Hause. Nach Hause, was ist das, der Ort, an dem die Krawatte wohnt, der alte Koffer steht, die Bücher liegen? Mehr nicht? Ein düsteres Haus, nicht richtig ekelerregend, nur fahl, und noch nicht mal der Putz hat soviel Elan, sich von der Wand zu lösen, das Neonlicht funktioniert astrein, die Treppen knarren nicht, sind aus diesem Betongemisch, das tut, als wäre es Fußbodenbelag. Kein Lift, damit Demütigung dem Bein widerfährt, wenn es diese lächerlichen Stufen tritt, an ockerfarbene Wände schaut das Auge, drei Etagen hoch, die Tür mit Guckloch, ein Plastikgeräusch, wenn sie ins Schloß fällt. Nichts Solides, nichts Ehernes, Leichtbauweise für leichtgewichtige Bewohner ohne Charakter.

Aus dem Raum der Vermieterin kriechen Volksmusik, ein

süßlicher Geruch und das blaue Licht des Fernsehgerätes. Schnell ins Zimmer, die Tür zu, nicht wieder raus, sie nicht sehen, die Vermieterin, vor der Bert Angst hat. Eine kleine, ausgedörrte Frau, die Bosheit atmet, die vor ihm steht, wenn sie ihn erwischt im Flur, und Bert dann nicht klar ist, was sie von ihm erwartet. Immer erwarten die Menschen etwas, und Bert weiß nicht, was er ihnen geben soll, denn er hat Angst vor den Menschen, Angst vor der alten Frau, daß sie ihn vor die Tür setzt, oder vor der Unfähigkeit, mit ihr ein Gespräch zu führen, dem Widerwillen, ihr in die kleinen, bösen Augen zu schauen, oder –, Bert wüßte kaum zu formulieren, was ihn ängstigt, doch zu sagen weiß er ihr nichts, wenn sie ihm auflauert, im Flur. Eine andere Frau wohnt im Zimmer schräg gegenüber. Eine schöne Frau, doch auch ihr mag Bert nicht begegnen, auch ihr weiß er nichts zu sagen, trifft er sie zufällig.
Keinen will er sehen, keiner soll ihn sehen. Drum lauscht er lange, das Ohr an die Tür gepreßt, ehe er ins Bad huscht. Im Bad lauert der Feind, der große Spiegel. Bert entkleidet sich, legt die Trikotagen auf einen Stuhl und kommt bei der Reinigung seines Körpers nicht umhin, sich zu betrachten, diese überwältigende Häßlichkeit anzusehen. Das weiße Fleisch, so verbaut der Leib, breite Hüften wie ein Weib, die Beine zu dünn und unbehaart, kaum einen Hals hat es zur Verbindung, die kleinen Hände, die breiten Füße mit schwarzem Haar darauf, schnell Seife ins Gesicht, das brennt in den Augen, die er auswaschen möchte, der Waschhandschuh, der nur dürftig verhindert, daß Bert beim Einseifvorgang das berühren muß. Und wieder lauschen, Ruhe, raus.
Woher sie kommt, ist nicht zu sagen, die Vermieterin steht im Weg, vor Bert. Wartet. Bis es Bert unwohl wird, so Angst, daß er sich an ihr vorbeizuschieben versucht. Die Vermieterin folgt, blockiert mit ihrem dürren Leib die Zufahrt zur Ruhe. Einen schönen Tag gehabt, krächzt sie, und Bert nickt, kann nichts sagen, Sie haben wieder Ihr Fenster aufgelassen, nörgelt die Alte, und ein unbedachter Moment, ein freier Raum,

Bert schießt an ihr vorbei in sein Zimmer, schlägt die Tür zu, schließt die Tür zu, sinkt aufs Bett mit Beben. Die Alte ruft und stampft gegen die Tür. Dann tritt Ruhe ein. Es ist gleich soweit, gleich schlafen, träumen, von Maria vielleicht, und endlich Ruhe, keine Angst mehr.
Bert auf dem Rand seines Bettes, schaut auf seine Füße, bitte nicht, doch wohin er den Blick auch wenden mag, Bert ist überall, der Raum zu klein, wohin mit dem Blick, von draußen die schlurfenden Schritte, der trockene Husten der Vermieterin, fast vermeint Bert, ihren süßlichen Geruch durchs Schlüsselloch wahrzunehmen, legt sich ins Bett, das Licht aus.
Und eine große Geborgenheit kommt über ihn in dem Moment. So muß es sein an Marias Busen, ein kleines Licht von draußen in die Dunkelheit, die Geräusche der Nacht, klakkende Schritte, ein matter Vogel, die Bahn, ein Uhu, und warm, so warm in sich, daß einem fast nichts geschehen kann, nichts passieren, weil es dunkel ist und niemand Bert sehen kann, so schläft er ein, sein Tier an sich gedrückt, ein Bär oder etwas in der Art, hat alle Tiermerkmale verloren, und das Gesicht erinnert Bert an Maria, mit seinen Knopfaugen, dem lieben Gesicht, das liebe Tier ganz dicht an sich und Nacht.

Sechs Tage vor dem Ereignis.

Der Morgen ist nur durch streng geregelte Abläufe zu verkraften. Ins Bad gehen mit großem Zittern, denn das Aufstehen kommt immer zu früh, und Bert befindet sich noch in der Welt der Träume, des warmen Nichtkämpfens, da schneidet der Wecker ihn heraus aus seiner Decke. Ins Bad, nur nicht hinsehen, waschen, gut riechen, wenigstens. Die Sachen an, die auf dem Stuhl hängen, und nichts wie raus aus der Wohnung. An einer Imbißbude steht Bert dann, und es ist die einzige Freiheit, die er sich gestattet, es ist ihm, wie ein Le-

bemann zu sein, an dieser Bude zu stehen und Kaffee zu trinken, die gehetzten Abläufe vor sich zu betrachten, die Welt, als ob sie sich schneller drehen wollte des Morgens durch all die hastenden Menschen, die sich rasch und widerwillig irgendwohin begeben, mit Geschäftskleidern am Leib, Geschäftsgesichtern, als wären sie keine Kinder, als hätten sie keine Angst, als wollten sie nicht alle lieber im Bett bleiben. Nix da, kein Spaß, das Gesicht angezogen, den Hut aufgesetzt, in appretierte Kleidung, die Schutz ist für die Kinder, die jetzt tun, als wüßten sie, was zu tun sei. Geschäfte müssen gemacht werden, Geld verdient, Karriere, wozu bloß? Und Bert hinter dem Kaffee versteckt kann sie schauen, alle haben Angst wie er, das weiß er des Morgens und fühlt sich erst im Tagesverlauf wieder alleine.
Nur nicht zu spät kommen, gesund bleiben, den Job gut machen. Noch der letzte unter den Debilen hat begriffen, daß Leben und Sicherheit sich ausschließen, und für die Dauer ist nichts in einem endlichen Sein. Nur nicht dabei sein, unter den Verlierern, schnell laufen, nicht stolpern, Lächeln ins Gesicht, soll keiner merken. Nach dem Kaffee ist der Moment des Erkennens vergessen, und Bert reiht sich ein in den Fluß der Leiber, wird Teil der kollektiven Angst, die sie mit schneller schlagenden Herzen in Büros spült, in Läden, in Versicherungen, Banken, sie entläßt in Eingänge, in gelbe Räume, in denen die Angst vergeht über den Tag, über der Sicherheit geregelter Abläufe. Aber morgens, morgens ist es schlimm.
Bert fließt mit anderen in ein Backsteingebäude, fährt in einem Lift, der alt ist und knarrt, der nach zuviel Mensch riecht, in den fünften Stock. Ein Cola-Automat und einer mit dem schlechtesten Kaffee der Welt, der im Handstreich Magengeschwüre macht, ein abgetretener melierter Teppichboden, Neonlicht, die Fenster nicht zu öffnen. Die Veranstaltungsredaktion der ansässigen Zeitschrift. Einmal wöchentlich liegt der Veranstaltungsführer in der Zeitschrift, und Bert arbeitet hier seit sieben Jahren. Sollte man meinen, daß Routine eingetreten

sei, ist aber nicht, denn mit jedem Tag wächst bei Bert die Erkenntnis seiner Austauschbarkeit. Millionen Journalisten auf den Straßen, junge, ambitionierte, gutaussehende. Vor allem Gutaussehende. Bert durch den Flur in sein Büro, ein winziges Zimmer, ein alter Computer, der Blick in einen Luftschacht, ein neuer Tag beginnt. Bert ist nicht froh mit seinem Job, doch nach etwas anderem zu verlangen verbietet ihm sein Gefühl der Minderwertigkeit. Bei einer wichtigen Tageszeitung zu arbeiten oder bei einem großen Magazin, Geschichten aus fernen Ländern zu schreiben, das ist für die anderen. Für die großen Journalisten.
Bert sitzt in dem kleinen Büro seit sieben Jahren, und das Aufregendste ist mithin, einen Bericht über eine Veranstaltung zu schreiben. Vierzig Zeilen, sechsunddreißig Anschläge sind das Größte, und wohl hatte Bert einmal Träume, doch davon war nichts geblieben, nicht einmal eine Sehnsucht.
Als Bert studierte, träumte er davon, zu reisen in weit entlegene Länder, in entlegene Kriege, und nachts in tropischen Hotels zu sitzen, vor dem Fenster die Schwüle der kambodschanischen Nacht, Gerüche und Stimmen, Hupen von Mopeds, und er unter einem Ventilator mit einer Reiseschreibmaschine, die Nacht verdichten und zum Frühstück auf die Straße, dann ein wenig ruhen unter einem Moskitonetz. So hatte er geträumt vor langer Zeit und war heute froh, hier zu sitzen, einen Job zu haben. Wußte er doch, daß die Journalisten, die richtigen, wie Könige von ihm entfernt waren.
Solche Angst vor Fehlern. Termine, Orte, das Kinoprogramm, so viel Verantwortung für Fehler, Schreibfehler, Arschfehler, und immer Angst, das Telephon könnte klingeln, sein Chef daran, er in dessen Büro, ein Drucksen und Räuspern, ein Hüsteln und dann ein Leider.
Dann wäre es zu Ende, alles, kein Geld, keine Wohnung, kein Job, ab auf die Straße, in die Gosse, aber so genau malt sich Bert das Ende gar nicht aus, es wäre vielleicht schlauer, fragte er sich, was im schlimmsten Falle passieren könne, doch das

tut er nicht, es ist ihm nur eine dunkle Angst, in die er zu fallen droht, jeden Tag.
In seiner Abteilung redet kaum einer mit ihm, die Kollegen schweigen, wenn er an ihnen vorübergeht, fühlt er ihre Blicke im Rücken, ihre Verachtung und ahnt, wie sie über ihn, über seine Häßlichkeit sprechen.
Und so bringt Bert den Tag herum in Angst, mit Schweiß auf der Stirn, mit feuchter Hand, mit verspanntem Mund, und es ist auch noch ein Freitag, der schlimmste Tag von allen, denn es heißt, um zwei öde Tage zu wissen, an denen Bert der Routine beraubt sein wird. Bert haßt die Wochenenden.
Dann ist der Tag zu Ende und Dunkelheit draußen, am Nachmittag, das gefällt Bert. Es heißt, sich den Blicken zu entziehen.

Fünf Tage vor dem Ereignis.

Es ist Sonnabend, das Wetter unerfreulich. Eines, um mit einer Frau im Bett zu bleiben, sich ein totes Hühnchen ans Bett zu nehmen und es richtig gut zu ficken oder aufzuessen. Ein paar Zeitungen drumherum, Obst und Tee, das Bett nicht verlassen das ganze Wochenende. Bert erwacht an diesem Sonnabend, und es ist dunkel draußen. Regen, von Windböen unterstützt, klatscht gegen das Fenster, in Berts Zimmer ist es kalt. Klamme Feuchtigkeit, die durch die dünne Bettdecke auf Berts Körper kriecht. Die Augen möchte er nicht öffnen, die Glieder nicht bewegen. Bert fingert unter seiner Matratze herum, fühlt das Knistern der Scheine, die er gespart hat. Das Sparen macht, daß er hier wohnen muß, in einer kalten Bude, doch da sind sie, knistern, und in ein paar Tagen ist es soweit. Dann wird sein neues Leben beginnen, und Bert seufzt. Ein Beben in ihm, und er öffnet die Augen, es macht aber keinen Unterschied. Vielleicht das Licht an? Das ist zu hell, zu kalt, die Lampe an der Decke, eine weiße Plastikkugel, macht ein wirklich häßliches Licht.

Frühstücken, in die Küche gehen, der Vermieterin begegnen, mit einem Kaffee zurück in das Zimmer kann nicht die Lösung sein. Was tun in dem kalten Zimmer? Ein Buch lesen, die dünne Decke über den fröstelnden Leib gezogen? Stunden, die nicht vergehen wollen. So kleidet Bert sich an und geht aus dem Haus.
Wie er dorthin gelangt, er wüßte es nicht zu sagen, auf einmal befindet sich Bert in einer Kirche. Nicht daß es dort wärmer wäre, nicht daß Bert an einen Gott glauben würde, ein Gott hätte ihm doch ein besseres Leben geschenkt, hätte ihn schöner gemacht, aber es ist dunkel in Kirchen, und in dem Raum verlaufen sich Menschen, sind sich nicht zu dicht, ein guter Ort, so eine Kirche, und Bert setzt sich auf eine Bank, ganz hinten. Er sieht die großen Fenster, die Bilder und Kerzen, und es ist, als wäre dies sein Zuhause, es ist, als wäre seine Seele so prächtig und schön wie dieser Ort, an dem die Energien derer, die hier seit hundert Jahren verzweifelt glauben, die Luft flirren machten.
Vorne sitzen drei alte Weiber mit engen Gesichtern, die Klauen gefaltet, die Mundwinkel verzogen, ein bißchen bitter gegen Gott, sie haben sich doch an seine Gesetze gehalten, und dennoch hat er sie um ihr rechtschaffenes Glück betrogen, der Gott, ihnen die Männer genommen, die Kinder, ihnen kein schönes Leben geschenkt, und wenn sie wach liegen, manchmal in der Nacht, weil die Beine schmerzen oder der Rücken, dann glauben sie noch nicht einmal mehr, daß es ein Paradies gibt. Und beten um so heftiger, um die eigenen Zweifel nicht zu hören, die alten Weiber, mißgünstig gegen sich und böse, beten auf Teufel komm raus. Und da kommt er auch schon.
Bert, hinten auf der Bank, spürt eine große Ruhe kommen, sich ausbreiten in ihm, und alle Anspannung, alle Unsicherheit fahren lassend erlebt er einen heiligen Moment, wird ganz eins mit der Schönheit des Ortes, beginnt zu schweben über dem Gestühl, fliegt zu dem Fenster, zur Kanzel, für einen leichten Augenblick ist ein Frieden in ihm. Und mit

Inbrunst flüstert er, wieder auf seiner Bank gelandet: Gott, bitte, mach mich bitte schön, Gott, auf daß ich zu leben beginnen kann. Das klingt ein wenig geschraubt, scheint es Bert, aber Gott gegenüber angemessen, auf daß er ihn verstünde, denn Gott spricht ja eigentlich Latein, und da kann Bert nur Culpus padres aquis submersus, das hat er aus einer Edgar-Allan-Poe-Geschichte, aber ob Gott mit Poe was anfangen kann, scheint ihm fraglich. Dann ist der Moment vorüber, Bert beginnt zu frösteln, von den Füßen her kriecht es das Gebein empor. Bert verläßt die Kirche und steht wieder auf der Straße im Regen, an einem Sonnabend.
Die Geschäfte schließen, die Rolläden rasseln, die Bürgersteige werden geschwemmt, letzte Passanten und Kuscheltiere fluten in Abflüsse, und dann kehrt ungute Ruhe ein.
Ab und an ein Auto, ohne Führer, wo ist denn bloß der Führer, auf der Straße, mit mißmutigen Gesichtern eilen manche zum Mittagessen, bei Familien, die sie auch nichts angehen. Bert steht im Regen, am Sonnabend, unsicher, wohin mit sich, wie an jedem Wochenende.
Bert durch die Straßen an diesem grauen Tag, nirgends einen Ort oder einen Freund wissend kommt er zum Bahnhof, denn Bahnhöfe hat Bert sehr gerne. Einfach sich in ihnen aufzuhalten, und vielleicht wäre es das Schönste, neben einem Bahnhof zu wohnen, jederzeit mit den Gedanken in einen Zug einsteigen zu können. Die Züge, die den Wasserkessel auf seinem Kanonenofen klirren machen würden, während er ein Buch schriebe. Ein großes Buch, das ihn unsterblich, die Menschen ihn lieben machen würde, so daß sie sein Äußeres vergäßen und ihn streicheln wollten für sein schönes Buch. Das würde er schreiben, den Blick auf die Züge, die in alle Welt führen, nach Indien, Laos und Amerika. In die er jederzeit einsteigen könnte, wenn er wollte, aber vielleicht wollte er dann gar nicht mehr, denn wenn ihn die Menschen liebten, wäre es grad egal, wo er sich aufhielte. Doch ein Buch zu schreiben, welch verwegener Gedanke, welche Ehrfurcht davor, denn Bücher

schreiben nur ganz große Männer, nicht häßliche Wichte wie er.
Bert sitzt in der Bahnhofshalle auf einer Bank, draußen fällt Regen, es ist zwei Uhr und dunkel wie am Abend, er zieht die Beine an den Körper, weil ihm so kalt ist und ihn keiner liebt, weil er doch so häßlich ist. Bert liest ein Buch von einem wortkargen Seemann, der einen Hammerhai zum Feind hat. Und mehr und mehr wird er zu diesem Seemann, einem Kerl mit übermenschlichen Kräften, kühl wie das Eiselmeer, der niemanden braucht, weil er einen Feind hat, der Raum greift in seiner Seele, den er bekämpfen kann. Wie wunderbar es sein muß, Muskeln zu haben, ein kantiges Gesicht und schönes Haar. Wie gut es sein muß, sich gerne anzusehen, oder egal, weil man einfach wer ist. Wie gut wäre es, einen Hammerhai persönlich zu kennen.
Neben Bert läßt sich ein Mann auf die Bank sinken. Er atmet schwer und fährt sich hektisch mit den Händen an den Beinchen entlang, die sind dünn, die frieren, die Beinchen. Seine langen, feuchten Haare fallen ihm ins Gesicht, sein Körper ist dünn, er sieht aus wie ein frierendes Mädchen, so schön, und Bert senkt ganz rasch den Blick, weil es ihm ist, als beschmutze er schöne Dinge durch seine Augen.
Was liest du, fragt der Mann nach geraumer Zeit. Oh, nichts Besonderes, sagt Bert, erschrocken über das Angesprochen-Werden. Dann sitzen sie nebeneinander, hören den Regen, ihren Atem, ihre Wortlosigkeit, und Bert spürt eine Anspannung in der Körperhälfte, neben der der Mann sitzt, die schlanken Finger des schönen Mannes huschen auf der Bank hin und her, als wollten sie die von der Farbe befreien.
Willst du mit zu mir kommen? fragt der Mann, und Bert fragt: Wozu? Der Mann schweigt. Die beiden alleine in der Bahnhofshalle, kein Zug fährt, kein Mensch, der Kiosk geschlossen, der Boden feucht von vergangenen Schritten. Um einen Tee zu trinken im Warmen, sagt der Mann. Bert denkt darüber nach. Nie würde er mit einem Menschen gehen, normalerweise, doch er hat heute Gott gesehen, er ist geflogen,

und vielleicht ist ein Tag der Wunder heute, einer, an dem ihn seine Angst verläßt, vielleicht ein Tag, um einen Freund zu finden. Und so sagt er: Gehen wir.
Der Mann sieht Bert an, und Bert wird verlegen von dem Blick. Einen so schönen Menschen hat er noch nie gesehen, nicht so nah, noch nie geredet mit so einem Menschen, und er würde gerne wissen, wie sich das Leben anfühlt mit solcher Schönheit. Und so gehen sie zusammen durch den Regen, in der Kälte, durch den grauen Sonnabend in der kleinen Stadt. Die Wohnung des Mannes ist nicht sehr gutaussehend. Eine Matratze liegt am Boden, leere Lebensmittelverpackungen und ein Filmplakat von Fallen Angels an der Wand.
Bert setzt sich auf die Matratze, bemüht, den gröbsten Flecken auszuweichen, der Mann steht im Raum, unentschlossen, und setzt sich neben Bert. Ich werde nicht reich sein, ich werde alt und arm und allein sein. Und die Frau, die ich liebe, will mich nicht. Gibt es was Schlimmeres. Fragt der Mann, und Bert hört es nicht, er schaut auf die Hand des Mannes und ist stumm vor Erstaunen, wie etwas aussehen kann, das Gott mochte. Der Mann schweigt, Bert schweigt, sie sitzen nebeneinander, und ohne weitere Übergänge küßt der Mann Bert auf den Hals, Bert erschrickt so, daß er einen Schrei ausstößt, aufspringt, als wäre eine alte syphilitische Hure über ihn gekommen.
Er hat so lange keine Berührung mehr erfahren, noch nicht einmal durch sich selbst, daß er steht und zittert im Raum. Der Mann beginnt das Weinen, und es wächst ein Mitleid in Bert für einen, dem ist wie ihm, er geht in die Knie, und seine Hand schwebt lange unentschlossen über dem bebenden Menschen, dann, nach langen Minuten, legt er die Hand wie auf etwas Heißes, auf den Hals des Mannes, und der umarmt Bert sehr ungeschickt, zu fest, und dann sitzt Bert mit dem weinenden Mann im Arm, dessen Problem er nicht versteht, und doch eine Wärme in ihm, einen Mensch zu halten, der atmet, sich bewegt. Und Bert beginnt auch zu weinen. So sitzen sie, halten sich umschlungen und weinen, jeder um sich.

Wie heißt du? fragt Bert den Mann, und der sagt: Ich heiße Raul. Bert weiß nicht, was er mit dem Mann machen soll, der aus der Nähe älter aussieht, als Bert dachte, ihm wird unwohl, und so sucht Bert ein paar Geldscheine aus seiner Börse, legt sie auf die Matratze und sagt: Schlimmer als arm zu sein ist häßlich zu sein. Leise tut er die Tür ins Schloß. Ein seltsamer Tag, denkt Bert und geht zurück in seine Wohnung. Auf dem Flur begegnet ihm die andere Mieterin, die schöne Frau, und sie lädt ihn ein zu einem Tee. Komisch, denkt Bert, was ist heute nur los, ist es Gott, denkt er und sitzt wenig später bei der Frau im Zimmer. Sie erzählt ihm, daß sie Schauspielerin ist und untergetaucht, weil die Presse sie so jagen würde. Sie erzählt von Hollywood, von Filmen, von denen Bert noch nie gehört hat, redet und redet, und Bert sieht sie an, die Frau, und denkt, ich glaube ihr kein Wort, denkt er und verabschiedet sich dann, um zu Bett zu gehen.

Vier Tage vor dem Ereignis.

Es regnet, Bert liegt in seinem Bett und ist entschlossen, es an diesem Sonntag nicht zu verlassen, im Flur die Schritte der Vermieterin, halten vor seiner Tür inne, er hört fast das Herz der Alten schlagen, dann schleicht sie sich, und Bert beginnt wieder zu atmen. Bert liegt in seinem Bett, Regen fällt in Gleichmäßigkeit gegen die Scheiben.
Bert hat ein Buch in den Händen, die Hände mit dem Buch auf dem Bauch, den Bauch gehoben, gesenkt, ein Moment des Friedens. Die Welt versinkt hinter Regentropfen, so undurchlässig, die Angst hinter Regentropfen, und Bert lächelt. Mit geschlossenen Augen dem Regen lauschend, stellt er sich vor, wie sein Leben sein wird, schon in ein paar Tagen. Es wird ein gutes Leben sein. Verdammt, so schwer kann es doch nicht sein mit dem Glück, es leben doch so viele Menschen gerne, sie halten sich, küssen sich, sie haben Familien, und zu Weihnachten machen sie sich Geschenke, fahren

Schlitten in den Bergen, die anderen Menschen. Natürlich sind sie schön, die anderen Menschen, aber in ein paar Tagen wird Bert dazugehören.
Bert hat einen Druck im Magen, der sich hochschiebt in die Herzgegend, ein unsicheres Gefühl, es ist nicht klar, ob es Trauer ist oder eine Freude. Beides wäre möglich, fühlt sich im Ursprung gleich an. Bert träumt, und Freude wird ihm, denn vielleicht wird er bereits dieses Weihnachten mit Maria zusammen sein, um Mitternacht durch die Straßen laufen mit ihr, vielleicht fällt Schnee, und sie werden in die Fenster schauen, und es gewinnt, wer die meisten Christbäume entdeckt. Dann wird er sie küssen mit kaltem Gesicht, mit ihr heimgehen, ein Feuer machen, sie halten. Und Bert denkt, es ist so wenig, was ich will vom Leben, vielleicht bekomme ich es, vielleicht. Der Regen, dunkel, eine Kerze brennt Bert an, das Glück verläßt ihn nicht. Den ganzen Sonntag lang.

Drei Tage vor dem Ereignis.

Der Montagmorgen beginnt für Bert wie jeder Montag. Mit Furcht. Es ist kalt, und die Menschen haben verfrorene Gesichter, ihre Mundwinkel sprängen, würden sie lächeln, worüber auch. Sie schieben und stoßen, und Bert zwischen ihnen, so viele Menschen auf der Straße, im Bus, und keiner kennt den anderen, jeder ist allein mit seinem Widerwillen, sich so früh auf der Straße bewegen zu müssen, zu einem unguten Ort.
Morgens wirst du berührt von vielen Menschen, die Körper reiben aneinander, du atmest die Luft, die sie gerade tief in sich hatten, und du hast die gleichen Ängste wie alle, warum können wir uns nicht umarmen, hier in diesem Bus, viel zu früh, mit leerem Magen und Angst, zu klein für die Welt, und Weinen, warum kann ich diesem Mann dort nicht über seine dünnen Haare streichen, ihm sagen, daß es nicht schlimm ist, daß er seine Haare verliert, daß er keine Angst haben muß, daß er

entlassen wird, weil ich doch für ihn da bin. Warum geht das nicht? Weil sie mit der Zwangsjacke kämen, darum, weil der Mann mich schlagen würde, darum. Denkt Bert. Und aussteigen, die Berührungen noch am Körper, die Gerüche der anderen noch im Haar, ins Büro. Bert schaltet das Neonlicht an, den Computer an, er sortiert die Schreiben, die eingetroffen sind, er beginnt zu arbeiten. Das Telephon klingelt. Es ist Berts Chef, der Bert sehen möchte, in einer Stunde.
Wie Bert diese Stunde herumbekommen soll, weiß er nicht, er räumt seinen Schreibtisch auf, er starrt auf seinen Computer und dann fährt er, als die Zeit gekommen ist, mit dem Lift eine Etage tiefer, steht vor dem Büro seines Chefs, geht hinein nach leisem Klopfen. Der Chef steht kurz auf, bietet Bert einen Platz an, er räuspert sich, er hüstelt, er sagt: Leider ...
Später sitzt Bert an seinem Schreibtisch. Er schaut auf den Tisch, auf den Computer, er schaut aus dem Fenster in den Luftschacht, eine tote Katze liegt da, sie steht aber auf und vielleicht lebt sie doch noch. Bert räumt seinen Schreibtisch leer, er wirft Papiere weg, er nimmt seinen Mantel und geht. Niemand verabschiedet sich von Bert. Keiner wird sich daran erinnern, daß er sieben Jahre lang in der Redaktion gesessen hat. Sie haben Bert schon vergessen. Hatten ihn doch schon am ersten Tag der sieben Jahre vergessen.
Bert steht auf der Straße, an einem Wochentag, nachmittags kommt er sonst nie dahin und wundert sich, wie angenehm ihm ist. Menschen sind unterwegs, die er morgens noch nie gesehen, eine Art Lebendigkeit fast. Bert stellt sich an seinen Kiosk, trinkt Kaffee und ist merkwürdig ruhig.
Das ist er also, der Moment, auf den er die letzten Jahre gewartet hatte, und es ist nicht der Tod, nicht die dunkle Leere, der Sturm im Hirn, wovor er sich so lange gefürchtet hatte. Vielmehr eine große Leichtigkeit in ihm, frei zu sein von der Angst, denn es kann ihm nichts mehr passieren.
Bert schaut auf die Menschen, die an ihm vorübertanzen, er lächelt und fühlt sich so gut wie vielleicht noch nie. Frei, endlich frei, und keine Angst mehr, gar keine Angst. Noch einen

Schluck Kaffee, und dann geht Bert heim. Hält inne vor dem großen Haus in seiner Straße, das Wohnzimmer ist hell erleuchtet, ein Baby auf dem Schoß der schönen Frau, sie sieht heute nicht traurig aus, ein Mann neben den beiden.
Bert geht weiter zu seiner Kneipe, tritt ein, heute ohne Zögern. Er gönnt sich ein Bier, um den Tag zu feiern, was die Menschen denken könnten, ist egal. Ein Bier am späten Nachmittag, der Schaum am Mund, fast wie eine göttliche Fügung ist es, daß er auf der Straße sitzt, kurz vor dem Beginn seines neuen Lebens.
Maria kommt aus der Küche, und zum ersten Mal scheint sie Bert wahrzunehmen. Nimmt wahr, runzelt die Brauen, als überlegte sie, ob sie diesen Mann schon mal gesehen habe, nickt ihm zu, ihre Augen verweilen kurz auf Bert, und dann verschwindet sie wieder, so schnell, daß Bert sich fragt, ob es mit ihr war wie mit Gott am Tag zuvor, eine Illusion gar?
Bert ist ruhig, sein ganzes Gesicht ein großes Lächeln. Morgen wird er nicht aufstehen müssen. Er wird irgendwann zum Arbeitsamt gehen, wird mit der Abfindung der Zeitung eine Weile gut leben können, und dann beginnt sein neues Leben, und er kann später nachdenken, was er mit dem anstellen wird.
Bert geht heim, er sollte sich eine neue Wohnung suchen, weg von der Alten, er sollte alles anders machen. Himmel, es hat nur dieses eine Leben, wird Bert klar, als er die Straße entlang läuft, und dieses Leben in Angst zu verbringen, ist überflüssig, wovor Angst. Vor dem Tod? Der wird sich einstellen, ob mit oder ohne Angst.
Zu Hause befindet sich die Vermieterin, im Flur. Nie war sich Bert ihres schneidenden Geruches so bewußt, nach altem Fleisch, gekocht, nach Harn, nach unsauberer Person. Großer Ekel, als sie ihn anspricht, er die Tröpfchen empfängt, was sie sich wohl dabei denkt, die Alte, ihm nachzuschleichen, ihm aufzulauern, und Bert sieht sie an, taucht ein in ihren Geist, für eine Weile, wie ein Wirbel geht seine Seele in die ihre über, um sich umzuschauen dort.
Warum weichst du mir aus, warum läufst du vor mir weg,

warum versteckst du dich, lauschst hinter der Tür, bis du mich im Zimmer weißt, denkst du, ich weiß es nicht? Wie du mich riechst, wie ich dich ekle, darum lauere ich dir auf, um dich zu stellen, das Erschrecken in deinem Blick zu sehen, nur darum, und weil du nicht mit mir redest. Das macht böse, so böse, macht hassen. Ich hasse dich, wie du da stehst und dein Leben vertust. Als du eingezogen bist, dachte ich, er ist ruhig, er ist einsam wie ich, und wollte doch nichts, als ein bißchen reden oder fernsehen, meine Güte, vielleicht meinen Kopf in deine Hände legen, dich einmal küssen wollte ich, immer verschlossen, immer die Tür zu, keine Geräusche. Ich weiß doch, wie es dir geht. Du bist nicht mehr jung, du siehst nicht gut aus, du bist einsam und wahrscheinlich glaubst du, irgendwo würde die Chance auf dich warten. Eine Frau, der Ruhm oder beides, doch ich kann dir sagen, es wartet nichts auf dich, du hättest mit mir reden können, ich hätte dich verstanden. Die ganzen Wochenenden alleine in deinem Zimmer, ich alleine in meinem Zimmer, hättest du bei mir sitzen können, ich hätte gekocht, dir Kuchen gebacken, ich hätte dich gewaschen, ich dachte doch, du wärst mein neuer Sohn, wärst alleine und froh, wenn ich mich kümmere um dich. Das Schlimmste ist es, niemanden zu haben, der deine Sorge wissen will, alleine zu liegen nachts, nicht müde zu sein, weil der Tag so lang war, so leer, und nichts passiert ist, zu liegen, und fast zu ersticken an den Worten, die zu jemandem wollen, und du sagst sie nur zu dir, aber deine Stimme ist eingerostet, das ist das Schlimmste. Du bist das Schlimmste, das hast du jetzt davon, ich hasse dich, du haßt mich, willst schnell in dein Zimmer, weg von mir, und ich will dich eigentlich nur streicheln, daß du mich wärmst, mir die kalten Füße wärmst im Bett, ich will doch nur, daß einer noch mal meine Füße wärmt.
Und Bert zieht sich zurück aus der Alten, zum Weinen ist ihm wegen des Alters, der Mißverständnisse, wegen allem, was er aus Angst nicht zugelassen hat. Wollen wir vielleicht zusammen essen gehen, ich lade Sie ein, hört er sich sagen, und der

alten Frau fällt nichts ein, wie schwindelig wird ihr, und rote Wangen bekommt sie. Ich muß mir etwas anziehen, sagt sie, und ihre Schritte sind wieder jung, ihr Geruch nicht mehr so abstoßend, denn Menschen riechen nur schlecht, wenn sie nicht gemocht werden, wenn sie niemand mag und berührt, fangen sie an Einsamkeitshormone zu erzeugen, die den Geruch verändern.
Die Alte und Bert gehen zu Tisch. Sitzen bei einem Italiener, Fotos von Capri an der Wand, Tropfkerzen auf dem Tisch. Sie reden nicht viel, viel zu ruhig in sich Bert, viel zu aufgeregt die Alte, die rote Farbe verläßt ihre Wangen nicht, und später, nach einem Glas Wein, legt sie ihre Hand auf Berts Hand. Ihre Hand, die sich anfühlt wie getrockneter Lurch, und es ist ihr schönster Tag seit Jahren, und es ist ihm, als finge sein neues Leben heute an. Wieder zurück in der Wohnung küßt Bert die Alte auf die Wange, und für Sekunden ist sie wieder sechzehn, so zieht er sie an sich, drückt sie an sich, küßt sie tief und merkt, daß es egal ist. Daß man fast jeden lieben kann.

Zwei Tage vor dem Ereignis.

Die Mitmieterin hat Bert zum Essen eingeladen. Bert, dem so komisch klar und leicht ist wie noch nie, denn bald ist es soweit. Ein neuer Mensch wird er sein, und darum nimmt er die Einladung an. Hätte er früher nie getan, aber früher hatte er auch noch Angst.
An jenem Abend sitzt Bert also in dem winzigen Zimmer der Mitmieterin. Sie hat etwas sehr Unverdauliches gekocht, und Bert ißt das auf. Danach sitzen sie in Schweigen, und Bert überlegt, wie er sich verabschieden kann, ohne der Frau weh zu tun. Daß sie einsam ist, das spürt er, warum sonst sollte sie mit ihm essen, aber Bert möchte doch gerne gehen. Vielleicht noch in die Kneipe gehen zu Maria. Und auf einmal liegt die Mitmieterin über Bert. Sie leckt ihn ab, redet von Liebe, und

Bert ist furchtbar peinlich. Er schiebt die Frau behutsam von sich und denkt, daß sie wohl betrunken sein müsse, die Frau. Er kann nicht gemeint sein. Er schiebt die Frau von sich und sagt die Wahrheit. Daß er eine andere liebt, sagt er ihr, und es ist das erste Mal in Berts Leben, der noch nie mit einer Frau Geschlechtsverkehr hatte, daß er eine abweisen konnte. Schnell geht er in sein Zimmer und verschließt die Tür besonders sorgfältig.

Ein Tag vor dem Ereignis.

Mit einem Koffer steht Bert im Schlafzimmer seiner Vermieterin und schaut auf die Liegende. Die den Mund geöffnet hat, die Augen halbgeschlossen, die nicht zu atmen scheint, doch genau kann man das nicht wissen, er zieht die Tür zu und geht.
Die Straße entlang an dem Haus vorbei, vor dem er immer stehen bleibt, vorbei an der Ecke, an der sich seine Kneipe aufhält, weiter zur nächsten Ecke, immer diese Ecken, überall lungern sie herum, und irgendwann in ein Hotel. Das Hotel ist eines, in dem Handlungsreisende absteigen. Nicht billig, gar nicht, ein bißchen zu viele Plastiktürgriffe vielleicht, eine Idee zu viel gelbes Glas und Kunstblumen. Aber von außen sieht es alle Wetter aus. Eine Drehtür und über dem Empfang Halogenspots.
Manchmal hatte sich Bert überlegt, wie es sein müßte, in dieser Stadt fremd zu sein. Bert ist hier aufgewachsen, er hatte die Stadt nur kurzfristig während des Studiums verlassen, doch selbst dann war er am Wochenende zurückgekehrt, er kannte die Stadt wie einen verwandten Menschen, über den man nicht weiter nachdenkt, weil er so vertraut ist, und man meint, er berge keinerlei unbekannte Stellen mehr.
Mit den Augen des Mannes, der in dem Hotel absteigt, um zwei Tage später an einen anderen Ort zu reisen, sah Bert seine

Stadt wie etwas, das man einem Fremden zeigen möchte und erst da auf die Schäbigkeit stößt, die sonst unbemerkt bleibt. Eine Stadt, in der nichtssagende Häuser stehen, kein gemütliches Restaurant, kein Ort, wo der Reisende abends hätte hingehen können, er würde in seinem Hotel bleiben nach einem einsamen Mahl im Hotelrestaurant, das schmecken würde, wie es auch um ihn herum aussähe, ginge in sein Zimmer und würde sich einen Pornofilm ansehen, zwei Minuten, bis er als Zuschauer registriert werden würde, ein heikles Spiel, flink und nervös onanieren (Frau Berg, nicht wieder onanieren. Das ist widerwärtig. O. k., onaniert wird nicht, nur gefickt, gewichst, geschleimt, bück dich, du Mist ...) und Angst haben, daß es auf der Rechnung stünde, verpaßte man den Moment des Ausschaltens über dem Abspritzen.

Bert geht in das Hotel, es scheint angemessen, sein neues Leben hier zu beginnen, gegenüber von Maria, und vielleicht kann er sie beim Heimgehen sehen, wie sie ausschaut ohne den Kittel. Und Bert erinnert sich, daß er in der Schule ein Jahr lang in ein Mädchen aus einer anderen Klasse verliebt war, und daß er ihren Stundenplan auswendig wußte, um sie auf den Gängen zu treffen, um sie im Klassenzimmer nebenan zu wissen, manchmal, und wahnsinnig zu werden bei der Vorstellung, daß sie nur durch eine Wand von ihm getrennt saß. Und daß sich eigentlich an den Ideen der Liebe nichts geändert hat in den letzten zwanzig Jahren, denkt Bert auch.

Der Mann an der Rezeption wundert sich nicht, daß Bert ein Zimmer mieten möchte. Er wundert sich nicht, denkt Bert. Er sagt nicht, Sie wohnen doch um die Ecke, Mann, Sie sind arbeitslos, Sie sind häßlich, er lacht Bert nicht aus, schickt ihn nicht weg, sondern tut gerade so, als sei Bert ein normaler Kunde, ein Herr sozusagen.

Ein Page trägt Berts Koffer. Darin sein Leben, seine Krawatten und ein Buch mit Schopenhauer-Aphorismen. Das Buch hat Bert immer bei sich, er las es das erste Mal mit Vierzehn, und für eine kurze Zeit glaubte er, etwas Besonderes zu sein, wie Schopenhauer, so nah waren ihm dessen Gedanken, die aus allem Menschenfeindlichen ein Indiz der Überlegenheit formten, und damals glaubte Bert, er wäre jemand ganz Spezielles. Das legte sich dann rasch wieder, aber das Buch führt er immer noch mit sich, und manchmal liest er darin in der Hoffnung, zum einstigen Gefühl der trügerischen Größe zurückzufinden.

Bert hatte ein Zimmer mit Blick auf die Straße verlangt. Das Zimmer war hell und freundlich, ein Doppelbett, eine Minibar, der Fernseher und ein Badezimmer. Der Page geht, weil er merkt, daß kein Trinkgeld erfolgt, und Bert läuft in dem Zimmer hin und her, er seufzt vor Wohlgefühl sehr laut, läßt sich auf sein Bett sinken, auf das weiße, steife Hotelzimmerbettzeug, gönnt sich ein Bier aus der Minibar, raucht eine, der Fernseher läuft. MTV wirkt gar nicht mehr. Als Musikkanäle neu waren, hatte Bert aufgeregt Nächte vor dem Fernseher verbracht, war fast in den Bildschirm gegangen, so erregend das Gefühl, die Menschen zu sehen, die so große Stimmungen in ihm zu erzeugen verstanden. Nun waren sie einfach nur noch wie Fahrstuhlmusik, diese Kanäle, und bewirken keine Erregung mehr.

Bert schläft ein, die Bierflasche fällt um, läuft aus, naß um sein Beinkleid. Er steht in einem Tümpel, links und rechts von ihm schlagen Schrotkugeln ein, machen das Wasser auffahren, die Schrotkugeln aus der Flinte seines Vaters am Ufer halten ihn in dem Tümpel. Vor dem er immer solche Angst hatte, weil dort Blutegel drin waren. Sein Vater, der ihm die Angst nehmen wollte, keine böse Absicht, trieb Bert in das, vor dem er sich fürchtete. In den Tümpel, rausgehen nicht drin, ohne von den Schrotkugeln getroffen zu werden. Eine Stunde oder zwei, eine Ewigkeit, dann durfte er endlich aus dem schwarzen, ungut riechenden Wasser, an seinen Armen und Beinen Blutegel, wanden sich, saugten, und Bert stand weinend neben dem Tümpel, sein Vater ging ins Haus, und hektisch, von Ekel getrieben die fahrige Hand, versuchte Bert die fetten Würmer von sich zu streifen, aus dem

Fenster sah seine Mutter zu. Bert weinte, bis es weh tat in der Lunge, bis ihm klar wurde, daß er noch Tage weinen könnte und daß nur er es hören würde, nur er da war, um sich zu trösten.

Bert wacht auf von einem Geräusch, einem kleinen Schrei, seine Wangen feucht, im Fernsehen versucht sich ein Mädchen im Singen, ein junges Mädchen, das Kung-Fu-Tritte in die Luft setzt und schreit, um ihre Kraft zu demonstrieren. Ist ja gut, denkt Bert, schaltet den Apparat aus, setzt sich auf, benommen. Warum Menschen leiden, warum sie eine Seele haben, warum man die brechen kann, wenn Menschen klein sind, daß es sich nicht auswächst, das mag er nicht verstehen, warum sie so schwierig sind, die Menschen. Warum ist es so schwierig, sich zu bescheiden mit ein bißchen Herumgelebe, warum mehr wollen, schön sein zum Beispiel, weiß er gerade nicht.

Bert setzt sich ans Fenster und schaut auf die Kneipentür. Dahinter ist Maria. Und in ein paar Tagen wird er zu ihr gehen. Sie fragen, ob sie seine Frau werden will. Draußen kommt die Dämmerung über den Himmel, die Vögel begehren auf, wollen noch nicht ins Bett, kleine Vogelbetten mit Zudecken, die Krallen gefaltet, die Köpfchen an den Toaster gekuschelt, die Dunkelheit, die Lampen gehen an, die Kneipe beleuchtet, Berts Herz schneller, wenn sich die Tür öffnet, ihr noch näher, und dann, gegen Mitternacht, kommt sie.

Sie steht einen Moment still, atmet tief, dann läuft sie los, einen braunen Mantel eng um sich gezogen, die Füße in weißen Sommersandalen, eine Plastiktasche an sich gedrückt, und Bert weint. Vor Zärtlichkeit für sie. Weint, bis er sie aus den Augen verloren hat, die Augen ihr nicht mehr folgen können. Die Augen ganz feucht.

Vier Stunden vor dem Ereignis.

Bert erwacht in seinem hübschen Hotelzimmer, die Sonne fällt auf die weiße Bettwäsche, kleine Lichtflecken an der Decke. Er sitzt aufrecht im Bett und ist wie außer sich vor Erregung, denn heute ist es soweit. In ein paar Stunden wird das neue Leben beginnen, und Bert beschließt, ausführlich Abschied zu nehmen. Er stellt sich vor den Spiegel im Bad, akkurat ausgeleuchtet in der ganzen Erbärmlichkeit, die ihm nichts mehr anzuhaben vermag. Die Augen in unterschiedlicher Höhe, die schaut er sich jetzt ganz genau an, das Gesicht hängt nach unten, eine Birnenform ist klar zu verzeichnen, die Haare, ein Mittelblond, wie ehemals weiße Unterwäsche mit einem dunklen Leibchen in der Waschmaschine vereinigt, der Hals in Falten, geht über in eine vorgewölbte Brust, Sommersprossen darauf, drei lange, schwarze Haare um die Warzen, ein kleines Glied und Beine, die aneinander reiben, mit Krampfadern. Das bin ich, denkt sich Bert, und es tut ihm gar nicht mehr weh. Er kleidet sich mit Sorgfalt, bezahlt sein Zimmer und geht mit seinem Koffer zur Klinik.

Zwei Stunden vor dem Ereignis.

Bert liegt in einem Einzelzimmer. Er wurde gewogen, gemessen, sein Blut, sein Kreislauf, alles untersucht, alles gut, und gleich ist es soweit. Dann werden noch Fotos gemacht, denn Menschen machen gerne Fotos, lichten sich ab, als seien sie Denkmäler, als würden die Fotos sie über ihren Tod am Leben erhalten. Dann sterben sie doch überraschenderweise, und ihre Fotos landen in einigen Fällen auf Flohmärkten oder in Müllcontainern in den anderen Fällen.
Die große Operation, auf die Bert seit Jahren spart. Die alles verändern wird. Der Arzt, den er nur einmal konsultiert hatte, wirkte sehr zuverlässig, sah sehr gut aus, gebräunt und

mit grauen Schläfen, eben war er bei Bert gewesen, etwas fahrig wirkte er, wie halt Ärzte sind, ungeduldig, die Chirurgenhände geknetet, hatte er Bert mit falschem Namen angesprochen. Na, Herr Huber, Sie sind sich also sicher? Bert hatte genickt. Na ja, Zeit genug hatten Sie, jetzt geht es dann los, ab morgen sind Sie ein neuer Mensch, nicht mal Ihre Mutter wird Sie wiedererkennen, dann hatte er gelacht, Bert die Hand geschüttelt, und weg war er.
Bert im Bett, die Stunden bis zum Morgen unendlich. Er versucht zu lesen, fernzusehen, aus dem Fenster zu sehen, wenn er jemanden anrufen könnte, hat aber keinen, niemand da zum Anrufen. Zähe Stunden, lange Stunden, ein Schlafmittel vielleicht, ein Schlafmittel für den Bert. Die Schwester gibt ihm eines, und nach einer halben Stunde wird Bert schwer und taub und fällt in einen Schlaf, der ist wie tot sein oder komatös, keiner weiß Genaueres.
Bert in diesem Zwischenraum, sieht kleine Szenen seines Lebens, immer dieses Gefühl, der einzige auf der Welt zu sein, der eine bestimmte Sprache spricht, und alle anderen gehören zusammen, verstehen ihn nicht. Immer so eine Kälte in seiner Kindheit, da er lauschte, ob sein Vater die Treppe zu seinem Zimmer nähme, und er saß wie erstarrt, wartete, ob er Prügel bekäme, in den Keller gesperrt würde oder bis zur Ohnmacht Liegestütze machen müsse, nackt auf dem Hof vor dem Haus. Zu keinem gehen, mit niemandem reden können, wie kalt die Welt dann ist, wie groß der Zorn, nur zu Gegenständen zu reden, zu Bäumen, Plüschtieren, die stumm blieben, die Zärtlichkeit nicht erwidern, die dummen Schweine, dummer Baum, wird umgesägt, zerstört. In der Schule, da keiner mit ihm sprach, weil er dick war, ein Streber war, ausgelacht, bloßgestellt, die Hose aufgeschnitten, Schnitte, was für ein Leben, die Angst so kalt, das Grauen zu sterben, nicht wissend, wie Glück sich anfühlen mag. Bert erwacht, eine Schwester vor ihm, vor seinem Bett, braucht geraume Zeit, um sich klar zu werden: Daß alles nur Traum war und jetzt endlich sein Leben begänne.

Jetzt aber ...

Die Narkose gesetzt. Blut pumpt. Maschinen tun ihren Job, Schnitte in Fleisch, wegschneiden, Knochen sägen, feilen, nähen, Fettgewebe, ein blutiger Job, der Arzt wischt sich den Schweiß, der Blutdruck fällt, fällt zu schnell, Abfall, Schwester, eine Spritze, Scheiße, wir verlieren ihn.

Bert verliert sich.

Ich habe Angst. Es ist, wie einen Mord zu sehen, einen Mord, an dem man beteiligt ist, nicht im Fernsehen, nicht hinter einer Scheibe, dabeizusein, das Schreien zu hören, so laut, wenn ein Mensch das Leben läßt, so müssen Kriege sein, abgetrennte Gliedmaßen vorzufinden vor den eigenen Füßen, Sterben zu beobachten, so ist Sterben. Ich sterbe also. Und niemand, zu dem ich sprechen kann, der mich hören kann, es ist wie immer, eine Einsamkeit, die vom Leib Besitz nimmt, ihn schwer und klein werden läßt, zur Bewegung nicht mehr fähig. Angst kaum noch, das Grauen ist da, vor dem ich immer Angst hatte, zu Recht. Eine Einsamkeit, wie auf einer Insel sein, gestrandet, ein verkohlter Baum, Geröll und zehn Grad minus, eisiger Wind, eisiges Meer, niemand da. Zu wissen, da bleibst du bis zum Ende, und ein Ende gibt es nicht.

Bert wieder da.

Da kommt er wieder, Blutdruck normal, prima, klasse, Glück gehabt, wer ist das, der Huber, nein, nicht der Huber, was, nicht der Huber. Scheiße.

Die Stunden danach.

Bert erwacht unklar, ihm wird übel, er muß brechen, er muß. Keine Zeit für ein Gefäß, es landet auf dem Bett, auf dem Boden vor dem Bett, unter dem Bett, das Bett schlingert, fährt auf einem Meer von Erbrochenem. Schmerzen an Orten, an die Bert nie einen Gedanken verschwendet, solche Schmerzen, so übel. Erbrechen, stöhnen, dämmern, aufwachen, erbrechen.
Dann in der Nacht ist die Übelkeit gewichen, der Schmerz hat sich verstärkt, eine Tablette, schlafen für ein neues Leben, zwischen den Schmerzen kein Raum zur Freude. Am nächsten Morgen ist es um einen Grad besser, nicht viel, im halbwachen Zustand, schmerzumhüllt, und nach ein paar Tagen hört es auf. Kann man sich im Zentrum des Schmerzes nicht vorstellen, daß es aufhört, wünscht sich nichts mehr, und bemerkt doch kaum, wie es weniger wird. Bert mit Verbänden im Bett, zum ersten Mal essen, zum ersten Mal nach draußen sehen.
Zum ersten Mal auf die Toilette. Dort sieht er nichts im Spiegel außer Verbänden, ein Pyjama darüber. Die Fettabsaugung, die Gesichtsoperation, klar sind überall Verbände. Und dann kommt das Glück. Die Schmerzen nur noch da, wenn er sich unbedacht bewegt, so sitzt er da und ist sehr aufgeregt. Nun ist es bald soweit, die Narben heilen, und er wird ein schöner Mann sein. Nun ist die Zeit gekommen, sich mit der Planung der Zukunft zu befassen. Als schöner Mann wird er das Krankenhaus verlassen. Er wird noch ein paar Tage ins Hotel gehen, und ein neuer Gedanke kommt über Bert. Warum soll er hier bleiben? Warum nicht ganz woanders hingehen? Vielleicht nach Los Angeles. Er hat einmal einen Bericht über die Stadt gesehen. Lange Straßen mit Palmen, das Meer und viele unglaublich schöne Menschen hat er gesehen. Und sich gemerkt, daß in Amerika alles möglich ist.
Viel Geld machen, in einer großen Villa leben, einen Swimmingpool haben und eine Frau. Maria? Und für einen klei-

nen Moment fragt sich Bert, ob er wirklich Maria mitnehmen sollte. Eine schwarze, reife Frau, wo es doch vielleicht viele junge Schöne hat in Amerika, er hat sie gesehen, sie laufen alle Rollschuh und tragen kurze Hosen, wo der Hintern herausschaut, wieso eigentlich Maria. Und er sieht sich, in seinen Gedanken schaut er aus wie William Dafoe, an seinem Pool, um ihn ein paar schöne Frauen, er schreibt Bücher, warum nicht, er kann alles, ist sich Bert klar für einen Augenblick des Größenwahns, ist nur ein Mann, der nicht böse ist, nicht schlecht, einfach ein Mann, der nichts Übles will außer jungen schönen Frauen, wenn er sie sich leisten kann. Sie werden ihn streicheln, die Frauen, sie werden ihn begehren. Bert hatte noch nie eine Frau, aber er kann sich vorstellen, wie schön es sein muß, sich in eine zu graben. Er hat früher sein Glied in mancherlei gesteckt, aber eine Frau muß großartig sein, atmen, keuchen, weinen vor Dankbarkeit. So wird es werden. Er wird nach Amerika gehen, schön sein und Frauen haben, junge. Von Maria wird er sich verabschieden. Ganz lieb. Ihr vielleicht ein Geschenk bringen.
Die Verbände werden entfernt. Der Doktor redet mit sich: Im Moment ist alles noch etwas geschwollen, wir haben Blutergüsse, aber in einem Monat wird davon nichts mehr zu sehen sein. Der Doktor berührt Bert, es faßt sich fremd an, das Fleisch spannt, die Haut schmerzt, Bert wird vor einen Spiegel geführt: Nun schauen Sie sich mal an, aber nicht erschrecken, ich verspreche Ihnen, es wird sich noch einrichten. Bert geht zu dem Spiegel, geht durch den Raum, fängt den Blick der Schwester ein, kann ihn nicht deuten, ist es Bewunderung, warum sieht der Blick aus wie ..., es ist Bewunderung. Bert hört seine Schritte überlaut, sein neues Leben überlaut. Jetzt. Die Augen auf, komm, los, mach sie auf, o. k., es wird geschwollen sein, Narben und so weiter, aber es wird sich verwachsen, ist das klar, mach sie auf, die Augen, und Bert macht sie auf.

Der zweite Tag nach dem Ereignis.

Wachen Sie doch auf, kommen Sie schon, das war ein bißchen viel für Sie, was. Na ja, das ist auch eine Entscheidung. Sie haben Mut. Wirklich, aber Sie dürfen jetzt nicht kneifen. Sie haben es doch so gewollt, na, kommen Sie. Bert will nicht aufwachen. Nicht aus diesem Traum aufwachen, eine Bodenlosigkeit um ihn, er am Rand, da unten die Hölle, was soll jetzt werden, wie soll er weiterleben. Es gibt kein Leben mehr, und zum Sterben ist er doch zu feige. Wie könnte er sterben? Nicht aufwachen, laßt mich, laßt mich, die Tränen der letzten dreißig Jahre, das sind einige Liter, laufen einfach.

Die Entlassung.

Bert zieht sich an. Hinter einem grünen Vorhang, ein Waschbecken, ein Spiegel, streift langsam seine Sachen über. Seit dem Entfernen der Verbände hat er noch kein Wort gesprochen. Er zieht sich das Hemd über die Brüste, er zieht sich die Unterhose über, da, wo vor der Operation ein wenn auch nicht speziell wuchtiger Penis die Hose füllte, ist nun nichts mehr, eine kleine Scheide, die schmerzt, mit einer Tamponierung, damit sie nicht wieder zuwächst, das Gesicht weist die alte Form auf, die Lippen sind mit Silikon aufgefüllt. Bert im Anzug, die Brüste sind erkennbar, das Gesicht wie eine Parodie auf eine alte Hure.
Es klopft an der Tür. Der Chirurg tritt ein. Na, Herr Huber, oder sollte ich jetzt besser Frau Huber sagen, was, wie, zufrieden? Der Arzt steht, mustert Bert mit gemäßigtem Abscheu. Bert geht langsam auf den Arzt zu, wirft sich auf ihn, ihn zu Boden, sitzt auf ihm und schlägt ihm mit der Faust ins Gesicht, alle Wut ins Gesicht, ein Krachen der Nasenscheidewand, Blut spritzt, schweigend drischt Bert auf den Chirurgen ein, bis er viel später von zwei Pflegern weggerissen wird. Bert, ruhiggestellt durch eine Spritze, hört aufgeregte Schwestern reden, um

Himmels willen, das ist nicht Herr Huber, der war wegen einer Gesichtsoperation hier. Die Geschlechtsorgane irreparabel entfernt. Das gibt negative Presse, was machen wir jetzt mit ihm. Nichts werden sie mit ihm machen. Als der Raum leer ist, steigt Bert benommen herunter von seiner Liege, geht auf den Flur, die Treppen runter, aus dem Haus.

Zu Hause.

Die alte Frau öffnet nach dem ersten Klingeln, als hätte sie hinter der Tür gestanden, hat sie auch, ist aber egal. Sie sieht Bert mit nicht verstecktem Entsetzen an, dann nimmt sie ihn in die Arme. Bert muß nichts sagen, die Alte schweigt, führt ihn ins Wohnzimmer, drückt ihn auf einen Sessel, gießt ihm Tee ein, streichelt Berts Hand. Und auf einmal kann Bert wieder reden. Ich wollte doch schön werden, ich wollte doch endlich leben, und nun ist alles vorbei. Vorbei, vorbei, vorbei. Nach langem Schweigen sagt die Alte, vielleicht ist es gar nicht so schlecht als Frau. Ich meine, als Mann hatten Sie ja nicht soviel Glück. Denken Sie mal drüber nach. Die Vermieterin macht Bert das Bett zurecht, sie kocht ihm eine heiße Milch, und Bert legt sich.

Zehn Tage danach.

Bert liegt seit zehn Tagen, er steht nicht auf, er ißt nicht, trinkt vielleicht schon irgendwas, ist aber nicht näher bekannt. Er starrt an die Decke, an der Decke lösen sich seine Träume auf. Wie auf einer Leinwand, die brennt, schmelzendes Zelluloid, verwaschen die Träume, werden unscharf, ein Haus in L. A., schöne Weiber, er kann es sich nicht mehr vorstellen, nichts mehr. Verunstaltet, verunglückt, kein Mann mehr, und am siebten Tag beginnt Bert zu überlegen, was das bedeuten mag. Nicht mehr stark sein zu müssen, nicht mehr

vor anderen Männern Angst haben zu müssen, nicht mehr hart sein zu müssen. Und wann war er schon Mann gewesen? Eine Frau hatte er nie gehabt, und was soll schlecht daran sein, eine Frau zu sein, ist es nicht egal für jemanden wie ihn. Am zehnten Tag klopft seine Vermieterin an die Tür. Über dem Arm hat sie ein paar Sachen. Sie steht vor Berts Bett, bis ihm unangenehm wird, er sich aufsetzt. Sie schiebt ihn ins Badezimmer, in die Badewanne, sie frisiert ihn, reibt ihn ein, schminkt ihn und stellt ihn danach vor einen Spiegel.
Was ist jetzt so schlimm, fragt sie, und Bert schaut sich an. Er ist schlanker geworden, durch die zehn Tage im Bett, er hat ein paar hübsche kleine Brüste, sein Haar ist nach hinten gebürstet, er ist keine schöne Frau, aber eine spezielle, zum ersten Mal berührt Bert sich und weint nicht mehr.

Vierzehn Tage danach.

Die Haare mit Gel frisiert, die Beine rasiert, ein Kostüm, Make-up. Die Schmerzen sind vergangen, und Bert hatte gestaunt, welches weibliche Wissen seine Vermieterin noch hatte. Fast gefiel es Bert, sich vor den Spiegeln zu drehen, seine Haare zu färben, die Nägel zu feilen, zu lackieren, seinen Paß hat er nicht ändern lassen. Bert gefällt ihm gut als Frauenname. Und als ihm ein Mann hinterherpfiff, fragte er sich, wie es wäre, mit einem Mann zu verkehren. Warum auch nicht, seine Kenntnisse im Verkehr mit beiderlei Geschlecht beschränken sich auf Ideen. Warum nicht einen Mann lieben? Bert hat den Chirurgen verklagt. Seine Chancen, eine sechsstellige Entschädigung zu bekommen, stehen sehr gut. Es ist Bert noch nicht ganz klar, was passiert ist, ist noch nicht wirklich in ihn gedrungen, ist alles noch wie etwas, was Fremden passiert.
Bert agiert, kauft ein, er beschäftigt sich in jeder Minute mit seinem Äußeren, bleibt keine Zeit zum Denken, das ist gut, denn denken ist eine dumme Angewohnheit derer, die nichts

zu tun haben, es führt zu nichts, es sind Ideen, Luftblasen, gut, um Zeit totzuschlagen, doch würden sich Menschen beim Denken beobachten, merkten sie, daß sie immer die gleichen Dinge denken, über die Vergangenheit, über eine eventuelle Zukunft, dumm und überflüssig, das Denken, und warum sich jemand etwas darauf einbildet, unklar.
Bert denkt also nicht viel, er handelt, ohne zu überlegen, und nur im Bett, abends, wenn er seine Brust berührt, seine Scheide abtastet, wird ihm schwer, denn was das heißt, ist klar. Heißt das Ende des Traumes von Maria, von Kindern, von Weibern und Amerika, heißt weiterzuleben als häßliche Frau, die genießt, wenn sie ab und an ein Mann anschaut, die eben weiterlebt, mehr ist nicht drin.

Drei Monate nach dem Ereignis.

Das Haus war zum Verkauf ausgeschrieben, daß es sich in derselben Straße aufhielt wie das, in dem sich Berts vorige Wohnung befand, war ein Zufall. Bert war mit seiner Vermieterin in das Haus gezogen. Sie hatte es gekauft, sie hatte gespart und endlich gewußt warum. Die Mitmieterin hatte geheiratet, und Bert und die alte Dame hatten sich schön eingerichtet. Bert im Untergeschoß, die Vermieterin oben, zusammen saßen sie im Garten, gingen einkaufen, ins Kino.
Bert hatte soviel Entschädigung bekommen, daß er nie mehr arbeiten müßte. Die Tage, sie vergingen ohne große Erregung, ohne Angst, ohne Euphorie. Und irgendwann geht Bert wieder in seine Kneipe.
Das erste Mal wieder in seine Kneipe, unsicher, wie es sein wird, Maria zu sehen. Die er fast vergessen geglaubt, aber nicht vergessen hat. Er geht an den Tresen, er bestellt sich ein Bier, er sitzt und wartet, schaut zur Küchentür. Ein anderer Mann kommt hinein. Es wird ruhig in der Kneipe. Stille. Es ist, als sei Jesus eingetreten. Woran erkennt man Jesus? Er hat eine heilige Aura, etwas, das Menschen gefangennimmt und

außerdem einen Button am Revers: Ja, ich bins. Der Mann ist von so überirdischer Schönheit, daß alle im Raum erstarren, die Worte einfrieren, der Atem, weil niemand den Moment beschmutzen möchte. Der Mann setzt sich neben Bert, Bert schaut ihn an, der Mann schaut ihn an. Er lächelt, und Bert kann sich nicht mehr bewegen. Die Haare des Mannes sind lang und goldfarben, seine Augen wie Leuchtkörper, er sitzt und trinkt etwas. Bert erinnert sich, daß er den Mann schon einmal gesehen hat, in einer schlechteren Verfassung, kann sich aber nicht genau erinnern, denn bei einer Vollnarkose sterben neun Millionen Gehirnzellen.

Dann öffnet sich die Küchentür, und Maria tritt heraus. Berts Herz schlägt schneller, springt fast aus den Angeln. Maria bleibt stehen und schaut den Jesus an, sie lächelt, lockt, sie windet sich, sie lacht, sie geht zu ihm, redet mit ihm, und Bert ist, wie unter Wasser einen Film zu schauen. Er liebt sie immer noch, so dicht vor ihm redet und scherzt sie mit dem anderen, mit der puren Schönheit. Der schöne Mann nimmt Marias Hand, sie gehen zusammen in den Kühlraum. Bert steht auf, er legt das Geld für sein Bier auf den feuchten Tresen, er geht in den Abend. Nach Hause. In sein durchschnittliches Haus, in sein durchschnittliches Leben. Und klar wird es ihm. So sehr er sich auch schminken mag, mehr als eine häßliche Frau wird er nicht sein.

Paßt auf, was ihr träumt,
es könnte in Erfüllung gehen.

Und ein großer Arschwind kam auf.
Dunkel wurde es, und mehrere Blitzschläge
fuhren in die kleine Stadt.

Amerika.
Anna.
Los Angeles.
Sunset Boulevard.

Anna hat ihre große Liebe gefunden. Wie schön das klingt. Wie selten das ist. Die große Liebe. So viele Lieder gibt es darüber und Geschichten und Filme und Kriege deswegen, Morde auch. Rübe ab, aufgeschlitzt, oh, so viele Därme in einem Menschen, schau mal ... (Ist ja gut, mäßigen Sie sich, sonst gibt es wieder schlechte Kritiken.)
Die große Liebe also. Das große Märchen. Die große Verarschung. Soviel Blödheit hinter drei Worten. All diese Weiber mit natürlich ergrautem Haar, Blümchenkleidern, das Scheitern an den verhornten Füßen, den Köpfen, und die halten sie schief, sagen mit sanfter Stimme: Das Wichtigste ist doch die Liebe. Ohne sie gäbe es kein Leben. Und da haben sie auch schon ein paar in der Fresse, von Gottes himmlischer Faust.
Aber wir wollten von der großen Liebe reden. Fast alle glauben an sie, wie sie auch an Gott glauben, an etwas, das keiner benennen kann, das einfach eine Sehnsucht ist, etwas, von dem man träumt in kalten Stunden, das verhindert, daß sie zufrieden sind, die Menschen, weil es immer noch etwas hat, von dem sie meinen, es stünde ihnen zu.
Anna traf ihre große Liebe im Urlaub, in Amerika, dem Land, das große Lieben produziert wie andere Länder Durchfall. Sie traf den Mann ihres Lebens, den schönsten, besten, och, ist der toll, und es war eine große Leidenschaft, eine Raserei, so müssen große Lieben sein, mit Schmerzen und Hunger nach mehr von

dem einen Menschen, der nie gestillt wird. Die meisten verkraften sie nicht, die große Leidenschaft. Fliehen vor zu heftigem Gefühl, weil es sie krank macht, sich selbst verlieren macht, richten sich ein, beschwichtigen sich beim Betrachten der faden Partner mit Gedanken, die heißen: Leidenschaft taugt nicht zum Leben, Vertrauen ist mir wichtiger. Laß ihnen ihre Gedanken, sie beruhigen sich und beginnen dann wieder das Träumen, das Suchen, ein Leben lang.
Glückliche Anna, die jeden Tag, jede Nacht die Erfüllung leben darf. Nicht mehr auf der Suche nach ihrer anderen Hälfte, ihrer Ergänzung, ihrem Ich. Von Milliarden wird vielleicht Hunderten die große Liebe geschenkt. Manchen nur kurz, dann treibt sie das Schicksal, die Schicksalsmelodie wieder auseinander, schwimmen, entfernen sich, in dem großen Ozean eines kleinen Seins.
Anna nicht. Schwimmt nicht, treibt nicht, Anna darf ihn behalten. Das wurde so beschlossen von einer Zentrale für innerweltliche Angelegenheiten, sie darf ihn behalten und lieben, ihr Leben lang.
Eine Nacht, die warm war, eingeschlossen vom Duft des Geliebten, nahe an seiner Haut, vom Meer in den Schlaf gesungen, so dicht an ihm, sich nicht mehr spüren. Feine Sache. Durch die Holzbretter, die das Haus bildeten, in dem Anna mit Toni lebt, drang das Licht der Nacht. Ein silberner Mond, der Geruch des Meeres, und Anna konnte nicht schlafen, wie oft, nicht schlafen, weil der Geliebte so nah war, daß es ihr den Atem raubte, und ohne Atmen ist schlafen ja nun mal Mist. Sie mußte immer wieder schauen, wie er lag, silbern beschienen seine ebenmäßigen Züge, die Haut wie Platin, die langen Wimpern, wie der Luftzug aus seinen schmalen Nasenlöchern in die Nacht floß, mußte die Zunge vor den Löchern positionieren, um sie zu lecken, zu schlucken, seine Atemluft, die länger in ihm gewesen, als sie es je sein würde.
So war die Nacht mit ihm für Anna. Eine Nacht von Hunderten und ein Ende nicht abzusehen, das reine Glück. Und nun naht der Morgen, Anna erwacht übernächtigt und geht hinaus aus

der Hütte, an das unberührte Meer. Leer, der Tag, wie sie nach dieser Nacht. Anna sitzt am Meer, ihr Geliebter, ein paar Meter hinter ihr, schläft noch.

Anna schreibt in ihr Tagebuch.

Ein schöner Morgen, ein Tag dahinter, und ich weiß nicht, wie er werden wird. Vielleicht weiß das keiner, aber oft bildet man es sich doch ein. Daß man in ein Büro geht und nach Hause, essen geht oder ins Kino, das sind so die normalen Tage, falls nicht ein Hurrikan dazwischenfunkt. Ich weiß überhaupt nicht, was kommt, der Tag ist absolut leer, alles möglich, und vielleicht ist es das, was mich bei Toni bleiben läßt, was meine Liebe nährt. Daß ich nie weiß, was passieren wird. Vielleicht wird es ein glücklicher Tag. Einer von jenen, wo du in jeder Minute denkst, diese Minute werde ich nie vergessen. Oder es wird einer aus der Abteilung der Scheißtage. Es ist jeden Tag alles möglich. Manchmal macht mich die Unsicherheit fertig, aber ist Sicherheit nicht auch der Tod. Ich weiß das nicht. Ich sollte nicht darüber nachdenken. Ich verachte zuviel denken. Es ist ein Ausdruck von zuwenig handeln. Zugegeben, der wilde Handler bin ich wirklich nicht, also ich meine, ich handle jetzt nicht permanent, bis sich die Balken biegen, aber man kann ja ein bißchen gegen etwas sein.
Gedanken also sind so etwas wie Träume. Da werden Bilder produziert, die traurig machen oder ängstlich, und doch sind es nur Bilder, und sie haben ja mit dem, was ist, nichts zu tun. Was ist, kann ich euch sagen. Ein Strand, ein Meer. Dahinter geht gerade die Sonne auf, und es ist der Moment, wo die Welt mir gehört. Ich bin in einem großen Schlafsaal und höre das Atmen der Stadt, die Sonne hinter geschlossenen Vorhängen. Ich bin allen überlegen, weil ich sie im Schlaf töten könnte oder überraschen beim Erwachen mit widerlichen Grimassen oder mit Schweinemasken. Im Tagesverlauf werde ich zu einem Teil der Menschenmasse, nicht mehr als ein Stück im Fuß eines riesigen Lebewe-

sens, das sich durch den Smog kämpft und versucht, die Ohren vor dem Lärm zu schützen. Das versucht, ein bißchen Glück zu bekommen. Und genauso verrückte Ideen hat wie alle. Was Glück wohl ist? Gelb, oder hat es Öhrchen? Keiner weiß es.
Ein paar Meter hinter mir steht das Holzhaus, in dem ich lebe, es sieht sehr hübsch aus, und Touristen fotografieren es gerne. Ein kleiner Garten davor, wie man sich ein Holzhaus, in dem Freaks wohnen, halt vorstellt. Innen sieht es so aus, daß niemand auf die Idee käme, ein Foto davon zu machen. Oder nur, um es den Kindern zu zeigen und zu sagen: Wenn ihr Haschisch raucht, endet ihr so. Und die Kinder würden kein Hasch rauchen, sondern sich dicke Spritzen setzen.
Innen also ist es ziemlich dunkel, eng, ein bißchen schäbig und nur erleuchtet dadurch, daß Toni dort liegt und wahrscheinlich schläft, aber das sind schon wieder Gedanken, die ich nicht überprüfen kann. Wenn ich die Gedanken für immer aus meinem Kopf bekäme, ginge es mir gut. Denn die Gedanken sind es, die mir immer sagen, mit so einem fiesen verknitterten Stimmchen, daß ich etwas ändern sollte, daß ich weggehen sollte, schöner sein sollte, schlauer, einen Beruf erlernen, es ist immer etwas, was sie mir sagen. Eine falsche Fährte legen, Zweifel aussprechen, die unbegründet sind, denn über den Weltuntergang oder den Tod nachzudenken lohnt doch erst, wenn sie da stehen und sagen, hey, ich bin der Tod, und das ist mein Kumpel Weltuntergang, nun denk mal nach, wie du dich verhalten möchtest.
Es ist ein verdammt schöner Morgen, alles in Ordnung, und ich bin privilegiert, denn ich lebe am Meer. Ich gehe über eine Düne, einen kleinen Fußweg zu dem kleinen Haus. Wir wohnen im Erdgeschoß auf ungefähr 40 m². Oben lebt ein Massenmörder, glaube ich mal. Er sieht aus, wie man sich einen schwer arbeitenden Massenmörder so vorstellt, und er verläßt nur in der Nacht seine Wohnung. Was kann man nachts in dieser Gegend machen außer zu morden oder sich morden zu lassen?
Unsere Wohnung riecht nach Toni. Ein Geruch, der immer ein bißchen kalt und fremd ist, ein Abwehrgeruch, der mir nie ver-

traut sein wird. Ein Geruch, um immer zu begehren, was dir so fremd bleibt. Toni sieht aus, wenn er schläft, wie ein Tierjunges. Im Schlaf gehört er ganz mir. Er kann nicht weglaufen, meine ich. Er riecht gut. Ich atme ihn, betrachte ihn, und es ist mir wie immer, wenn ich ihn schaue, ein paar Minuten. Wie einen Schlauch in mich legen, den aufdrehen, fluten, so fließt es durch mich, ist Elektrizität, es ist Liebe. Ganz einfach. Ich liebe ihn. Das Gefühl füllt mich aus, es ist kein Platz für etwas anderes, und vielleicht ist es wie nicht mehr denken müssen. Einen Gott haben, einen Sinn haben. Leiden oder nicht, ist doch egal. Er ist die Aufgabe meines Lebens. Die Herausforderung. An ihm kann ich lernen, was an Begrenzungen in mir ist. Liebe darf nichts erwarten, Liebe will nicht besitzen.

Ich knie neben dem Bett und betrachte ihn. Immer noch schlägt mein Herz schneller, wenn ich ihn sehe, immer noch ist es, als würde ich flüssig, möchte ich mich über ihn schütten, ihn zudecken. Toni erwacht. Er schlägt die Augen ganz langsam auf, ob er weiß, wie schön er ist? Toni sieht mich an, sein Blick ist noch verschwommen, es ist, wie zum ersten Mal nach der Geburt seine Mutter schauen.

Ich bringe ihm sein Frühstück. Ich bediene Toni gerne. Es gefällt mir, etwas für ihn tun zu können. Ich würde ihm sehr gerne mal das Leben retten oder einen zusammenschlagen, der ihn beleidigt, damit er weiß, daß er sich auf mich verlassen kann. Aber es gab eine solche Gelegenheit noch nie, und ich weiß, daß Toni mir nicht vertraut. Er vertraut keiner Frau, hat er mir mal gesagt. Also versuche ich langsam und mit vielen Kleinigkeiten, die ich für ihn tue, ihm klar zu machen, daß ich da bin. Für immer, wenn er mich läßt.

Toni hat sich schon angezogen, als ich ins Zimmer komme. Ein weißes Unterhemd, eine Lederhose, die langen Haare fallen ihm in die Augen, seine Haut ist braun. Ich weiß nicht, wie man morgens schon so gut aussehen kann. Toni frühstückt wie immer nicht. Er redet auch nicht, denn morgens muß er für sich sein. Ich sitze ihm gegenüber auf dem einen Stuhl, den wir haben, das Tablett auf den Knien, und weiß schon wieder nicht weiter. Ich habe Angst, etwas falsch zu machen, falsch zu sagen, ihn zu stören, daß er mich wegschickt. Davor habe ich Angst, denn ich wüßte nicht mehr, wie ich ohne ihn leben sollte, also ich meine, ich bin doch gar nicht mehr da. Ich hatte ihm mal gesagt, daß ich Angst habe, ihn zu sehr zu lieben, und er wurde sauer und sagte, zu sehr lieben gäbe es gar nicht. Ich habe da nichts gesagt, aber ich glaube, das gibt es schon. Du liebst eindeutig zu sehr, wenn du gar nicht mehr bist.

Ich glaube, daß es sich beruhigen wird, irgendwann werde ich zu mir zurückfinden, wieder die sein, in die er sich verliebt hat, doch im Moment liebe ich ihn einfach zu sehr, um ich zu sein. Das, was tut, als wäre es ich, sitzt also auf diesem Stuhl mit dem Tablett. Toni raucht und sieht aus dem Fenster. Ich meine, das klingt, als ob wir es nicht besonders gut miteinander hätten, aber das stimmt nicht. Wenn es solche komischen Situationen gibt, dann nur, weil ich mich nicht zu verhalten weiß. Ich bin nicht sehr souverän. Toni steht auf, sagt, ich geh dann mal, und geht.

Ich sitze immer noch da mit dem Tablett und würde gerne wissen, wohin er geht, aber ich wage nicht, ihn zu fragen. Fragen machen Toni wütend. Er ist kein Prolet oder Macho. Er erklärt mir dann mit großer Ruhe, daß Liebe ein Kind der Freiheit sei. Er nimmt sich diese Freiheit, und ich will sie gar nicht. Ich kann nichts dafür. Ab und zu versuche ich so frei zu sein wie er. Ich gehe einfach weg, in die Stadt, in ein Café. Dort sitze ich dann rum, bin frei, schaue auf die Uhr, langweile mich und habe Sehnsucht nach ihm.

Freunde habe ich nicht. Woher denn, ich lerne ja niemanden kennen. Ich kam nach L. A. und habe Toni am ersten Tag getroffen. Dann waren wir ein paar Monate unentwegt zusammen, und heute ist es so, daß ich mit ihm bin oder auf ihn warte. Ich weiß, daß das nicht gesund ist, aber habe keine Ahnung, wie ich es ändern könnte. Im Vergleich zu Toni ist jeder andere langweilig.

Ich bin ein paarmal mit einer Frau weggegangen, die ich am Strand kennengelernt habe. Wir haben uns zum Mittag verabredet, zwei-, dreimal. Ich fand es anstrengend. Sie war mir so

fremd, ich habe mich einsam gefühlt mit ihr, weil ich nur über Oberflächlichkeiten reden konnte. Wie einsam man sich manchmal mit Menschen fühlen kann. Ich meine, es ist eine Einsamkeit in mir, die mich von der Umwelt abtrennt, und ich spüre sie in Anwesenheit von Lebewesen einfach deutlicher, weil ich dann reden muß, und merke, daß mir nichts einfällt, mich nichts interessiert, außer Toni. Ich saß da also mit dieser Frau herum, und sie sah mich immer so merkwürdig an, wenn ich über mein Leben sprach. Es gab lange Schweigepausen, und nach dem dritten Treffen hat sie nicht mehr angerufen.
Mit Toni spüre ich die Einsamkeit selten. Wenn wir es gut haben. Man kann es doch nicht immer gut haben. Ich sage mir, wenn ich unglücklich bin, wenn unser Kontakt abgeschnitten ist, daß es mir mit mir ja auch nicht immer gutgeht.
Ich weiß, daß er nicht da ist, um mich glücklich zu machen. Ich weiß das alles. Auch daß es falsch ist, wenn ich zuviel von Toni erwarte. Mit einem Mann leben zu wollen heißt immer, sich zu verleugnen. Weil es ist, wie ein Kind zu haben. Man muß einen Mann mit liebevoller Nachsicht betrachten, weil er ein Mann ist, weil er nicht schlechter ist als man selbst, aber anders. Viel ausgelieferter seinen Gefühlen, die er doch nicht versteht. Ich weiß das alles. Und vergesse es immer, wenn ich bei ihm bin.
Toni ist heute nicht gut drauf. Das habe ich gemerkt. Manchmal nerve ich ihn nur dadurch, daß es mich gibt. Das wäre anders, wenn wir in einer größeren Wohnung leben würden. So haben wir eben nur ein Zimmer, und da nervt man sich mal. Eine größere Wohnung ist nicht drin, denn wir haben nicht viel Geld.
Ich arbeite, soviel es geht, und Toni dealt. Nicht im großen Stil, sondern nur, daß es für das Nötigste reicht. Ich hasse seinen Job. Aber es steht mir nicht zu, ihn zu kritisieren. Ich habe ihn mal gefragt, ob er nicht was anderes machen kann, da ist er ziemlich sauer geworden. Er sagte, daß es keine Basis für eine Beziehung wäre, wenn ich sein Leben nicht respektieren würde. Er hat natürlich recht, aber ich habe immer Angst um ihn, und darum versuche ich, ihn nicht mehr zu kritisieren, sondern zu handeln.

Einfach soviel Geld wie möglich zu verdienen, damit er Ruhe hat. Das finde ich normal, wenn einer ein Talent hat und der andere nicht, muß man ihn unterstützen. Ich weiß, daß Toni mit etwas Ruhe und Geld ein großartiger Maler wäre. Aber ich verdiene nicht genug. Es langt einfach nicht, und mir fällt nichts ein, was ich für Geld noch tun könnte.
Ich arbeite bei einer Überraschungsagentur und muß froh sein, daß ich diesen Job habe, denn die ganze Stadt ist voller junger schöner Menschen, die alle Arbeit suchen, bis sie Schauspieler sind. Natürlich werden sie das nie, und darum sind die Jobs knapp. Die Agentur, bei der ich arbeite, macht alles. Also, ich gebe mal ein paar Beispiele: Am einfachsten sind noch gesungene und getanzte Nachrichten. Aus Torten klettern. Jemandem das ganze Haus sauber machen, einen Pornofilm drehen, mit der Ehefrau Sex haben, sich versohlen lassen.
Alles, was Leuten einfällt, womit sie sich oder andere überraschen können, tu ich. Es ist nicht weiter der Rede wert. Es ist ein Job, ich verdiene gut. Wenn ich Aufträge habe. Manchmal habe ich eine Woche nichts zu tun. Ich weiß, woran das liegt. Ich werde alt, so einfach ist das. Ich schlafe zuwenig, esse zuwenig, ich bekomme Falten, und es gibt ungefähr tausend Mädchen, die meinen Job wollen. Und ihn irgendwann bekommen werden. Wenn ich darüber nachdenke, was später wird, werde ich sehr still. Aber da sind wir schon wieder bei den schädlichen Einflüssen der Gedanken.
Vielleicht wird Toni berühmt und reich. Vielleicht sterbe ich morgen, oder mir fällt etwas Geniales ein, mit dem ich mich selbständig machen kann. Die Gedanken machen uns nur Angst, weil sie davon ausgehen, daß alles unverändert bleibt. Das ist natürlich Quatsch. Ich mache erst mal sauber. Dabei kann ich mich wunderbar entspannen. Immer wenn ich neue Reinigungsprodukte gekauft habe, also so eine unbenutzte Flasche Spülmittel, neue, gut riechende Lappen oder Möbelpolitur, macht mich das sehr glücklich. Ich komme mir dann wie eine vor, die ihr Leben im Griff hat. Wie ein ordentlicher Mensch mit ordentlichen Putzmitteln. Wenn ich aufgeräumt habe, also di-

rekt danach, bin ich erleichtert. Es gibt Untersuchungen, die besagen, daß Frauen weniger Kopfweh haben, wenn sie Hausarbeit verrichten. Mir jedenfalls geht es immer gut, nachdem ich aufgeräumt habe. Im Rahmen der Möglichkeiten versuche ich, es uns schön zu machen. Stelle Blumen hin und so weiter. Ich habe viele Tücher in die Wohnung gehängt und Bilder von Toni. Manchmal, wenn ich von draußen komme, denke ich, die Wohnung sieht aus wie ein Scheißhaufen. So, wie es sich Obdachlose unter einer Brücke nett machen, sieht es aus. Toni mag nicht ausziehen. Er wohnt schon lange hier, sagt, so etwas Günstiges am Meer finden wir nie wieder. Ich vermute, er mag nur keine Veränderungen. Ich hasse die Wohnung. Denn ich weiß, daß hier vor mir viele Frauen waren. Auf diesem Bett haben sie Toni berührt, mit nackten Ärschen in jenem Sessel gehockt, und in dem großen Spiegel haben sie sich angesehen, während Toni in ihnen steckte. Ich hasse jeden Millimeter der Wohnung, denn es ist, als wären sie alle noch da. Zugleich verachte ich mich wegen meiner Spießigkeit. Ich hätte gerne mit ihm etwas ganz Neues begonnen. Eine unbenutzte Wohnung, eine Hochzeit, all so ein Kitsch, der wirklich nur Frauen einfällt. Mir fällt so was nur ein, weil ich ihn besitzen will, ihn nicht akzeptiere. Weil ich sein Vorleben ignoriere. Das sagt mir Toni immer, wenn ich etwas sage, was mir an ihm nicht paßt. Liebe ist, den anderen und sein Leben zu akzeptieren. Dagegen kann man nichts sagen. Er hat eben immer recht.

Ich wäre so gerne unabhängig und stark, würde gerne lachen und über dem Ganzen stehen. Aber ich bin verbittert und ängstlich, ich bin kleinlich und spießig, und ich hasse mich dafür. Wenn ich so bin, merke ich, wie sehr ich Toni ankotze und daß ich ihn vertreiben werde mit meiner Verkrampftheit. Aber ich komme da nicht raus. Wenn ich mir etwas wünschen könnte, dann, daß ich ihn weniger liebte.

Auch eine Sache, worüber ich mich aufrege, sind die Gartenjobs, die Toni macht, wenn es mit dem Dealen nicht so läuft. Er geht in die Gärten von alleinstehenden Frauen oder solchen, bei denen die Männer den ganzen Tag arbeiten. Er macht ihre Pools

sauber, ihre Rasen und so etwas. Ich habe ihn mal zu so einer Frau gefahren. Ich habe sie gesehen. Als ich Toni fragte, wie solche Jobs ablaufen, war er genervt. Er ist rausgegangen und hat die Tür geknallt. Er schafft es immer, mir zu zeigen, wie kleinlich ich bin.
Toni wirft mir nie etwas vor. Ich kann alles tun, er ist nicht eifersüchtig, schränkt mich nicht ein. Aber wobei auch. Denn mich interessiert ja nichts außer ihm. Ich frage mich manchmal, was passieren müßte, damit meine Liebe zu ihm stirbt. Ich stelle ihn mir krank vor, entstellt, verkrüppelt. Der Gedanke gefällt mir dann fast. Ich denke, wie ich für ihn sorgen würde, läge er im Bett, vom Hals ab gelähmt. Ich würde ihm die Blase ausklopfen, den Speichel ablecken, würde seinen Kot wegwischen und könnte bei ihm sein, wann immer ich wollte. Und er könnte nicht weggehen. Ich erschrecke dann, wenn ich so etwas denke, und stelle mir schnell andere Dinge vor, um meine Liebe zu prüfen. Daß er gemordet hätte, mich belogen, daß er für zehn Jahre im Gefängnis säße, weil er kleine Mädchen getötet hätte, mehrere kleine Mädchen, ganz kleine Mädchen, und es macht nichts in mir. Ich würde ihn immer lieben, und nie hatte ich bis jetzt den Wunsch, alleine zu sein, alleine in Urlaub zu fahren oder all dieses Zeug, was modernen Paaren so wichtig ist, ich will nichts davon. Ich glaube, wenn Menschen solche Sachen wollen wie getrennte Schlafzimmer, getrennte Wohnungen, dann haben sie sich nie geliebt und wollen es sich nur noch nicht eingestehen. Ich kann mir nicht vorstellen, daß ich aufhöre, Toni zu lieben, daß er mir langweilig wird, es mir über wird, ihn anzusehen, ihn zu berühren.
Manchmal habe ich die Idee, daß es an der Tür klopft. Ein Polizist stünde da, würde seinen Hut in der Hand halten, hüsteln und mir sagen, daß Toni tot sei. Warum ist egal, und wenn ich diesen Gedanken habe, ist es, als ob sich der Boden öffnen und ich darin versinken würde. Ich wüßte nicht, ob ich noch eine Stunde weiterleben wollte ohne ihn, und überlege mir manchmal, wie ich mich am besten umbringen kann, sollte es jemals gebraucht werden. Mir fällt da nie etwas Vernünftiges ein.

Das Wetter schlägt um, es sind wieder viele Spinner unterwegs. Diese Stadt ist voller Spinner. Vielleicht ist der Spinnerprozentsatz auch einfach nur adäquat, weil so viele Menschen hier wohnen. Ich glaube aber eher, daß es das ungesunde Klima ist, das die Menschen in verschiedenste, spannende Geisteskrankheiten treibt. In rascher Folge passieren zweimal Gott, einmal Jesus, einmal Buddha, zweimal Charles Manson und eine Mutter Gottes mein Haus. Nix da, mein Haus. Sein Haus, das Haus, in dem er andere besessen hat.

Das Telephon klingelt. Es ist meine Überraschungsagentur, und sie fragen, ob ich Zeit hätte, einen Job für dreihundert Dollar zu machen. Wer, bitte, will keinen Job für dreihundert Dollar machen? Blöd nur, daß ich dafür gehen muß. Ich gehe nicht gerne weg. Nicht zu weit weg, denn vielleicht kommt Toni ja nach Hause, vielleicht will er mich lieben, es ist egal, ich bin einfach nicht gerne weg.

Den Sunset Boulevard entlang. Am Anfang dachte ich, in dieser Straße wohnt die Freiheit. Solche Sachen dachte ich, aber auf dem Sunset kommt man schon auf abwegige Ideen. Der Sunset ist nicht eigentlich eine Straße. Es ist eher so etwas wie ein Organ. Was für eines bloß?

Eine verrückte Straße, die wie die verdammte Stadt ist, die Menschen auffrißt, mit Reichtum und Luxus auffrißt, so ist die Straße, und am Anfang konnte ich es kaum in den Kopf bekommen, daß ich sie langfahre, an einem Ende den schönsten Mann der Welt zu wissen, der meiner war, konnte ich kaum begreifen. Dieses Gefühl, den einen gefunden zu haben, das nimmt dir keiner. Es ist das Größte, was dir passieren kann. Ich meine, die große Liebe zu treffen und behalten zu können, ist doch das Unwahrscheinlichste, das ein Mensch erleben kann. Heute ist der Sunset einfach nur noch eine nervig lange Straße, und ich kenne fast jede Hütte hier, jeden Laden, das Mondrian und dann ab in die uncoole Gegend. Da ist meine Agentur. Da müssen wir nicht drüber reden, es ist diese Art von Läden, die es in der ganzen Welt gibt. Geschmacklos eingerichtet mit zwei Frauen, die so taff sind, daß es klappert. Die das Lachen verlernt haben,

aber das habe ich ja auch. Der Auftrag heute ist sehr komisch. Ein Schleimtierliebhaber hat Geburtstag. Ich muß mich in ein Riesenterrarium legen, und auf meinem nackten Leib kriechen ungefähr zweihundert Weinbergschnecken herum. Es klingt im Moment ein wenig absurd, doch es gibt wirklich Schlimmeres, als sich für dreihundert Dollar von ein paar Schnecken bespringen zu lassen.
Das Geburtstagskind wohnt in den Hügeln. Ist klar, in den Hügeln eine Villa, wie sie halt aussehen, diese Landhäuser, die nicht wirklich von gutem Geschmack zeugen. Der Rest ist, einfach nackt in einem Terrarium mit Schnecken zu liegen. Eine Geburtstagsgesellschaft in dunklem Tuch auf Sesseln um das Terrarium, die Kuchen essen, während die Schnecken auf mir herumlaufen. Für noch mal dreihundert Dollar kann ich mit dem ungefähr achtzigjährigen Schneckenfreund Geschlechtsverkehr machen. Machen wir alles. Der Opa sitzt neben mir, die Schnecken sind noch drauf. Er holt sich einen runter, das wars schon. Die Schnecken wundern sich, ich nicht. Ich wundere mich über nichts, was Leuten so einfällt. Ich darf noch duschen, und das war es. Dann stehe ich wieder auf der Straße. Sechshundert Dollar in der Tasche, meine Hand streichelt das Geld. Dollars sind großartig. Sie fühlen sich so verdammt nach Währung an. Es ist erstaunlich, was der Mensch alles für Geld zu tun in der Lage ist. Es gilt nur, im Kopf einen Hebel umzulegen. Mit einer Hand in einen warmen Haufen Kotze zu greifen. Der Kopf sagt: Niemals, das ist ja widerwärtig. Bekommst du Geld dafür, lohnt es sich schon zu überlegen, was es dir schadet, in Kotze zu greifen. Deine Hand ist von der Haut umschlossen wie ein Plastikhandschuh. Du kannst sie in den Haufen stecken, rumrühren, die Brocken kneten, und dann wäschst du sie dir, cremst sie lecker ein. Und was bleibt? Ekel und Moral, alles Kopfgeburten. Mich hat eben ein alter Mann angewichst, und Schnecken sind auf mir gekrochen. Und? Was hat es mir getan? Hat es mich geändert? Hat es geschmerzt?
Ich fahre jetzt frisch geduscht mit fetten Geldscheinen in der Tasche nach Hause. Vorher gönne ich mir mit dem guten Gefühl

von einem, der seinen Job gemacht hat, einen Kaffee im Mondrian. Da kommt man ja nicht so oft hin. Ich meine, ich komme da eigentlich nie hin. Das ist nicht meine Abteilung. Früher dachte ich, mein Leben sei verkackt, wenn ich nie wissen würde, wie es ist, in solchen Hotels zu wohnen, an solchen Orten zu verkehren. Es war mir das Größte, in Hotelhallen Kaffee zu trinken. Immer ein bißchen Angst, daß sie mich enttarnen und herauswerfen, weil ich nicht dazugehöre. Heute weiß ich, daß da niemand dazugehört. Das weiß ich sicher. Daß sie in diesen Hotels wohnen mögen, es ihnen selbstverständlich ist, daß es ihnen keine Spur besser geht damit. Immerhin das weiß ich, und ich beneide sie nicht mehr. Ich will jetzt nicht so einen Scheiß erzählen, wie Geld macht nicht glücklich oder so. Geld macht schon glücklich, es gibt dem Geldbesitzer das Gefühl, mehr als ein Mensch zu sein, und das Gefühl ist ja nicht übel, denn wer will gerne zu den anderen gehören. Wenn man sie ansieht, die anderen, mit ihren Absonderungen aus Drüsen, mit ihren Gerüchen und ihren simplen Gehirnen, wie sie reden und essen und schlucken, da will man sich wirklich gerne einreden dürfen, nicht dazuzugehören. Ich glaube, denen mit Geld gelingt das. Sie können vielleicht sogar verdrängen, daß sie morgens aus dem Mund riechen, daß sie Durchfall haben. Vielleicht.

Ich versuche, so sicher wie möglich durch die Allee der monströsen Blumentöpfe zu laufen. Die sind zwei Meter groß, die Töpfe. Das Hotel hat Philippe Starck designt. Keine Gnade. Wahrscheinlich ist er die ganze Zeit kichernd mit rotem Kopf in dem Hotel rumgerast und hat geflüstert, euch design ich einen, aber richtig. Und so sieht das auch aus. Ich finde es schade, daß die achtziger Jahre vorbei sind. Sie waren so klar. Klares Bekenntnis zu Design und zum Reichtum und fertig. Heute ist es doch nur noch ein Abwarten. Auf den Weltuntergang oder auf Außerirdische. Weil die Ideen aus sind.

Am Ende der Terrasse ist eine Glaswand, um den Reichen den Wind der Proletarier vom Gesicht zu halten, und durch das schaut man auf L. A. Am Nebentisch sitzt eine Frau, die aussieht wie Karla. Karla ist einer der verdammten Stars dieser Stadt.

Wenn man einen davon trifft, denkt man immer, der sieht aus wie irgendwer Berühmtes, weil man sich nicht vorstellen kann, daß Menschen, die man nur aus Zeitungen und von Leinwänden kennt, wirklich existieren, daß es keine Animationen sind. Vielleicht ist es Karla, luxuriös genug wäre sie. Geliftet genug auch. Unglücklich genug sowieso. Sie langweilt sich zu Tode. Kenn ich. Ich kann ihr nur eine große Liebe empfehlen, die hält einen munter. In solchen Momenten, da ich mich der früheren Langeweile erinnere, bin ich so dankbar, daß ich Toni getroffen habe. Auch wenn ich alleine bin, langweile ich mich nicht mehr, denn ich habe immer etwas, um darüber nachzudenken, um nachzufühlen, um zu weinen oder glücklich zu sein. Es ist doch egal. Wie man sich ablenkt von dem, was nicht ist. Ein Kellner, der garantiert Schauspieler werden will, steht an meinem Tisch und versucht mich einzuordnen. Für eine Schauspielerin bin ich nicht schön genug. Für eine Produzentin nicht reich genug. Für eine Kamerafrau oder Aufnahmeleiterin fehlen mir die typischen legeren Westen und Boots. Er sortiert mich unter unwichtig ein und nimmt sein angestrengtes Lächeln vom Gesicht. Da bin ich noch dankbar.

Wenigstens wollte ich nie Schauspielerin werden. Um genau zu sein, wollte ich nie irgend etwas werden. Früher sagte ich, ich finde es wichtiger zu sein, als zu werden. Fand ich gut. Die Wahrheit ist, daß ich nichts kann und eigentlich auch nichts will, was aber leider nicht damit einhergeht, daß ich mir genüge. Ich habe natürlich alles, was auch nur entfernt nach einem verrückten Job klang, ausprobiert. Statistin beim Theater, gemalt und gedichtet, aber glaubt mir, es war alles Dreck, und die wirkliche Größe ist zu erkennen, wenn man Dreck produziert. Das tut ja keiner mehr. Weil so viele Dreck machen, nicht arbeiten wollen, denkt sich jeder Arsch, da kommt es doch auf einen Haufen Scheiße mehr auch nicht an.

Der Kaffee ist alle, er kostet viermal soviel wie ein Kaffee irgendwo, und darum gehe ich. Vielleicht ist Toni ja zu Hause. Und da wird mir ganz heiß, wenn ich mir vorstelle, daß ich irgendwohin fahren kann und weiß, daß da früher oder später der schönste Mann der Welt sein wird, und es ist meiner. Ich muß nur an ihn denken, an seinen Körper, sein Gesicht, und es langt, damit ich mich nichts mehr frage. Der Sunset ist so endlos lang, es ist, wie Jahre von Toni entfernt zu sein, und nachdem ich das Auto abgestellt habe, renne ich wirklich nach Hause. Die Wohnung ist leer. Warm und stickig, und ich bin sofort wieder nüchtern. Denn es heißt: warten. Sitzen und warten, nicht wissen, wann er kommt, und nichts anfangen können mit mir.

Ein Anruf ist auf dem Band. Dieser Typ hat wieder angerufen. Ein total reicher Typ. Er heißt Raul und sieht ziemlich gut aus, nicht so gut wie Toni, versteht sich. Ich hatte ihn vor einiger Zeit getroffen, als ich ihm ein Telegramm gesungen habe. Ein echt irres Haus. Ja, das Haus ist irre, es schluckt Tranquilizer und so weiter, und jedenfalls hat der Typ sich total in mich verknallt. Es kamen jeden Tag Blumen, und er rief an. Ich fand das gut, damit Toni mal sieht, daß ich auch Chancen habe. Aber es war ihm völlig egal. Toni hatte gesagt: Du, wenn er wirklich so reich ist, dann geh doch zu ihm. Da wurde mir die Sache langweilig. Einmal stand Raul vor der Tür. Es war sehr mühsam, ich habe mich für ihn geschämt. Verliebtheit macht aus Menschen wirklich Trottel. Ich habe mit ihm einen Tee getrunken, und dann ist er mit seiner Limousine wieder abgerauscht. Das war die Geschichte. Ich lösche den Anruf und warte.

Wenn ich jetzt an den Strand ginge, ich fände keine Ruhe, und als ich gerade sitze und mir überlege, wie ich das Warten auf Toni so gestalten kann, daß es nicht wie Warten aussieht, wenn er kommt, kommt er. Zwei Motorräder halten vor der Gartentür, auf dem einen sitzt Jo, ein schleimiger Dealerfreund von Toni, mit einer Blondine, und auf dem anderen sitzt eine Rothaarige in knallengem Lederanzug und Toni hinten drauf. Er hat die Arme um sie gelegt, und mir wird übel. Ich sehe das so genau, weil ich zufällig gerade am Fenster stehe. Die vier kommen rein, und Toni nickt mir nur zu, sie lassen sich auf das Bett fallen, und Jo baut einen großen Joint. Ich hasse es, wenn Toni raucht, er wird dann wirklich zu einem Arschloch. Ich weiß nicht genau,

was ich machen soll, denn außer dem Bett und dem einen Stuhl gegenüber hat es nichts in dem Raum, und es ist ziemlich klar, daß ich störe. Toni unterhält sich intensiv mit der Rothaarigen, der Joint geht herum, und ich stehe unschlüssig neben dem Schreibtisch und tue, als würde ich einen Brief lesen.
Die Frau neben Toni sieht extrem gut aus, wenn man so etwas mag. Sie scheint kaum älter als achtzehn zu sein, und ich weiß nicht, wie ich mich verhalten soll. Ich muß mich eigentlich nicht verhalten, denn die vier tun, als sei ich nicht da. Die Rothaarige lacht, wirft dabei den Kopf in den Nacken und bietet Toni den Hals zum Biß. Die anderen beginnen zu knutschen. Ich werde einfach rausgehen. Klar, das mache ich, es ist das, was Toni von mir erwartet, nicht einschränken, cool und locker sein, bevor ich also rausgehe, frage ich ihn, ob er mit mir essen geht, später, weil ich gut verdient hätte. Toni schaut kurz auf, als ob er nicht wüßte, wer ich sei, und sagt dann, vielleicht. Vielleicht, ist klar. Ich gehe raus, und mir zittern die Knie. Jetzt nur nicht vor dem Haus bleiben, nicht lauern, nicht warten, nicht eifersüchtig sein. Eifersucht kommt von Besitzansprüchen. Ich gehe den Weg an Villen vorbei, solche Designerdinger stehen hier rum, die meiste Zeit im Jahr leer. Am Ende des Weges ist das Café, in dem ich Toni kennengelernt habe, vor hundert Jahren.
Ich setze mich nach draußen und erinnere mich daran, wie alles anfing. Ich hörte ein Lied von Sisters of Mercy. Eine Zeile ging so: Fuck me and marry me young, vielleicht ging sie auch anders, aber ich habe das Lied wieder in mir und das Gefühl. Jung und ein bißchen morbid, die einzige Möglichkeit, um die Achtziger heil zu überstehen.
Es ist wie damals, da vorne das Meer, die Sonne, die untergeht, und dieses kranke Licht, das entsteht, verschoben durch den Smog, Licht, das es vielleicht nirgends sonst gibt. Lila und so etwas, gefiltert durch eine Decke, gewebt von dreizehn Millionen Autoauspuffen und fünfzig Tonnen Haarlack. Als damals Toni an meinem Tisch saß, schaute ich in dem Moment, da die Sonne ins Meer eintauchte, an den Horizont. In diesem Moment kann man sich etwas wünschen, und ich wünschte mir, daß Toni mein

Freund werden sollte. Wir sehen, daß solche Wünsche also immer in Erfüllung gehen, drum sollte man sehr Obacht geben mit seinen Wünschen. Wenn man sich Kampfhubschrauber oder Gürtelrosen wünscht, könnte das dumm ausgehen.
Nachdem ich eine Stunde in dem Café rumgesessen habe, gehe ich zurück. Toni liegt alleine auf dem Bett. Die Idioten sind weg, und ich setzte mich neben ihn. Was würde eine souveräne lokkere Frau jetzt machen? Das frage ich mich ungefähr fünfzigmal am Tag, und es fällt mir auch immer etwas ein. Eine souveräne coole Frau wäre jetzt einfach nicht hier. Sie hätte sich vorhin locker dazugesetzt, das Gespräch an sich gerissen, brilliert und wäre dann gegangen, um ihren wahnsinnig spannenden Job auszuführen. Sie wäre spät in der Nacht wiedergekommen und hätte sich Toni vorgenommen.
Erwähnte ich, daß ich nicht souverän bin? Ich habe Mühe, Toni zu berühren, weil ich denke, das könnte ihm schon zuviel sein. Er sieht mich an, greift nach mir, zieht mich zu sich und holt mir einen runter. Danach, an ihn gedrängt, denke ich, daß ich wirklich glücklich bin. Soll er doch mit anderen flirten. Bei mir schläft er, zu mir kommt er zurück. Es ist doch egal, ob er flirtet oder nicht. Egal, daß er nach dem Parfüm der Rothaarigen riecht. Er schläft mit mir, er gehört mir.
Ich liege da und bin müde, weil mich die ganze Anspannung fertig gemacht hat, und Toni muß noch mal los. Den Pool einer reichen Frau saubermachen. Er verspricht mir aber, bald wieder da zu sein, und dann gehen wir essen. Ich bin so froh, ich will nichts anderes. Ich will doch nicht viel.
Ich muß eingeschlafen sein, denn es ist schon dunkel draußen. Vielleicht kommt Toni bald wieder, und ich sehe relativ ungepflegt aus. Ich dusche mich, mache mich schön. Aber richtig schön. Ich will mit ihm ins Spago oder so einen Laden, ich will ihn richtig groß ausführen. Dann sehe ich wahnsinnig gut aus im Rahmen meiner Möglichkeiten, und sitze mit einem Drink vor der Tür, um dort auf ihn zu warten, denn drinnen ist es zu warm, das schadet dem Make-up. Ich warte ein paar Stunden. Es ist kalt geworden, Nacht geworden, und ich sitze steif in mei-

nem hübschen Fummel da. Es ist gegen Mitternacht, als Toni kommt. In seinem Arm hat er die Rothaarige. Er hat geraucht, seine Augen sind glasig, er sieht mich nicht. Die Rothaarige schon. Sie schaut mich an wie jemanden, den man früher mal kannte und nicht mochte und den man dann wieder trifft, bettelnd an einer Ecke.
Die beiden gehen an mir vorbei ins Haus. Ich höre sie kichern und schnaufen, stöhnen, ich höre sie ficken, und ich mache nichts. Ich kann nichts machen, ich bleibe einfach auf diesem dämlichen alten Korbsessel sitzen. Was gibt es auch zu machen? Denken kann ich nicht. Immer nur kleine Fetzen von Gedanken, die nicht dazu taugen, daß man sie festhält. Weggehen. Ihn töten und mich. Die Frau töten, mein Gott, es ist doch nicht das erste Mal, ich weiß doch, daß es vorbeigeht, es ist wie eine Krankheit, und es geht vorbei. Ich kann nicht mehr denken. Ich bin gegen Morgen so steif gefroren, daß mir nichts anderes in den Sinn kommt als Wärme. Ich gehe in die Wohnung, nehme eine Decke und lege mich auf den Fußboden, auf den alten Teppich. Die Nase an den Teppich, den seine Füße berührt haben. Schlafen kann ich nicht, die Rothaarige liegt auf meinem Platz, an seine Brust gedrückt, und ich hasse sie. Wenn Männer fremdgehen, ist es nicht falsch, die Frauen zu hassen. Denn sie sind schuld. Sie haben die Verantwortung. Ins Bett bekommt man jeden Typen, die können nicht anders. Aber Frauen wissen, was sie tun. Deshalb kann man sie ruhig hassen, meinetwegen auch umbringen, die Frauen. Ich schließe die Augen, sie brennen zu sehr, zu sehr weiß ich nicht, was ich mit den Augen sehen soll, mit dem Leben machen soll, das ich sehe. Ich mache sie wieder auf, die Augen, weil ich Geräusche höre. Toni nimmt die Frau von hinten. Er in ihr, die Augen geschlossen, und selbst jetzt kann ich nicht wegsehen, weil er so schön ist. Wie sich seine Muskeln bewegen. Fast kann ich für Sekunden vergessen, was da abgeht. Ich ziehe mir ein Kissen über das Gesicht. Arme Irre, als ob es davon wegginge, das Leben, die Frau, nichts geht weg, und ich bin erstaunt, daß ich mich immer noch nicht daran gewöhnt habe. Wir waren vier Monate zusammen, als Toni mir

erklärte, daß der Anspruch an körperliche Treue die Liebe sterben läßt. Von den Lügen, die die Kirche den Menschen erzählt habe, von der absurden Idee der Monogamie, einer Erfindung der Romantik, erzählte er mir und vom Scheitern der Kleinfamilie. Er hat es mir sehr lange erklärt, und ich habe alles verstanden. Ich war seiner Meinung, wirklich, doch als er das erste Mal ein Mädchen mit ins Haus brachte, war es mir, als ob ich erfrieren würde. Vielleicht gehen Schocks so. Mein Körper wurde eiskalt innerhalb von Sekunden, ein hohles Gefühl im Magen und der Gedanke, daß ich das Bewußtsein verliere. Innerlich tat sich ein Loch auf, das mich verschlang, alles, was meinen Stolz ausgemacht hatte, verschlang es, und ich saß damals vor dem Haus, bis das Mädchen am nächsten Morgen wieder ging. Ich war nicht wütend. Höchstens auf mich, weil ich mich so anstellte, weil ich so wenig souverän war. Wie heute. Wie jedesmal. Ich hasse mich wirklich für mein uncooles Verhalten. Ich habe doch gelernt, daß er bei mir bleibt. Daß ihm Sex mit mir nach so einer Geschichte wieder mehr Spaß macht. Daß es für einen Mann nicht möglich ist, einer Frau treu zu sein, und daß ihm ein bißchen den Schwanz irgendwo reinhängen nichts bedeutet. Das weiß ich doch, verdammt. Warum mache ich nicht einfach Frühstück, trinke lecker Kaffee, rauche eine und schau dann, was der Tag so bringt. Warum liege ich hier wie ein Hund und warte, daß sie geht, um ihn dann mit meinem Schweigen, mit meiner Verkrampftheit auf den Geist zu gehen. Es ist so schlimm zu wissen, wie man sich verhalten sollte, und es einfach nicht zu können. Weil man gelähmt ist, gefangen in seinem Kleinbürgerscheiß.
Die Frau zieht sich an. Sie beachtet mich nicht. Sie verabschiedet sich mit einem langen Kuß von Toni. Dann geht sie. Toni setzt sich auf, er starrt durch mich durch und dreht sich einen Joint. Für eine Sekunde oder so finde ich ihn albern. Hasch ist so was von out. Und wie er da hockt, durchgefickt, mit dem stinkenden Rohr in der Hand, sieht er aus wie einer, der einfach nicht alt werden will. Der Gedanke verfliegt, als Toni mich ansieht. Es ist wie ein Stromschlag, wenn er mich anschaut, und

ich sehe seinen Kern, sehe, was ihn ausmacht, etwas so Zartes, Verletzliches, daß aller Ärger, der Schock, die Demütigung sofort weg sind und ich ihn nur in meinem Arm halten will. Er kann doch nicht anders. Er braucht Bestätigung, denn er ist bald vierzig, und was hat er schon. Eine miese Bude, einen Job als Dealer und wahrscheinlich Angst, als Loser zu enden. Ich möchte ihm helfen, wirklich, wenn ich nur wüßte wie. Ich habe gestern Karla näher kennengelernt, sagt Toni, und ich denke, wie komisch, ich habe sie gestern noch gesehen im Hotel. Toni erzählt mir, daß Karla heiß auf ihn wäre und er versuchen wolle, über sie in die richtigen Kreise zu kommen, um vielleicht seine Bilder zu verkaufen. Was soll ich dazu sagen? Natürlich muß er es versuchen, ich habe nur meine Zweifel, ob ein Star, nur weil er einmal mit Toni geschlafen hat, etwas für ihn tun wird. Ich meine, Karla ist ein verdammter Star, und man weiß doch von Madonna zum Beispiel, daß sie schöne Männer nur zum Ficken oder Kindermachen benutzt. Also, ich schäme mich ein bißchen für meinen Gedanken und verstehe ihn auch nicht. Denn er ist doch Toni, der schönste Mann der Welt, und wahrscheinlich wäre sogar die Königin von England glücklich, mit ihm zusammensein zu dürfen. Ich bin verbittert. Ich muß aufpassen. Toni sah mich neulich an und sagte, du siehst aus wie ein frustrierte Frau. Ich habe mich danach angeschaut und wußte sofort, was er meint. Um meinen Mund stehen scharfe Falten, und die Sache ist nach unten gezogen in den Winkeln. Mein Gesicht ist schmal geworden, von der Sonne verbrannt, frühzeitig gealtert. Ich war ziemlich erschrocken. Daß ich mit Tonis Schönheit nie mithalten kann, ist klar, aber was passiert, wenn ich jetzt altere, wenn ich unattraktiv werde, wenn ich in die Wechseljahre komme. Ich kann mir nicht vorstellen, daß Toni mich dann noch begehrt. Er wird einfach nicht älter, das ist das chinesische Erbgut oder was weiß ich. Er hat keine Falten, sein Haar ist lang und schwarz, sein Körper straff. Er ist schön, er ist weit weg, er hat gerade in einer anderen gesteckt, und trotzdem hasse ich ihn nicht. Toni geht, er sagt nichts, ich frage nicht. Nicht denken, handeln. Das Bett muß neu bezogen werden, die Wohnung gelüftet, gewischt, ich mache wirklich den ganzen Tag sauber, dann schrubbe ich mich, creme mich ein, und danach geht es mir nicht so schlecht.

Toni kommt zurück, als die Sonne untergeht. Er fährt auf dem Motorrad der Rothaarigen. Er fragt, ob ich Lust hätte, mit ihm nach Carmel zu fahren. Ich sitze hinter Toni, dicht an ihm, dicht wie ein Teil von ihm. Kalifornien im Abend rauscht an mir vorbei, die Küstenstraße. Es ist wie fliegen. Mit dem schönsten Mann der Welt fliegen, und ich atme sehr tief, das geht aber im Motorradlärm unter, das Tiefatmen. Atmen gegen den Druck oben links, atmen und fliegen. Vielleicht ist mein Leben anstrengend oder beschissen. Aber es ist das intensivste, das ich mir vorstellen kann.

Amerika.
Raul.
Los Angeles.
Sunset Boulevard.

Es ist ein klarer, warmer und unbedingt luxuriöser Nachmittag in Kalifornien. Ein Nachmittag für Reiche gemacht, die auf weißen Terrassen sitzen, weißes Konfekt essen und weiße Gesichter haben. Ein Nachmittag, dessen Licht hergestellt scheint, um samtweich durch Seidenstores auf Damen in Kaschmirröcken zu scheinen oder keck durch Rhododendronhecken zu blitzen. Es gibt einfach Tage, die sich für Armut und Normalität nicht anbieten, die Menschen mit gelben Gesichtern und in Lumpen sehr unpassend erscheinen lassen.
Ein Tag gut auch, um in einem weißen Ensemble in einem Hubschrauber zu sitzen. Raul trägt weiße Textilien, eng am Körper. Er ist 1,90 m groß, schlank, hat breite Schultern, eine schmale Taille, einen perfekt geformten Körper, und oben drauf sitzt ein Kopf mit charismatischem Gesicht und hellblondem Haar. Raul blättert in einer Zeitschrift. Er ist zum begehrtesten Junggesellen der Welt gewählt worden, steht auf der Seite drei. Wessen Welt, wäre erst mal die Frage, und von wem begehrt, die nachste. Wenn die wüßten, denkt Raul und blättert weiter in der Illustrierten. Freund, Partner oder nur ein Tier, ist eine Überschrift auf der nächsten Seite. Worum es gehen mag, werden wir nie erfahren, denn Raul wirft die Zeitschrift hinter sich. Er schließt die Augen.
Raul ist nicht nur reich, sondern auch schön, seine Haare sind lang und blond, seine Augen auch. Lange, blonde Augen und ei-

nen Rüssel im Gesicht, Raul sieht also mal verdammt gut aus, wie ein intelligenter Rockstar, falls es so was gibt. Nein, gibt es nicht. Anmerkung der Vereinigung der gutaussehenden Rockstars.

Auch ohne seinen Reichtum würden ihm Frauen und Männer hinterherlaufen. Wenn er normale Frauen und Männer träfe. Tut er aber nicht. Raul lebt in einem Ghetto der Superreichen, in einer Villa, die video- und schutzmannüberwacht ist, er fliegt nur mit eigenen Geräten, fährt in eigenen Limousinen, und wo, bitte, trifft man normale Menschen?

An Orten, an denen Raul sich frei bewegen kann, verkehren nur Reiche und Stars, die alle einen an der Waffel haben, alt sind oder als Paare des Grauens auftreten. Es ist die ödeste Sorte Mensch. Die Frauen dumme diamantbehangene Hühner, manchmal auch Geschäftsfrauen, humorlos und knochenhart, die Männer fade Workaholics oder verblödete Erben. Die Gespräche bei jenen Partys gehen um Theater, Ferienziele, Personal und Skandale.

Einfach in einem Café sich aufhalten kann Raul nicht. Zu groß ist die Gefahr, entführt zu werden, von Bettlern belästigt oder von Weibern, die gerade die Zeitschrift gelesen haben, denen der Speichel aus dem Mund läuft wegen Rauls Aussehen, wegen Rauls Reichtum.

Das Aussehen, immer wieder fallen sie darauf herein, lassen sich blenden, die Blödköpfe, keiner will wissen, was hinter dem schönen Gesicht, dem erlesenen Körper ist. Manchmal denkt Raul, da sei auch nicht viel, das denkt er aber nur an schlechten Tagen, meist mag er sich ganz gerne und hält sich für einen originellen Menschen. Aber kann man sich da sicher sein?

Einmal hatte er eine normale Frau getroffen und gedacht, sich in sie verliebt zu haben. Ein singendes Telegramm war die Frau, und es hatte ihm gefallen, daß sie so normal war. Ein bißchen verhärmt vielleicht, und Raul hatte begonnen, der Frau nachzustellen. Sie hatte ihn nicht gewollt, und das war eine ungewöhnliche Erfahrung. Doch auch die Erfahrung nutzte sich ab, und Raul vergaß die Frau zügig. Unterdes wußte er nicht mehr,

wie sie ausgesehen hatte. Sie war doch auch nur ein Mensch gewesen, ein Hort des Mißtrauens, denn Raul mißtraut jedem. Sich, dem Hubschrauber, dem Wetter, dem Meer, obwohl – aus der Luft sieht das Meer wirklich klasse aus. Die goldigen kleinen Schaumkronen, oder sind es gar weiße Segel von Schiffen, alles schäumt und blinkt, und ab und zu sieht man sogar Delphine rumlungern. Delphine schauen sich in die Augen bei der Paarung, vielleicht paaren sich gerade welche.
Man sollte mal wieder eine Platte mit Delphinliedern hören. Oder auch nicht. Was könnte man nicht alles machen. Wenn man nicht zu faul wäre. Immer wieder mal überkommt Raul eine große Lust zu verschiedenen Aktivitäten. Ein Studium zu beginnen. Arzt oder Historiker zu werden. Mehrere Sprachen zu erlernen. In einen Kibbuz zu gehen. Solche Ideen kommen über Raul, vornehmlich, wenn er gar nicht müde von einem inhaltsleeren Tag im Bett liegt, dann wird ihm ganz aufgeregt, und er sieht sich ein neues Leben beginnen, morgens joggen, dann studieren, Bildungsreisen machen, Krankenhäuser in Simbabwe eröffnen, und kann den Morgen kaum erwarten. Des Nachts. Doch wenn dann der neue Tag erschienen ist, deucht Raul, benommen vom Schlaf, sein Vorhaben lästig, anstrengend und sehr, sehr überflüssig für die Menschheit und für sich.
Aus der Luft scheint das Meer, wie alle Dinge, die man von oben beschaut, klein und ungefährlich. Man kann sich kaum vorstellen, was für ein Ärger das wäre, schwömme man jetzt in der Brühe. Die Wellen ins Gesicht, Salzwasser in die Augen und das Land weit entfernt. Zu weit, als daß man es erschwimmen könnte, auf jeden Fall.
Kalt wäre es vermutlich, und das Leben würde schwinden. Ersaufen kann kein schöner Tod sein. Vermutlich hält sich der Delinquent ungebührlich lange, macht immer schlapper werdende Schwimmstößchen, schluckt Wasser, bis ihm übel wird, und dann, nach Stunden vielleicht erst, geht er gnädig unter, füllen sich die Lungen mit Wasser. So wird er gefunden. Tage später, und wie Wasserleichen aussehen, weiß Raul aus dem Atlas der gerichtlichen Medizin. Nicht speziell gut sehen sie aus,

die Menschen, wenn sie sich zu lange im Gewässer aufhalten, die Leibe aufgetrieben und eventuell noch von Schiffsschrauben zerstückelt wurden.

Raul sitzt in der gläsernen Kuppel seines Hubschraubers, der Fußboden ist durchsichtig, die Haube ist durchsichtig, wie im Himmel radfahren ist das, ein erregendes Gefühl. Wer will denn an Schiffsschrauben und deren verheerenden Einfluß auf den menschlichen Körper denken. Es ist ein guter Tag. Raul hatte sich gerade nach Carmel fliegen lassen. Er hatte Lust auf einen Kaffee gehabt, und in Carmel gab es den besten in einer deutschen Bäckerei. Dort hatte er gesessen, sich wohl gefühlt, bis ihm unangenehm klar wurde, daß alle Besucher des Cafés ihn anstarrten, Frauen, die laut lachten, die Dekolletés tiefer zupften, mit den Titten schnackelten, lange Blicke warfen, und so war er schnell aus dem Café geflohen, denn an manchen Tagen mochte er einfach nicht angesehen werden, angestarrt, jeden Schluck, den er tat, verfolgt wissen, das war ihm mitunter zu viel.

Raul schaut auf seine Schweizer Uhr, ein kleines Kreuz auf dem Zifferblatt, und fragt sie: Was sind begehrte Junggesellen, und wie kann man etwas begehren, das man nicht kennt, oder ist es so, daß man nur begehren kann, was einem unvertraut ist? Sag schon. Die Uhr schüttelt das kleine Schweizer Kreuz.

Inzwischen hat sich das Meer unten in Häuser umgewandelt, über die der Hubschrauber eine lässige Pirouette dreht. Besser allemal als eine unlässige Pirouette, die meistens mit dem Absturz des Hubschraubers beendet wird. So landet der Hubschrauber auf dem Dach von Rauls Villa, und Raul steigt aus. Ein Butler steht bereit, um ihn sicher ins Hausinnere zu geleiten.

Hast du mich vermißt, fragt Raul, doch die Villa antwortet nicht. Ist schon gut, ich weiß, daß du Probleme hast, deine Gefühle auszudrücken, sagt Raul und läuft etwas ziellos durch seine Räume, die Hallen, läuft, um auf eine Idee zu kommen, was er mit dem angerissenen Tag noch anfangen könnte. Das ist gar nicht so einfach, und meist gelingt es nur Menschen, die arbeiten, sich ein paar Stunden täglich den Anschein von aktiver Freizeitgestaltung zu geben. Die Basis des Seins, weiß Raul, ist Langeweile, und wenn man sie als Grundhaltung annimmt, gelingt es einem, den Rest als das zu sehen, was es ist. Zeit herumbringen, totschlagen, egal mit was. Ins Kino gehen, ins Theater, Sport machen, lesen, schreiben, ficken, spazierengehen, interessant, was Menschen für wichtig erachten. Menschen, die sagen: Ich nutze meine Freizeit aktiv, ich langweile mich nie, ich habe so viele Interessen, öden Raul an. Er weiß, daß sie lügen, daß sie ein Bild von sich entworfen haben und kein echter Ton von ihnen zu erwarten steht. Es ist die Art Menschen, denen Raul begegnet.

Frauen, die die Augen verdrehen und die keine Zeit haben für Stille, weil ihre Terminkalender gefüllt sind mit Dates bei Kosmetikerinnen, Schneidern, Wohltätigkeitstees und Partys, bei denen sie Zeit totquatschen. Gerede über Filme, Bücher, über Dinge, die Menschen machen, die sich vielleicht nicht langweilen, sondern Geld damit verdienen müssen, anderen Sinn zu geben, Interessen zu geben, Hohlheit zu füllen.

Raul langweilt sich oft, er weiß darum und ist sich nicht böse. Schlendert herum und langweilt sich, lächelt über sich und seine Langeweile und gelangt darüber in sein Atelier.

Rauls Villa besteht aus Hallen und Zimmern, aus Sälen und Treppen, und da ist man schon eine gute Weile unterwegs, in Rauls Villa. Das Atelier war auch so eine alberne Idee, um die Stunden herumzubringen. Gemälde zu erstellen ist nicht mehr als eine melancholische Verbeugung vor dem letzten Jahrhundert. Vorbei die Zeiten, da Bilder etwas berührten in den Betrachtern, als sie schockierten oder Tränen hervorriefen, nicht mehr als Zitate sind sie heute, Zitate einer langsameren Zeit. Verlassen stehen mehrere große Leinwände, Staffeleien, die teuersten Farben, prima Oberlicht, ein Paradies für Künstler. Doch Raul ist kein Künstler. Die Bilder sehen einwandfrei Scheiße aus. Die Leidenschaftslosigkeit, die Stümperhaftigkeit des Malers lassen sich auch durch die teuersten Farben nicht überdecken. An einem weiteren Bild herumzuschmieren fehlt Raul heute jede Ambition. Aber das macht ja nichts. Er muß

nicht anerkannt werden, als nichts. Ich bin das größte Arschloch in L. A., sagt Raul gerne über sich, und das ist natürlich übertrieben, denn es gibt noch ein größeres.
Manchmal macht es Raul durchaus Freude, ein Bild mit schwarzer Farbe vollzumalen, rumzuklecksen, rumzusauen und zu wissen, danach macht das jemand weg. Aber nicht heute. Raul schlendert ziellos weiter in seinen Lieblingsraum. An die Fünfzehn-Zimmer-Villa angebaut steht ein Glashaus, dessen Dach sich mit einem Knopfdruck öffnen läßt. Das Glashaus ist 200 m^2 groß, Palmen und Bananenbäume wachsen darin herum, Orchideen und menschenwürdige Schlingpflanzen. In der Mitte liegt ein See, der blubbert, weil er ein verkleideter Whirlpool ist, und ein riesiges Bett befindet sich in einer Baumkrone. Ein überdimensionaler Kontoauszugsdrucker steht in einer Ecke, das sind die Einrichtungsgegenstände von Rauls Lieblingszimmer. Manchmal schläft er hier. Im Baumbett, den Glashimmel geöffnet, den Blick in die Sterne, in den Himmel, der in L. A. nie dunkel wird, nie recht Nacht werden will, weil zu viele Menschen hier leben und der Himmel nicht die Ruhe zum Schlafen findet dadurch.
Raul schaut auf die letzten Auszüge seiner Konten. Rasch überschlagen, zusammengezählt, mal nicht mit den Nullen durcheinanderkommen, besitzt Raul im Moment an die zwei Milliarden Mark. Und die restlos zu vernichten bis zum Lebensende, bedeutet eine wirkliche Herausforderung. Raul läßt sich mit seinen Sachen in den Pool fallen und treibt im fleischwarmen Wasser.
Wenn all jene, die leichtfertig behaupten, mit viel Geld wären sie glücklich, all die Dummköpfe, die an Kneipentischen hocken und sagen, soll er mir mal geben, ich wüßte schon, was ich damit mache, die blöde lachen, stier schauen, die Knallköpfe, die Würmer, die sinnentleerte Masse Mensch, wenn die Rauls Geld hätten, würden sie sich ganz schön wundern. Was kann man mit Geld schon machen? Dinge kaufen und verreisen, ein gutes Gewissen kann man sich noch kaufen und Sex. Sich alle Wünsche erfüllen zu können, ist ein Trugschluß, denn dazu müßte

man Wünsche haben, und deren Anzahl ist begrenzt. Was wünscht man sich schon wirklich? Kleine Begierden sind schnell erfüllt. Größere Begierden, ein Haus, ein Auto, sind für Raul nichts anderes als anderen Leuts neues Paar Schuhe. Und dann? Raul könnte nicht sagen, was er sich wirklich wünscht. Er hat kein Ziel. Mit sehr viel Mühe könnte er sich eines überlegen, aber für was soll das gut sein. Ziele sind nicht mehr als Begrenzungen, um dem Geist Ordnung und Ausrichtung zu geben, um sich auf nichts einlassen zu müssen, ein ernstes Gesicht machen zu können und zu sagen: Ich habe ein Ziel, wissen Sie. Sich selber auf die Schulter klopfen zu können, weil man so zielorientiert ist.

Die Ehrlichkeit, sich einem sinnlosen Leben zu stellen, ist nicht eine Frage des Geldes. Es ist innerer Luxus. Vielleicht, denkt sich Raul, sollte ich ein bißchen verreisen, denn reisen ist gut, um sich neu zu definieren. Um zu schätzen, was man hat, oder auch nicht.

Raul treibt im Wasser und denkt an Orte, die Gefühle in ihm auslösen. Bangkok ist so ein Ort. Raul liebt Bangkok, die drückende Hitze, die Feuchtigkeit, der Lärm und die Millionen Fahrzeuge, der Geruch des Essens, das an der Straße gekocht wird. Es ist einer der Glücksmomente, an die sich Raul erinnert. Es hatte geregnet in Bangkok, dieser fette, warme Regen, der war, als kämen Geschlechtsteile vom Himmel. Und Raul saß in einem offenen Mopedtaxi, er hatte einen Walkman auf mit irgendwelcher wusten Musik und ließ sich ein paar Stunden durch die Stadt fahren. Wie in einem Bett war es, in einem Bett zugedeckt spazierengefahren zu werden.

Raul sah sich bei fünfzig Grad im Schatten am Pool des Oriental Hotels liegen, sah sich Mangosaft trinken und mit niemandem reden. Raul sah sich, um den Mangosaft zu trinken, zuvor sechzehn Stunden fliegen, und das löschte den Wunsch auch schon wieder. Vielleicht sollte er nach Hongkong, der schönsten Stadt der Welt, wieselflinke kleine Chinesen anschauen, in Teestuben hocken, auf Märkten beobachten, wie Tiere gequält werden. Gequälte Tiere klingt gut, Paartatzer in den Schraubstock, kleine

Zungen gelöst vom Körper an glatten Wänden, oder mit der steilen Bahn an neunundsiebzigstöckigen Hochhäusern vorbei, das Meer sehen, das wäre vielleicht lustig, aber deshalb nach Hongkong?
Das Dumme am Reisen ist, daß eigentlich immer das eintritt, was man erwartet. Da man im Laufe des Lebens fast alles bereits kennt, reist man freiwillig nur noch in Länder, in denen einem wohl war. Die Gefühle zu den Ländern sind abrufbar, und in der Realität meist schwächer als in der Vorstellung.
Das Dumme am Alleinsein ist, daß alleine reisen nicht sehr viel Spaß macht, da manche Sachen erst real werden dadurch, daß man einem anderen sagen kann: Siehst du das Meer, das Hochhaus, siehst du, was ich sehe, und erst da der andere es bestätigt, kann man glauben, daß es die Dinge wirklich gibt, die man entdeckt hat. Daß man sich nicht in Kulissen bewegt oder so etwas. Alleinsein in fremden Ländern kann einen Tag lang gut sein, doch am zweiten Tag bereits zu großen Sinnkrisen führen, sich eingestehen zu müssen, daß man nichts tut in einem anderen Land, als anderen beim Leben zuzuschauen, weil man grad nicht selber leben mag, kann ernüchternd wirken.
Raul ist seit Jahren alleine. Seit er denken kann, hat er niemanden gefunden zum Lieben, zum Teilen, und wird auch keinen mehr treffen, den er aushält, da ist sich Raul sicher. Er hat es aufgegeben, an das Märchen der großen Liebe zu glauben. Viele hat er getroffen, die sich in ihn verliebten, die von ihm fasziniert waren, von seinem Äußeren, vielleicht von seinem Geld, doch was es heißt, Raul wirklich zu lieben, weiß nur er, weiß, daß es schwierig ist aus Gründen, zu denen wir vielleicht später noch kommen.
Raul gähnt und verläßt den Pool. Betritt seinen Garten. Die Trikotagen feucht am Leib, er sieht aus wie ein Gott, oder irgend etwas, das Menschen zu blenden in der Lage ist. Wären da Menschen, könnten sie ihn wohl nicht lange anschauen, ohne verrückt zu werden wegen seiner Schönheit. Doch da ist keiner, und so kann Raul ungestört durch den Garten tigern. Mehrere Hektar ist er groß und der perfekte Nachbau eines tropischen

Regenwaldes. Raul riecht den feuchten Boden, die Pflanzen, die zu atmen scheinen, und fragt sich nichts. Das ist ein feiner Zustand, nicht weit entfernt von der Seligkeit, er berührt ein paar Farne, schaut einigen Tieren beim Tiersein zu und geht dann ins Haus zurück, weil ihm ein Frösteln kommt. Mit dem geht er in den Keller. Dort hat er mehrere Kinder gefangengehalten. Stimmt nicht, es sind nackte Pudel, dort hat sich Raul also ein professionelles Musikstudio einbauen lassen. Er klimpert ein wenig auf einer E-Gitarre herum und schüttelt die Haare. Raul spielt gerne Rockstar. Rockstars sind großartig. Raul steht vor einem großen Spiegel, schüttelt die Haare und spielt E-Gitarre. Schade nur, daß er keine Motivation hat, ein Rockstar zu werden. Das wird einer nur, um sich etwas zu beweisen, weil er sich häßlich fühlt und minderwertig, um Mädels aufzureißen oder um reich zu werden.

Daß Raul Menschen in den Wahn treiben kann, weiß er, und Geld muß er auch nicht verdienen. Wozu sollte er sich also mit den Sacknasen der Musikindustrie abgeben. Manchmal fragt sich Raul, ob er es zu etwas bringen würde, wenn er kein Geld hätte. Das ist eine schwierige, hypothetische Frage, an der Raul so manche Stunde zubringt. Ob es ihm wohler wäre, seinen Sinn wie die meisten Menschen in einer Tätigkeit zu suchen? Er wird es nie herausfinden. Und außerdem ist ihm wohl. Raul spielt noch ein wenig am Sampler herum, er zieht die Brauen zusammen, macht ein Komponistengesicht und hämmert auf die Tastatur ein. Hey, Respekt. Das ist Rock 'n' Roll, Mann. Raul, der Rock 'n' Roller, zieht sich trockene Sachen an und liegt in der Hängematte ab.

Per Fernbedienung schaltet er Reggae-Musik ein und aktiviert die Videoanlage. Auf zwanzig Bildschirmen schaut er in jeden Raum seiner Villa. Kein Mensch zu sehen, und Raul ist es eine große Freude, sinnlos sein Mobiliar gefilmt zu beschauen. Schön macht ihr das, sagt er zu seinen Möbeln, ja, bleibt so, nicht bewegen. Die Möbel gehorchen nur zum Teil. Rauls Villa ist ein Spielparadies für Männer. Es gibt ein Kino, einen Computerfuhrpark, in der Garage stehen Motorräder und Autos, einen Fitneß-

bereich mit Boxring, eine Bibliothek, das Atelier und mehrere professionelle Kameras, sogar einen Schneideplatz hat es. Jack Redix singt gerade: Go for Jamaica, und Raul denkt sich, well, das mache ich. Er ruft seinen Piloten an, seinen Chauffeur, sein Zimmermädchen, und eine halbe Stunde später sitzt Raul in seiner Limousine, die ihn zum Flughafen bringt. Rauls Jet steht schon bereit, eine Boeing, die er von seinem Lieblingsmaler Anselm Kiefer mit schweren deutschen Motiven und einem Hitler-Bild bemalen ließ, die Gebläse oder Getriebe sind bereits angelassen, und die Stewardeß lächelt ihm an der Treppe entgegen. Der Jet sieht innen aus wie von einem schwulen Designer eingerichtet, weil er von einem schwulen Designer eingerichtet wurde. Vorhänge und Samt, Lilien ranken aus nicht verrüttelbaren Vasen, und man fragt sich, ob es eigentlich unschwule Designer gibt. Fragt sich weiter, ob es irgendwann nur noch Schwule gibt, weil sich keiner mehr dem Ärger zwischen Männern und Frauen für ein bißchen Geficke aussetzen mag, denn zu mehr taugen Liebesgemeinschaften nicht in dieser Zeit, da sie sind wie Einkäufe in Supermärkten.
Raul geht in das goldfarbene Schlafzimmer und legt sich auf das Bett, auf dem schon eine Nerzdecke kuschelt. Er schaltet den Fernseher ein. Es läuft gerade eine Talk-Show, in der ein Mann gesteht, daß er seine Frau umgebracht hat. Er erzählt, wie er die Frau getötet hat mit einem Korkenzieher und wo er sie versteckt hat in einer chemischen Toilette, und denkt nicht daran, daß ihn das Geständnis vermutlich auf den elektrischen Stuhl bringen wird. Seit einiger Zeit sind die Talk-Shows ziemlich wüst geworden. Als die Geständnisse, lesbisch zu sein oder den Hund zu betrügen, keine Quote mehr brachten, gingen die Sender dazu über, Menschen auftreten zu lassen, die sich vor den Kameras umbrachten, die ihre Kinder fickten oder Morde gestanden. Aber selbst das langweilt inzwischen. Raul schellt der Stewardeß und läßt sich von ihr sein Lieblingsessen, japanische Instantnudelsuppe, bringen. Die ißt er auf. Der Jet fliegt los.
Wie gerne würde er jetzt wem sagen: Hey, wir fliegen, und es ist verdammt mein Scheißflugzeug, ist das nicht geil. Keiner da,

und es gibt nicht viele Dinge, die Raul richtig schmerzen, aber eines von den nicht vielen Dingen ist, daß er kaum Freunde hat. Kaum ist falsch, fangen wir noch mal an, daß er gar keine Freunde hat, das nervt Raul manchmal. Nicht so sehr, daß er energisch etwas dagegen unternehmen möchte, aber ein bißchen nervt es ihn eben. Die Männer, die er trifft, Schauspieler, Produzenten, Berufsmillionäre, sind langweilig oder rauschgiftsüchtig. Normale Männer trifft er nicht. Einen, sagen wir, Schriftsteller oder Regisseur oder einen Physiotherapeuten, wo soll er den treffen? Die Menschen, die zu einer Freundschaft taugen würden, weil sie nicht verblödet sind, haben andere Leben. Sie arbeiten, und nach der Arbeit sind sie müde und drücken sich bestimmt nicht auf Partys herum, in Hotellobbys oder in teuren Boutiquen. Dort trifft man nur Geisteskranke. So kommt es, daß Raul alleine ist. Nicht speziell einsam, denn wo auch immer er ist, sind Menschen um ihn. Angestellte und Wächter und Piloten, das hilft, nicht zu verblöden, Menschen zu haben, mit denen man reden kann. Denen man Anweisungen übermitteln kann.
Ein Freund wäre natürlich etwas anderes. Freunde sind Menschen, die immer da sind, wenn man sie braucht, die bedingungslos lieben und auch mal für einen tanzen oder morden, wenn es gefragt ist. Raul erinnert sich nicht, jemals einen solchen Freund gehabt zu haben, einen, der getanzt hätte. Raul erinnert sich kaum an etwas, er weiß nicht, wie er als Kind war, ob er seine Eltern mochte, nicht einmal an seine Pubertät erinnert er sich. Raul weiß nur, daß er so reich ist, weil sein Vater reich war. Warum weiß er allerdings nicht, und versucht er, sich seiner Vergangenheit zu entsinnen, ist ihm, als täte sich ein Nebel auf über seiner Seele, und traurig wird ihm, daß er ganz schnell das Erinnern aufgibt. Ein anderes der Dinge, die Raul nicht mag, ist, daß ihn keiner anfaßt. Manchmal glaubt er, daß Menschen krank werden, wenn sie nicht berührt werden. Dann berührt er sich schnell, streichelt seine Füße, seinen Hals, aber irgendwie ist es nicht dasselbe, als täte es ein anderer Mensch. Raul hatte mal gelesen, daß eine autistische Frau sich aus demselben

Grund ein Bett gebaut hatte, eines, das sie umschloß und berührte. Manchmal glaubt Raul, sollte er sich auch ein solches Bett bauen lassen.
Die Stewardeß bringt einen frischen Mangosaft. Das Mädchen ist Mitte Zwanzig, von einfältigem Wesen, wie Stewardessen es meist sind, und attraktivem Äußeren, hat lange dunkle Haare, Mandelaugen, Mandelfüße, und Raul hat eine Idee. Er sagt zu dem Mädchen: Wenn Sie sich tanzend für mich ausziehen, schenke ich Ihnen dreitausend Dollar. Daß jeder Mensch seinen Preis hat, ist keine Erfindung Rauls. Es ist die Wahrheit. Raul hat das Wahrheitsspiel manchmal gespielt aus Langeweile. Hat einen gegriffen und ihm eine Aufgabe gestellt. Aufgaben wie: Würden Sie Ihre Mutter verraten, sich von ihr lossagen, würden Sie mit einem widerlichen Menschen Sex haben, oder auch, würden Sie mit diesem Gerät in meiner Hand, ein Taschenrechner, ein kleines, goldiges, unbekanntes Kind sterben lassen? Raul hatte sich immer sehr ernst gegeben bei jenen Fragen und hielt auch immer sein Scheckbuch in der Hand. Stieg bei zehntausend Dollar ein und hatte bei einer Millionen Dollar alle. Dann ließ er die gekauften Menschen einen Anruf machen, bei Mutter zum Beispiel, um sich von ihr loszusagen, ließ sie einen Knopf drücken für das goldige Kind und gab ihnen dann den Scheck.
Die Stewardeß war einfacher zu haben. Vermutlich hätte sie sich auch für gar nichts vor Raul ausgezogen, sie fragte nur: Wollen Sie eine spezielle Musik, und um die Sache doch noch irgendwie lustig zu gestalten, legte Raul einen Titel der Gruppe Ministry auf. Das Stück ist so schnell, daß Raul sich wundert, wie die Frau sich rhythmisch dazu entkleiden möchte. Die Musik knallt also mal los, und die Stewardeß scheint kurz ratlos. Sie reißt sich hektisch die Klamotten vom Körper, den Büstenhalter aus, die Füßchen verfangen sich im Slip, die Dame stolpert, die Hände rudern, die Titten wackeln.
Das Lied unterdes ist zu Ende gebrettert, und da liegt in der plötzlichen Stille des schalldichten Raumes eine halbnackige Stewardeß mit einem Käppchen auf dem Kopf am Boden. Die

beschämte Frau nimmt ihre Uniform und geht. Raul hat sie schon vergessen, obgleich sich eine Hälfte von ihr noch im Raum befindet.
Das Flugzeug nimmt Kurs auf Jamaika. Dort kennt Raul ein schönes und gar nicht milliardärsmäßiges Hotel in den Bergen von Kingstown. Als er vorhin so im Salon rumhing und die diversen Einladungen zu Abendpartys, Premieren, Wohltätigkeitsbällen durchging, wo er doch schon wußte, wie all jene Veranstaltungen sein würden, mit blödem Gerede, Gerauche, Getrinke und endlosem Rumgesitze, da tauchte auf einmal das Bild jenes Hotels in ihm auf. Von wundervoller Ruhe war es, und eine große Sehnsüchtigkeit kam in Raul auf.
Nun ist er schon da, steigt aus, wird umschlossen von der feuchten Hitze, und geht auf die wartende Limousine zu. Es sind an die fünfundvierzig Grad, und Raul beginnt direkt zu transpirieren, doch die Limousine ist kühl, leise Musik singt, ein leckeres Kaltgetränk steht bereit, und schon rollt vor getönten Scheiben Kingstown vorüber. Raul ist aufgeregt, ein fremdes Land, wie ein fremder Mensch ist ihm das, dem er sich behutsam nähert, von dem nicht klar ist, was zu erwarten steht. Durch die Slums, durch lärmende Reggae-Musik, an qualmenden Mülltonnen vorüber, da ist die dritte Welt, und ich mag sie gerne, denkt sich Raul, wo sonst könnte ich spüren, wieviel Glück ich habe. Gäbe es nur Reiche, wäre es ja kein Kunststück, reich zu sein, und ich müßte mich ernsthaft fragen, was ich mit dem Leben noch anstellen soll. Der Wagen schleicht die Berge hoch, in die Einfahrt zum Paradies.
Das Hotel steht genauso, wie Raul es in Erinnerung hatte. Das ist ein seltenes Glück, daß Sachen genauso sind, wie man sie im Kopf hatte, daß sie nicht geheiratet haben oder sich die Haare gefärbt, ein großer Friede wird dem Menschen, wenn er etwas genauso vorfindet, wie er es sich vorgestellt hatte. Das heißt, er kann der Welt vertrauen. Menschenleer steht das Hotel am Hang, schaut über die Stadt, schmiegen sich Bungalows an den Fels, verhangene Wege, und die Gebäude, die in den sechziger Jahren echter Luxus waren, schauen aus wie nasses Laub an einem sonnigen Oktobermorgen.

Kein Gast da, niemals, nur zwei alte Inhaber, ein paar Hunde und der Wahnsinn an diesem Ort. Raul bezieht ein Zimmer, das ungefähr 100 m² groß ist und dessen vordere Wand aus einem Fenster besteht. Ein Nierentisch, eine tropfende Dusche und der Blick in den Himmel. Im Raum ist es schön schwül, ein alter Ventilator gibt sein Letztes, allein vergebens, und Raul wird direkt glücklich. Er tritt aus dem Raum. Unterhalb des Zimmers, durch gewundene Wege, vorüber an duftenden Büschen, gelangt er zu einem Pool, der mit kleinen goldenen Mosaiksteinen ausgelegt ist. Daran vorbei kommt er zu einer großen überdachten Terrasse mit eingedeckten Tischen. Für niemanden. Einer der Inhaber schlurft herbei und fragt Raul, ob er Fisch oder Huhn zum Dinner möchte. Raul bestellt ein totes Huhn und setzt sich dann. Von ganz weit her kommen Reggae-Fetzen in sein Ohr, es riecht lecker, und Raul ist sehr, sehr froh. Raul ist fast immer froh, und leicht ist ihm. Meine Güte, warum auch nicht. Er ist reich, schön, klug, er muß dem Sex nicht hinterherrennen, warum sollte er also nicht froh sein.
Die Dunkelheit ist schnell in der Karibik, und mit ihr kommt das Huhn, Raul ißt das auf und geht dann in sein Zimmer. Legt sich ins Bett, sieht im Dunkel auf die Lichter der Stadt, hört ihre entfernten Laute, riecht die warme Luft und träumt wunderbare Sachen von toten, tanzenden Hühnern, die sich ausziehen.
Am nächsten Morgen erwacht Raul sehr früh. Die Hitze steht im Raum, die Sonne auch, und Raul tritt auf die Terrasse, als sich die Tür des Nachbarraumes, der ebenfalls an die Terrasse grenzt, öffnet. Eine dickleibige Schwarze in einem Nachthemd, das kurz unter ihrem Hintern endet, mit einem Netz auf dem Kopf tritt neben ihn, und beide stehen kurz mit Unbehagen nebeneinander zu einer Tageszeit, die nicht für Gespräche eingerichtet ist. Raul sieht die Frau von der Seite an. Sie hat ein rundes, nettes Gesicht und eine Zahnlücke. Die Frau dreht den Kopf, sieht Raul sie ansehen, und er sagt hastig verlegen: Wollen wir frühstücken?
Vielleicht ziehe ich mir schnell was Längeres über, antwortet die Frau und geht in ihr Zimmer. Kurz darauf steht sie wieder

auf der Terrasse, das Kleid, das sie trägt, ist zwei Zentimeter länger als das Nachthemd. Eine komische Frau, ein komischer Morgen, so gehen sie zu Tisch. Die Frau heißt Maria und wohnt in L. A. Ihr Job ist es, Menschen mit Drogen zu beliefern, die sie in Jamaika einkauft. Ein schöner Beruf, sagt Raul, und fragt sie, ob sie auch Drogen nehme. Maria lacht. Ist doch egal, sagt sie, und das findet Raul auch. Wenn man sich die Menschen so anschaut, denkt man sich, viele täten besser daran, ein paar Drogen zu nehmen, damit wenigstens irgendwas passiert, sagt Raul, und Maria sagt: Genau, das ist mein Beruf. Ich verhelfe den Menschen zu ein bißchen Erregung. Und was machst du, fragt sie Raul.

Ich bin Millionär, sagt er, und Maria sagt, das ist doch auch ganz o.k. Nach dem Frühstück lungern die beiden am Pool herum, und nach geraumer Weile schlägt Maria vor, in die Stadt zu fahren, um Drogen zu kaufen. So fahren sie mit Marias Leihwagen in die Stadt.

Selten hat sich Raul so schnell wohl mit einem Menschen gefühlt, und er schaut Maria an, während sie den Wagen lenkt mit ihren festen Händen und dabei die Marseillaise singt. Ganz komisch wird ihm und aufgeregt, und er weiß gar nicht, was das ist, was sich da regt. Vielleicht die Freude, mit jemandem zu reden, dem es egal ist, daß Raul der begehrteste Junggeselle der Welt ist. Maria fährt in sehr merkwürdig aussehende Straßen. Aber weil es ja ein fremdes Land ist, weiß Raul gar nicht zu sagen, ob nicht vielleicht das ganze Land merkwürdig aussieht. Tiefe Löcher auf dem Boden, sehr viele Hunde, die in die Löcher fallen, und Menschen, die auch so aussehen. Wie die Löcher, die Hunde, egal, hangen am Straßenrand und sehen dunkel aus. Maria, sagt Raul, und Maria sagt ›yeah‹, die Menschen sehen so düster aus, sagt Raul. Und Maria sagt, es sind Neger, o. k., Neger sehen nun mal dunkel aus.

Raul überlegt, was er über Kingstown gelesen hat. Es ist eine der gefährlichsten Städte der Welt, heißt es. Davor oder danach kommen nur noch Johannesburg, Pnom Penh, der Gaza-Streifen und ein kleines Nest in Indonesien, wo Menschen aufgeges-

sen werden. Maria lenkt, während Raul sich Gedanken macht, den Wagen lässig durch die staubigen Straßen, vor denen in jedem Reiseführer gewarnt wird: Nicht durchlaufen, nicht langsam fahren, nicht anhalten, Türen verriegeln. Am besten in ein Flugzeug steigen und rasch wegfliegen.
Am Rand der Straße hängen bekiffte Männer herum, die sich das Auto ganz genau ansehen. Raul fürchtet sich, doch gefällt ihm die Furcht, denn endlich passiert mal was, etwas Echtes, das ist das richtige Leben. Und er mittendrin. Maria parkt in einem Hof neben Hühnern und Autoleichen, zwei Typen, die aussehen, als wären sie Schauspieler und würden Dealer spielen, kommen auf sie zu, und Maria beginnt zu verhandeln, Raul versteht die Männer kaum, sie sagen andauernd ›yeah man‹ und ›respect man‹, und nach ein paar Minuten sitzt Maria mit einem Paket im Auto. Das war Drogenhandel, so einfach geht das. Komm, wir fahren feiern, sagt Maria, wir fahren ans Meer. Zwei Stunden durch das Land, an Slums vorbei und Dreck, gelangen sie zu einem Ort an der Küste, zu einem Restaurant an den Klippen. Lange hat sich Raul nicht mehr so gut gefühlt, so leicht, und so kann es nicht ausbleiben, daß er sich, als sie wieder zurückfahren, als sie noch auf der Terrasse ihres Berghotels sitzen, in Maria verliebt. In jener Nacht verabschiedet sich Raul mit einem langen Kuß von Maria, und als er in seinem Bett liegt, weint Raul.
Einen Tag bleiben Raul und Maria noch. Sie schwimmen im Meer, essen Fische auf, sie lachen und erzählen sich ihre Leben. Und als die Nacht kommt, sitzen sie auf Rauls Bett im Hotel. Und Raul liest ihr eines seiner Gedichte vor:

Es war Weihnachten, leere Straßen, ein häßliches Hotel in der Nacht in Amerika, drei Zimmer erleuchtet, und ich dachte, wie müßte es sein, von dir verlassen, in diesem Hotel, in der Nacht, in Amerika.

Es war Nacht in Amerika. Denn da ist sie besonders schwarz. Und wir im Auto, da ist man besonders allein, so eng beisammen. So fremd deine Hände am Steuer, eine würde genügen, das wäre eine für mich, doch du dachtest nicht daran, in dieser verdammten Nacht in Amerika.

Wir fuhren, damit sich etwas bewegte, und wußten nichts mehr zu sagen. Als ich dich berührte, meine Hand in deine schob, war es deiner Hand ganz unwohl, ganz kalt war sie und fremd, in dieser Nacht.

Am Morgen warst du weg. Kalte Luft im Zimmer, und ich in einem Hotel in Amerika. Vielleicht würde jemand von draußen das erleuchtete Fenster sehen, sagen, stell dir vor, Liebste, du hättest mich verlassen, und ich läge jetzt dort alleine, in einem Hotel, in der Nacht in Amerika.

Maria hat feuchte Augen und fragt Raul, wann er das Gedicht geschrieben hätte. Raul erzählt ihr von einem Mädchen, das er mal getroffen habe, ein singendes Telegramm, und wie er sich in das Mädchen verliebt und das Gedicht für sie geschrieben hätte, aber warum, das wüßte er nicht. Dann ist Ruhe im Raum, und Raul wagt nicht, Maria anzufassen, und Maria wagt nicht, Raul anzufassen. Eine Stille ist zwischen sie gekommen, ein Unbehagen von falschen Gedanken, vom Denken, was der andere wohl denken mag, eine Situation, wie tausendmal an einem Tag auf der Welt. Momente, da sich Menschen berühren, kurz und aneinander vorüberfliegen, sich hätten halten können in der Nacht, wenn sie den Mut gehabt hätten. Der andere hat doch nur darauf gewartet. Warten sie also, die Menschen, alleine, überall auf der Welt, in Hotelbetten, vor Telephonen, am Meer, warten auf das Wunder, das neben ihnen sitzt und nicht eintritt. Verpaßte Gelegenheiten, kleine Schnittstellen, dumme Gedanken. Maria steht auf. Rauls Herz so schnell, sie wird doch nicht einfach gehen, jetzt gehen, in dieser warmen Nacht. Und Maria steht und denkt: Ich muß jetzt gehen, bin doch schon aufgestanden, was soll er denken, wenn ich jetzt nicht gehe. Und sie beugt sich zu ihm, und Raul denkt, wenn sie mich jetzt küßt, dann nehme ich sie in den Arm. Maria gibt Raul die Hand und geht zu Bett. Und sie können lange nicht in den Schlaf finden. Maria in ihrem Bett, am Fenster, im Sessel, unter der Dusche, wieder im Bett denkt: Er ist so schön, er ist viel jünger als ich, er ist reich. Wie komme ich auf die Idee, daß er mich will. Raul in seinem Bett, vor der Tür, am Pool, auf der Terrasse, mit seinem Walkman denkt: Sie ist schön, sie ist unverdorben, sie ist warm und weich und gesund, wie kann ich nur denken, daß sie etwas von mir will. Am nächsten Morgen erwachen beide müde, sie hatten traurige Träume, und die Augen sind ihnen verhangen. Und als sie sich treffen zum Frühstück, ist Ruhe zwischen ihnen, sie sitzen und schauen sich an wie Fremde, als hätten sie sich nie erkannt.

So fliegen sie zurück nach Hause, Maria in Rauls Jet, sitzen in Sesseln, reden kaum. Schon absurd geworden die Idee, sie könnten sich mehr sein als Fremde, die zufällig zusammen ein bißchen Auto gefahren sind. Und schwer die Ruhe, schwer der Atem, das Herz, das arme Herz. Zurück in L. A. setzt Raul Maria vor ihrem Haus ab und fährt in seine Villa.

Raul kehrt in sein Haus zurück. Die Stille zurück, die er sonst nach Reisen zu schätzen weiß, sie scheint ihm nun zu ruhig, das Haus zu groß, zu leer, und es ist ihm, als hätte er kurz Wärme geschaut in einer warmen Hütte und stünde nun wieder in einem Schneesturm vor der Tür, die Tür zuzementiert. Es kommt Raul unerträglich laut vor, seine Schritte, sein Atmen in den leeren Räumen zu hören, und er spürt die Langeweile wie einen Schmerz. Er läuft ziellos, versucht sich durch fernsehen abzulenken, durch schwimmen, radfahren, mopedfahren, allein vergebens, weiß er doch noch nicht einmal, wovon er sich eigentlich ablenken sollte. Am Abend ist Raul noch trauriger geworden. Er sehnt sich, aber nach was genau er sich sehnt, wüßte er nicht zu sagen.

Dann endlich ist Nacht, morgen wird es bestimmt besser werden, sicher, war doch nur eine Zufallsbegegnung, war nichts, ein bißchen zusammen lachen, ein bißchen sich verstehen, das findet man doch alle Tage. Muß nur öfter unter Menschen, so einfach ist das, und jetzt schlafen wir mal, was? Raul liegt in seinem Baumbett, das Dach ist geöffnet und warme Luft um ihn. Wie gerne hätte er jetzt einen Menschen neben sich. Die Normalität ist kaputt, verdammt, das macht Sehnsucht, das macht das Verliebtsein, daß die Normalität nicht mehr funktioniert, und der Mensch Dinge vermißt, die er zuvor gar nicht benötigte. So erscheint Raul sein Bett geradezu unangenehm breit, wie nackt in einem Stadion schlafen, nur mit Beckenbauer zugedeckt, so groß, so leer das Bett, wie wäre das, einen Menschen neben sich liegen zu wissen, der gut röche, dessen Hand man halten könnte, der leise Gruselgeschichten erzählte. Wie gerne hätte Raul einen Menschen wie Maria neben sich. So warm und rund und lieb, Maria, die so weit weg von ihm, irgendwo in der Stadt, in einem Bett liegt. Raul denkt, wie sie da wohl liegt mit ihrem albernen Nachthemd, und wie er das denkt, könnte er grad weinen vor Sehnsucht. So ein Schmerz in ihm, der macht, daß sich Raul von einer Seite auf die andere dreht, keinen Schlaf findet, weil der Schmerz immer da am stärksten ist, wo sich sein Körper gerade befindet. Und als die Nacht fast schon wieder zum Tag wird, die Helligkeit die Schwärze vor sich herschiebt, wie wegkehrt mit einem Besen, fällt Raul in einen Zustand, der ist wie Schlaf.

Es ist dunkel draußen. Der Tag versucht, die Nacht zu vertreiben, doch die wehrt sich. Beide einigen sich auf ein diffuses Grau, das nichts ist. Raul liegt in seinem Bett, und ihm fröstelt. Er schaut aus dem kleinen Fenster in einen Hinterhof. Auf dem stehen ungepflegte Mülltonnen, die nichts auf sich halten. Kein Baum mag sich da finden.

Raul liegt in dem schmalen Bett und friert, denn es ist kalt in der Wohnung. Die Zentralheizung tropft. Sie knattert und schnorchelt, macht einen feinen Sprühregen in das Zimmer, aber heizen tut sie gar nicht. Maria und Raul liegen in dem Bett. Eng beieinander und müde. Sie haben bis in die frühen Morgenstunden in einer Kneipe gearbeitet und riechen nach Rauch, nach Bier und nach billigem Essen. Sie sind zu müde, um sich zu halten. Zu besorgt, um sich nahe zu sein. Es sind Sorgen, wie sie halt kommen, wenn man müde ist, sich nicht wehren kann gegen die Angst, die im Gehirn hockt und im Bauch und darauf wartet, daß sie den geschwächten Menschen angreifen kann. Ganz starr vor freudloser Sorge liegen sie, und es ist also kalt, und sie frieren und haben Angst und denken, was noch keinem geholfen hat. Maria denkt an das Alter, das bald eintreten wird. Sie denkt an ein Leben, das immer so weitergehen wird. Gegen Morgen in ein enges Bett fallen, gegen Mittag verkatert erwachen, ein paar Stunden im Halbschlaf vertrödeln, in der Stille vertrödeln, der Leere, um dann wieder in die Kneipe zu gehen. In kalten Töpfen rühren, mit den Händen fettige Speisereste entfernen, Gestank, schmieriger Boden, auf dem Speisereste liegen, grau machen, Füße schlittern darüber, ein Schmierfilm überall, auf der Seele sowieso. Rauch im Haar, so müde. So müde, und kein Ausweg in Sicht. Und nichts, was sie Raul bieten könnte, außer sich, die alt wird und immer dicker, die in schlechter Form ist und langweilig in ihrer Müdigkeit. Und vielleicht, denkt Maria, wird er mich verlassen, wird eine finden, die schön ist und reich, denn das hätte er verdient. Ich weiß nicht, warum er neben mir liegt, und weiß nicht, wie ich weiterleben soll, denkt Maria.

Und Raul liegt und denkt, das ist also übriggeblieben von meinen großen Ideen. Hätte mich nur einer gelassen, ich hätte es ihnen gezeigt. Ich wüßte, wie man ein Land regiert, wie man Häuser baut, wüßte, wie man Fernsehen macht, ich müßte mit den Bossen reden. Mit den wirklichen Bossen. Denen, die über die Zukunft der Welt entscheiden. Den Bankchefs, Vorstandsvorsitzenden, den Chefs der Unternehmen, mit denen sollte ich reden. Denkt Raul und sieht sich im dunklen Zimmer um. Morgen ist Sonntag, morgen ist frei. Und es ist so egal. An Maria hat sich Raul gewöhnt. Es ist gut, daß sie da ist, aber auch unwichtig. Es macht das Unglück nicht kleiner. Fälschlich eingereiht ist er in das Rudel der Schafe, die ihrem Hirten folgen. Morgens um sechs in schmierölige Fabrikhallen, zu Wahlurnen, in zweiwöchige Urlaube in häßlichen Betonpyramiden, zu überfüllten Stränden. Schafe. Die sich nicht wehren, weil sie nicht denken können. Und wollen. So sind sie, die Menschen, arme Würste, nicht schlecht, nicht böse, nur wie Kinder, die dem folgen, der am meisten glänzt. Die dem Geld folgen und denen, die Geld versprechen, ins Verderben. Die auch dem Guten folgen würden, aber wo soll das sein. Verdammt, ich kann denken, ich gehöre zur verschissenen Elite, und keiner will es sehen. Raul möchte sterben in jenem Moment, dem Erkennen des nicht selbstverschuldeten Scheiterns, denn was hätte aus ihm werden können.

Zu spät. Er ist noch schön, noch fast jung und liegt in einer Bruchbude neben einer dicken Negerin, weil die Welt bescheuert ist. Weil sie nach Ausbildungen fragen, nach Diplomen und nicht nach Wissen, nach Innovationen. Er schaut Maria von der Seite an. Geliebt hat er sie nie. Es war angenehm mit ihr. Eine gute Mutter, genau, das ist sie. Eine Mutter, nicht die herausfordernde Geliebte, der spannende Freund. Morgen ist also Sonntag. Es ist kalt, und er wird mit Maria im Bett bleiben, dann werden sie in Trainingsanzügen in der Wohnung herumschlurfen, vielleicht ein Spiel machen und froh sein, wenn sie zu Bett können. Wenn es nur einen Ausweg gäbe. Doch den gibt es nicht. Keinen Platz für Raul in dieser Welt, nur solch absurde Hoffnungen wie Lottogewinne bleiben. Wie furchtbar die Erkenntnis, nur ein Leben zu haben. Und es zu vertun in Bedeutungslosigkeit. Maria bewegt sich, legt sich warm zu ihm, eine ihrer üppigen Brüste streift seinen Arm, und Raul spürt, wie er steif wird. Und für eine kurze Weile sind alle Sorgen vergessen. Wie er warm in Maria geborgen ist, dem Höhepunkt entgegen, sich bewegt, schneller und explodiert für ein Vergessen. Danach schlafen Raul und Maria eng umschlungen ein. Bis Raul erwacht, einige Zeit darauf, erwacht vor Kälte an seinem Bein und Hitze auf seiner Brust, da liegt Maria wie ein Walroß, und erfüllt von Widerwillen rollt er sie zur Seite. Raul steht auf, läuft in seiner kleinen Bude herum und möchte so gerne einen Ausweg finden. Was gäbe er nicht dafür, reich zu sein. Maria, seinen Schwanz, alles ... Wenn ich nur reich wäre und ein spannendes Leben hätte, fleht Raul verzweifelt in die Nacht.

Raul erwacht. Er greift nach Maria, die Hand sucht auf dem Laken herum, Maria ist nicht da, er öffnet die Augen, verklebt mit

Schleim, woher kommt der eigentlich? Wird nachts von dafür ausgebildeten Arbeitslosen Schleim in Träumende gefüllt, aber wozu? Macht die also auf, die Augen, und sieht Himmel über sich. Minuten braucht Raul, um zu begreifen, wo er sich aufhält. Und dann kommen sie. Die Tränen der Erleichterung, der Trauer, Maria ist nicht da, er hatte geträumt. Einfach geträumt, und es war grauenhaft.

Ein fades Leben wie ein langer Tod. Dann doch lieber so weitermachen, ein Leben mit allen Möglichkeiten, Momente interessant zu gestalten, denn daß Leben keinen Sinn haben oder denselben Sinn wie das Leben eines Baumes, dessen ist sich Raul bewußt, und daß es nur darum geht, schöne Momente aneinanderzureihen, weil ein ganzes Leben im Stück zu betrachten Dummheit ist, weiß Raul, und so beginnt er, den Tag, an dem er nicht recht munter werden will, mit Momenten zu füllen, ohne zu denken und wartend, daß sich wieder ein Wohlgefühl einstellen möchte. Er hört Musik, liest, schreibt Tagebuch, sieht ein Video, er badet, salbt sich, und ein erotisches Gefühl steigt auf in ihm, von den Lenden her ein Ziehen, und als die Dämmerung in seinem Garten steht, ruft Raul einen alten Bekannten an. Dann wartet er auf den Callboy.

Bert kommt pünktlich. Bert ist immer pünktlich. Bert ist der Callboy, immer pünktlich und gut gelaunt. An manchen Tagen hat Raul Freude, mit Bert zu reden, ihm nahe zu sein. Bert kommt also, und er strahlt wie immer. Was für ein schöner Tag ist das heute, was, sagt Bert, und Raul nickt nur müde. Er betrachtet Bert. Schade, daß es ein Mann ist, Raul kneift die Augen zusammen und stellt sich Maria vor, so kann es gehen. Nimm mich, sagt Raul und entkleidet sich, entkleidet seinen perfekten Körper, die breite behaarte Brust, das perfekte kleine Gesäß, die langen, schlanken, muskulösen Beine und dazwischen die kleine, traurig aussehende Möse.

Bert legt sich auf Raul. Er dringt direkt in ihn ein. Bert fickt Raul, der seinen Schwanz durch eine fiese Laune der Autorin bei der Transformation in ein prima Leben verloren hat. Und eigentlich froh darum sein sollte. Reich und schön zu sein und kaum einen

Hunger nach Sex zu haben, ist es nicht das Großartigste, soviel Ruhe. Wirrungen und Mißverständnisse, die nicht mehr existieren, das ist doch klasse, was Raul? Raul antwortet nicht, denn er wird gefickt, der Raul, und merkt nicht, wie sich die Tür von Butlers Hand öffnet. Die Tür, in der Maria steht und sehr verwundert die beiden Männer anschaut. Der es das Herz bricht in jenem Moment, denn ob ihre Verliebtheit zu Raul groß genug ist, um einen schwanzlosen Mann neben sich zu haben, der sich von Callboys bumsen läßt, das weiß sie gerade nicht zu sagen.

Amerika.
Karla.
Los Angeles.
Sunset Boulevard.

Da liegt Los Angeles herum. Immer liegen diese Städte herum, mal aufgestanden jetzt, der Morgen naht. Ein Licht wie rosa Zuckerwatte, verschleiert, verhangen, weich das Licht, die Stadt, die liegt, und ein paar Lichter in den Häusern. Es wird ein warmer Tag werden. Ein glücklicher, goldener Tag für die, die es geschafft haben hier. Ein paar sehr berühmte Schauspieler haben einen Tag vor sich, den zu erleben Milliarden Frauen und Männer Jahre ihres durchschnittlichen kleinen Lebens wegwerfen würden. Die Schauspieler in Hollywood. Die wirklichen Götter der Welt. Die jeder kennt.
Nicht eine kleine Berühmtheit, wie sie Staatsmänner oder Dichter erlangen, sondern richtiger, fetter Ruhm. Frag einen in den Slums von Bangladesch, in einer Hütte in Mexiko, in einem kanadischen Homosexuellencamp, frag ihn, wer Tom Cruise ist, wer Julia Roberts, er wird lächeln und dir sagen: Es sind Götter. Die Götter werden also einen gottmäßigen Tag erleben, sie werden in Seide erwachen, werden Kaviar löffeln, werden in großen Autos herumfahren und andere Götter treffen. Ihr Tag wird mehr Aufregung und Glück bergen als anderer Leuts Leben.
Eine dieser Göttinnen ist Karla. Sie hat alles erreicht, was im Olymp möglich ist. Sie dreht in jedem Jahr ein oder zwei Filme, ein Flop war noch nie dabei. Sie dreht diese Filme in den schönsten Gegenden der Welt, sie fliegt erster Klasse, sie kann sich kaufen, was immer ihr einfällt. Sie hatte Affären mit Andy Gar-

cia, Rutger Hauer, Brad Pitt, William Dafoe und Johnny Depp gehabt. Sie hat Tom Cruise, Michael Douglas, Steven Spielberg und Nicolas Cage abgewiesen. Sie beschäftigt die besten Trainer, Masseure und Schönheitschirurgen.
Wenn Karla keine Filme dreht, lümmelt sie in ihrer Traumvilla herum und hat Spaß auf großartigen Partys. Und wenn sie sich langweilt, steigt sie einfach in ein Flugzeug und fährt in ein Superluxushotel auf Bali, nach Turkmenistan oder zum Kap der guten Hoffnung.
Überall auf der Welt wird sie erkannt, geschätzt, geliebt. Hey, fuck man, das ist das Leben eines verdammten Stars. Der Star liegt in seinem Fünfzigtausend-Dollar-Bett und schläft noch. Der Raum duftet nach Rosen, das Licht fällt dem Star ins Stargesicht. Jetzt aber mal die Augen auf.
Doch weh, sie lassen sich nicht öffnen, die Augen.
Mutter, Mutter, es ist so dunkel.
Träge Sekunden, während derer eine Botschaft versucht, von einer Ecke des Gehirns in eine andere zu gelangen, in denen sie vorbei an verendenden Traumresten, ein Ungeheuer, ein Mops, ein Schwein, und durch Nachtschleim waten muß. Sie schafft es, sie gelangt ans Ziel, Synapsen schließen sich kurz, und es funkt zu einer Antwort: Die Schlafbrille, es ist die Schlafbrille.
Karla schiebt sich das rosafarbene Teil von den Augen, ja da schau her. Wie von hundert Neonröhren trifft das Licht auf die schlaffe Netzhaut. Kann man Netzhaut liften lassen? Mein Gott, es ist zu hell, zu früh, zu warm – was soll das?
Karla hatte die Fenster offengelassen, so daß die Klimaanlage verloren, und draußen sind es ungefähr vierzig Grad. Im Schatten. Den gibt es nicht. Karla tastet mit einer matten Hand, endlich möglich: das Handlifting, nach dem Klingelknopf neben ihrem Bett. Die Hand drückt, die Augenlider fallen zu, der Verstand sucht noch einen Kleidungsstückzipfel der Träume festzuhalten. Da war kein Kleidungszipfel, da war nur nackiges Fleisch, etwas Aufregendes, Sexuelles war da gewesen.
Karla erinnert sich verschwommen an einen sehr schönen Mann, vielleicht war es William Dafoe, mit dem sie sich an den

Händen gehalten hatte. Die Hände waren nackt. Braucht man Potenzmittel, um sich an den Händen zu halten? Ja, eindeutig, wenn Hände halten etwas so Sexuelles ist wie in ihrem Traum. Nie sind sexuelle Handlungen im Leben so aufregend wie in Träumen. Im Traum sind sie weich und von großen, rosafarbenen Gefühlen begleitet, die Handlungen, ohne Zeit und Raum, und so fad im Leben. Das Leben klopft.
Die Tür öffnet sich, die Tür zu Karlas Seele, klar, die Zimmertür, und Karlas Augen öffnen sich dann auch, eine Bedienstete, die aussieht wie Miss Panama, bringt Karlas Frühstück. Eine halbe Grapefruit, ein paar Körner und Tee. Wie Karla dieses Frühstück haßt. Es vermiest ihr den Morgen, den Tag, das Leben.
Im Bett sitzend matscht Karla an der Grapefruit herum, kaut sie, spuckt sie auf den Boden, die alte Sau, und liest die Morgenzeitungen. Durchwühlt sie hastig, zerreißt sie fast dabei und wirft die Blätter danach wütend zu Boden. Nichts steht über sie darin. Nichts über ihren Partyauftritt gestern mit dem appetitlichen, schwulen Begleiter. Keine Fragen nach dem Mann an ihrer Seite, keine Erwähnung ihres Fünftausend-Dollar-Kleides von Donna Karan, nichts. Out. Ende, alles gelaufen, das war es dann, wo ist der Strick, das Messer. Wie bringt man sich um? Karla weiß wie. Am besten mit Dynamit. Sie hat einen Atlas der Gerichtsmedizin, dort ist ein Selbstmörder abgebildet. Ganz viele Fleischbröckchen in Menschenform zusammengelegt, nachdem das Dynamit gewirkt hatte, und selbst in diesem Fall gibt es bestimmt einige, die ihm unterstellen mögen, daß er es nur so als Signal getan habe. Du, das war nur ein Hilfeschrei.
Karla bekommt dieses Magendrücken, das ihr sagt, wie der Tag werden wird. Beschissen. Sie geht in das mit schwarzem Marmor ausgeschlagene Bad. Flutscheinwerfer leuchten ihr Gesicht im Spiegel optimal aus. Zu optimal, zu deutlich erkennbar die Tränensäcke, die kleinen roten Narben neben den Ohren, am Hals.
Um sich die Stimmung so richtig zu versauen, entkleidet sich Karla. So, da haben wir den Dreck. Der Körper, gut in Form durch die tägliche Stunde Privattraining, wie sie es haßt, das Geham-

pel, ist dennoch nicht mehr der Körper einer achtzehnjährigen Frau. Und Karla kann gar nicht genau festmachen, woran man den Verfall erkennt. Es ist etwas mit der Haut, die straff, aber von gelbstichiger Farbe und trockener Konsistenz ist und aussieht, als röche sie.
Karla versucht zu weinen, doch das ist schwierig, denn die Gesichtshaut ist zu straff gespannt und läßt keine großen Bewegungen zu. Solche Angst vor dem Verlust der Jugend, das ist doch entwürdigend, ich möchte in Frieden altern, denkt sich Karla.
Schnell tauchen in ihr Bilder auf, von weißhaarigen Omas, die geile Haftcreme haben und glücklich sind. Karla ist gar nicht klar, ob sie so eitel ist, weil sie in Hollywood lebt, oder ob sie ein so mieses Selbstbewußtsein hat, daß sie sich das Altern nicht zugestehen kann. Aber verdammt, wer altert schon gerne. Es ist nun mal nichts Schönes daran, zu verfallen, zu teigen, zu riechen. Was soll daran gut sein. Karla ist in Hollywood, und das Gesetz sagt, daß man jung auszusehen hat in Hollywood, und sie kann doch nicht weggehen, um zu altern, kann nichts anderes, will nichts anderes, als zu schauspielern. Entwürdigend sich betrachten zu lassen, schätzen zu lassen, von Männern abhängig zu sein und gegen die Natur Krieg zu führen. Karla ist so müde. Sie hebt an, den Körper mit einer sehr teuren Lotion einzureiben, mit einem Zellulite-Klopfsauger zu bearbeiten, sie trägt eine Maske auf, sieht aus wie eine Arschgeige und geht danach in den Keller ihres Hauses, in die Sauna. Schwitzen, cremen, klopfen, der Trainer kommt und sieht aus wie ein Schauspieler als Trainer verkleidet, hält Karla an, eine Stunde zu hüpfen, zu stemmen, der Masseur kommt, walkt, schmatzende Laute, Fleisch wellt hin und her, sich mit dem Körper zu beschäftigen ist gut, Karla denkt nicht, fühlt sich kurz jung und frisch und leicht.
Darüber kommt der Mittag, und nun gilt es, die Stunden bis zur Party abends herumzubekommen. Karla macht einen Spaziergang durch ihr Haus. Hinausgehen auf die Straße, in die Stadt, funktioniert nur an Tagen, an denen sich Karla sehr stark fühlt,

wann ist das schon, und was, bitte, sollte sie draußen? Sich in Boutiquen chauffieren lassen, Geld ausgeben, Klamotten in die überquellenden Schränke stopfen, dann im Mondrian Hotel einen Kaffee trinken, devote Kellner, Leute, die starren, glutschen, glieren, den Mund offen, Speichel tritt aus, angerempelt angetatscht? Karla schüttelt sich, sie wird nicht hinausgehen, wird in ihrem Anwesen bleiben. Es besichtigen. Sich sagen, wie schön es ist, ein solches Gemäuer zu besitzen. Das Haus ist 500 m² groß, es hat hallenartige Räume mit cremeschnittenfarbenen Möbeln, Glas, Perser, mehrere Perser, 1,80 m groß, behaart wie die Sau, Stereoanlagen, ein eigenes Kino. Karla läuft durch die Räume, wie sie sich vorstellt, daß die Dietrich durch diverse Räume gegangen sein muß. Träumerisch, blasiert, aber total schön.
Karla überlegt sich, einen Film anzusehen, doch keinen Film, bitte nicht, schon gar nicht den eigenen, den letzten, in dem Karla eine Anwältin gespielt hat, in dem sie furchtbar alt aussieht. Scheißfilme, Scheißalter, noch drei Monate lang nichts zu tun. In drei Monaten wird Karla den nächste Film drehen. Karla wird spielen, was sie immer spielt. Die starke Frau um die Vierzig, mit Erotik, ohne Humor, aber soviel Persönlichkeit. Eine Frau, die immer gut gekleidet ist und sich vornehmlich in Hochhäusern bewegt. Hin und her bewegt, manchmal runter, manchmal auf Schreibtischen, aber nie die Titten raus, soviel ist mal klar.
Daß der Erfolg so wenig macht, denkt Karla. Erfolg ist nur in den Köpfen der anderen. Wenn du scheißt, dich langweilst, wenn du entwürdigende Leibesübungen machst, dann merkst du, was du bist. Ein Mensch, ein Nichts, und wohl dem, der in der Badewanne berühmt sein kann. Karla ist reich und berühmt, das macht sie schon froh, immer wieder einmal. Jetzt eben gerade nicht und wirklich blöd nur, daß Karla nicht mehr weiß, wovon sie träumen soll. Wovon träumen, wenn man ganz oben ist. Nicht wieder zu sinken, ist kein Traum, sondern Notwendigkeit. Karla lehnt an einem Fenster, es ist 5000 m² groß und schaut in den Park. Der Pool sollte mal wieder gesäubert werden. Karla leckt sich über die aufgespritzten Lippen.

Zum Poolreinigen kommt Toni, ein wahnsinnig gutaussehender Typ, so schön, daß selbst Karla, die mit den Schönsten der Welt Filme gedreht und geschlafen hat, feuchte Hände bekommt. Schlau ist er auch. Und wie ein Mädchen fühlt sich Karla in seiner Gegenwart. Seine braune Haut, das lange Haar, und wenn er mit ihr redet ab und an, dann ist sie wie starr vor Ehrfurcht, denn er ist so schlau, so komisch. Aus. Karla verbietet sich weitere Gedanken. Denn – es ist nur der Prolet, der den Pool reinigt. Absolut ungeeignet, um der Mann ihrer Träume zu sein. Sie wird doch nicht wie andere ihren Fitneßtrainer oder einen Bauarbeiter ehelichen. Sich lächerlich machen, weil alle in der Branche wissen, was das bedeutet. Keinen anderen abbekommen, bedeutet das und ist das gesellschaftliche Aus. Nicht, daß es Karla wichtig wäre. Ist doch wichtig. Ich würde alt und könnte mir nur noch einen Poolreiniger leisten, hieße es und wäre die Wahrheit.
Verdammter Tag. Vielleicht kommt die Regel. Wenigstens kommt die Regel noch, noch nicht Rentner sein, keine Wechseljahre, aufgehen wie ein Kloß, Tabletten schlucken, noch eine kleine Frist.
Karla legt sich an den Pool, unter einem Sonnenschirm liegt sie und liest eine Schwarte von Jackie Collins, das gehört sich so in L. A. Karla hat sich mit Sun-Block eingerieben und sonnt sich unter dem Sonnenschirm mit Faktor 40. Keine Geräusche, nichts dringt in den Garten ihrer Villa, die könnte irgendwo stehen. Auf dem Mond zum Beispiel, es ist egal. Wozu Karla in Amerika lebt, in der teuersten Gegend, keine Ahnung. Sie weiß, was vor dem Tor der Villa passiert. Das absolute Nichts. Eine lange Straße, die sie Stunden, egal in welche Richtung, laufen könnte, ohne zu einem befriedigenden Resultat zu gelangen. Vorbei an Mauern, Toren, Kameras, Rasen, Statuen, was, bitte, soll sie dort draußen? Ihre Nachbarn hat Karla noch nie gesehen. Niemand sieht hier jemanden, und das will teuer bezahlt sein, das absolute Abhandensein von Leben in der Straße, in der Gegend.
Sie könnte mal wieder in Urlaub fahren. An einem Hotelpool unter dem Sonnenschirm liegen, keine Menschen sehen, weil es Menschen zu teuer wäre, wo Karla hinfahren würde.

Die Bedienstete, die nicht nur aussieht wie Miss Panama, sondern Miss Panama ist, erscheint mit Karlas Lunch. Gedünsteter Fisch, Mineralwasser. Karla ißt das und schwimmt danach dreißig Bahnen, damit die Fischkalorien weggehen. Blickt währenddem auf das Anwesen. Der Gartenweg, mit Kies bestreut, wird einmal in der Woche gewaschen. Abtransportiert, gewaschen, wieder ausgelegt, immer was los hier. Im Gartenteich schwimmen Goldfische, fünftausend Dollar das Stück, tot. Vielleicht vertragen sie das orange eingefärbte Wasser nicht.
Karla läuft im Garten herum, die Nachbargrundstücke sind durch Hecken und Mauern abgeschirmt, militärischer Rasen, der morgens immer zum Appell antritt, ein paar seltsam beschnittene Heckenbäume, Baumhecken, einige Rosen, ein Gewächshaus. In dem Gewächshaus Palmen und eine Corbusier-Liege. Karla hüpft aus dem Pool, geht in das Gewächshaus. Himmel, irgendwohin muß man ja gehen, irgend etwas tun, was nur, wenn man keine Interessen hat? Im Gewächshaus ist eine feuchte Stimmung, Karla legt sich auf die Liege, zieht sich vorher nackig aus, liegt, und ihr nasses Fleisch klebt lüstern am Leder der Couch. Können Fleische lüstern kleben, egal, denn Karla wird romantisch. Sie legt Hand an und denkt dabei an Toni, der den Pool reinigt. Sie stellt sich vor, wie Toni ihr nackt ins Gewächshaus folgt, sie erst mit einer Gurke befriedigt, die dann ißt, Karla dann noch mit einer Wassermelone befriedigt, die an die Wand wirft oder auch ißt, und Karla im Anschluß nimmt. Seit langem war Karla nicht mehr verliebt in irgendwen.
Sie trifft nur Schauspieler und Regisseure. Eitle Fatzken, zum Verlieben nicht gebaut. Manchmal bildet sie sich aus langer Weile ein, in einen Kollegen verliebt zu sein, aber zu tief sitzt die Verachtung für die eigene Rasse. Zu genau weiß sie, daß alles unecht ist, die Worte nur gesagt, weil sie klingen wie ein Text, und Schauspieler doch so gerne Künstler sein wollen, gerne selber Stücke schrieben, so schreiben sie Liebesgeschichten mit Tränen und Hysterie, und stimmen tut nichts. Kein Gefühl dahinter, aber gibt es überhaupt Gefühle, ist nicht alles nur die In-

szenierung von Ideen. Liebe, nicht mehr als die Verschleierung eines unfeinen tierischen Bedürfnisses? Normale Männer lernt Karla nicht kennen. Wo denn, wie auch? Vor Ehrfurcht erstarrte Herren, die nicht wagen, sie anzusprechen, sollten sie sie zufällig auf einer Party treffen. Die denken, ein Star wie sie hätte an jeder Hand einen Arm oder so, oh Gott. Beim Denken an Gott, der aussieht wie Robert Plant, kommt es über sie. Es geht eine halbe Sekunde – wie heißen halbe Sekunden? –, und danach sieht sich Karla von oben, nackig und verklebt, gelangweilt und einsam auf einer verfluchten vollgewichsten Corbusier-Liege in einem unnützen Gewächshaus. Wenn das Ruhm ist, dann habe ich ihn lieb, denkt Karla, und ist das ein Leben, einer Göttin würdig. Wenn die Fans, die Millionen, die sie lieben, sich in die Rollen verlieben, die sie spielt, wenn die wüßten, wie unglaublich fad so ein Leben ist. Karla schließt die Augen und stellt sich Lebensalternativen vor. Einen Mann zu haben, auf den man rattenscharf ist, ein Kind, irgendwo in der Wildnis zu leben, Bäume zu fällen, die man zum Abendbrot zubereitet, dem Mann die knorrigen Füße zu massieren. Karla schüttelt sich.

Es ist wirklich erst halb eins. Es ist erst eine halbe Stunde vergangen mit Essen, Schwimmen, Spazieren, Wichsen. Noch ungefähr acht Stunden, ehe sie sich zurechtmachen kann für die Party, von der Karla auch schon weiß, wie die sein wird, aber wenigstens ein Ereignis, irgend etwas, auf das sie warten kann. Karla verläßt das Gewächshaus und geht zurück in die Villa. Der Wohnsaal, ein Klavier, weil Karla auch Klavier spielt, na klar, weißer Boden aus Stein, eine weiße Couchgruppe, Möbel zum Wohnen. Karla setzt sich auf jedes der zwölf Sitzelemente und wohnt. So, jetzt wohn ich, sagt sie, sitzt auf dem Gemöbel und stiert.

Zwischen den Filmen ist es immer schlimm. Manchmal macht Karla ein halbes Jahr nichts. Dann überschlägt es sich wieder. Rolle lernen, drehen, Interviews geben, Talk-Shows, überlegen, was anzuziehen wäre, eine gute Zeit. So schnell vergeht ein Film, ein Superlativ wird von dem nächsten abgelöst, und wichtig ist nichts.

In der Zeit zwischen den Filmen wünschte Karla, sie hätte Freunde. Hat sie aber nicht. Nur Menschen, die sich gebrauchen, und die Frage wäre, ob das nicht immer der Bodensatz aller Beziehungen ist, aber Schluß, denken macht Falten. Falten – Therapeut, denkt Karla, sie könnte mal wieder zu ihrem Therapeuten gehen, ein Mensch, der ihr zuhört und schlaue Sachen sagt. Ist etwas, was man in Hollywood nicht findet, ohne Geld zu bezahlen.
Karla ruft ihren Therapeuten an. Der Therapeut hat ganz zufällig (fünfhundert Dollar) eine Stunde Zeit. Karla ist froh, heißt es doch, etwas passiert, ein Zwang zur Handlung, sie geht in ihr Bad, legt Make-up auf, cremt sich nochmals und steht dann in ihrem Kleiderzimmer. Wählt dort eine halbe Stunde unter verschiedenen Trikotagen und entscheidet sich für ein weißes Seiden-Kaschmir-Kleid, das Knie bedeckend, und weiße Pumps mit Pfennigabsätzen. Sie ruft über die Hausleitung ihren Chauffeur, schreitet wie die Garbo die Treppe hinab, stolpert, fällt aber nicht hin, krallt sich am Geländer, sieht das blöd aus, und so schnell ist ein guter Auftritt im Arsch, der aufrechte Gang, die schöne Geste, das, was der Mensch darzustellen sucht, wenn er sich in Stoffe hüllt, das Haus verläßt, wenn er sich von seinem Menschsein entfernt, welches heißt, nackig oder mit Fell rumzukullern, sich zu lausen und große Gase zu lassen. So schnell bricht es zusammen.
Karla sitzt im Fond ihres Wagens. Eine feiste Limousine mit dunkel getönten Scheiben, Klimaanlage, und draußen schleicht L. A. vorüber. Den Sunset hoch in Gebiete, die von Menschen bewohnt werden, die normalen Verrichtungen nachgehen. Die in Läden einkaufen, tanken, in Cafés hocken. Menschen, wie hübsch, so sehen also Menschen aus. Sie haben Fett in den Beinen und Pickel im Gesicht, und Karla weiß, was passierte, beföhle sie, den Wagen zu stoppen. Menschenrudel würden passieren, jeder ihrer Schritte wäre beobachtet, bloß nicht umknicken, kaum atmen ließen sie die Blicke. Dann besser auf den Menschen verzichten, weiterfahren, an einem Billboard vorüber. Ganz groß, hundert mal hundert Meter groß, sieht

Karla in ihr Gesicht. Das ist die Werbung für ihren letzten Film. Genau, der, in dem sie so alt ausschaut. Auf dem Plakat ist alles fein retuschiert, und es läßt sie kalt, Karla steckt sich eine Zigarette an. Daß sie so kalt bleibt. Daß Ruhm so wenig macht. Vielleicht ganz schleichend etwas macht. Das einsame Gefühl, nicht mehr zu den anderen zu gehören. Aber rauschendes Glück? Nie.

Am Anfang, bei ihrem ersten Film hatte sie für ein paar Minuten dieses große Gefühl, von dem sie früher immer glaubte, es müsse ewig halten. Wegen dieser Idee von Gefühl wollte sie nie etwas anderes als berühmt werden, wenn sie gewußt hätte, wie wenig der Ruhm macht, hätte sie darauf verzichtet?

Gar nicht, wäre ihr doch kein anderer Traum eingefallen als der, den fast alle haben. Berühmt werden. Sie konnte nie anders, da war dieser Drang, und als es losging, nachdem sie die Rolle bekommen hatte, da war sie herumgesprungen wie wahnsinnig vor Glück und hatte gedacht: So wird es jetzt immer bleiben. Wie ein Trip wird es werden, mein Leben. Es ging weiter mit dem Glück. Ein paar wertvolle Sekunden, als sie auf einem roten Teppich zur Premiere schritt. Da fühlte sie sich groß. Der größte Mensch der Welt, Gott fast, und eine Zukunft vor ihr, die sie sich nicht mal auszudenken vermochte.

Danach kamen Journalisten, Agenten, Speichellecker, die erste Fanpost, sie hatte sie noch gelesen, jeden einzelnen Brief, bis sie merkte, daß in allen dasselbe stand. Die ersten Autogramme geben. Keinem Menschen tut es gut, seine Unterschrift einem anderen zu geben, wissend, daß der damit heimgeht und sich ein bißchen Tinte anschaut, sie aufhebt wie ein Hymen. Seit Jahren verspürt Karla kaum noch Glück. Eine Aufgeregtheit vielleicht, aber viel größer ist die Angst, zu versagen, verkacken, nicht mehr gebucht, geliebt zu werden, und wirklich genossen hatte sie nie mehr nach diesen paar Sekunden am Anfang. Vor Jahren. Den Reichtum hatte sie kaum realisiert. Er kam langsam, zu langsam, als daß er sie überraschen hätte können. Die Autos wurden größer, die Wohnungen größer, wurden Häuser, Villen, mehr Partys, wichtigere Menschen, die mit ihr redeten, aber weil alles Schritt für Schritt gekommen war, hatte sie sich nie gewundert, es war normal geworden, und das einzige, das zunahm, war eben einfach die Angst. Denn je normaler der Reichtum und der Erfolg waren, um so größer wurde die Sorge, alles zu verlieren. Um so unvorstellbarer, wieder in einer dreckigen kleinen Bude zu hausen und nicht zu wissen, wo das Geld herkommen sollte.

So blöde Gedanken heute, denkt Karla gerade, als das Auto vor dem Haus ihres Therapeuten hält. Das weiße Haus mit Buchsbäumchen davor liegt im Sonnenlicht. Von Gott erhellt, mit einer Aureole der Liebe, ist ja gut, denkt sich Karla, und wieder einmal fällt ihr auf, wie sehr ihr die Sonne in L. A. auf den Geist geht. Sie ist immer ein bißchen zu hell, immer ein wenig zu Krebs, und eine feine Entwicklung der Helligkeit findet nicht statt. Es wird hell mit Getöse, schneidend hell, zu hell schon früh am Morgen, und am Abend, wenn die Sonne verschwindet, inszeniert sie filmreife Farben, rot und lila, könnte hübsch sein, wenn es nicht ein verdammter Film wäre.

Der Therapeut sieht aus wie ein Schauspieler, der einen Therapeuten spielt. Karla legt sich auf eine Nappaledercouch und fängt direkt das Reden an, denn fünfhundert Dollar müssen ausgenutzt werden: Ich habe Angst. Das Leben geht so schnell vorbei, ich weiß, das klingt abgedroschen, aber es geht immer schneller, obgleich immer weniger passiert, oder es mir nur so vorkommt, weil ich doch alles schon kenne. Und ich kann nicht glauben, daß es das gewesen sein soll. Manchmal merke ich sie nicht, die Leere, und an anderen Tagen ist mir alles klar. Daß ich bald tot sein werde, der Welt egal, mir egal, vermodere und die kurze Zeit mißbraucht habe mit unsinnigen Fragen, Unsinn, unfrohem Leben. Es ist so leer in mir. Wo bekommt man das voll gemacht, das Leben, das Gefühl?

Der Therapeut, dessen Klienten alle Stars sind, hört diese Sätze zum tausendsten Mal und wüßte, was er erwidern sollte. Hauen Sie ab hier, Sie hohle Nuß, weg aus dieser Plastikstadt, hören Sie auf mit Ihrem Scheißberuf, der von Ihnen verlangt, kein Mensch zu sein. Menschen haben hier keinen Erfolg. Die

Zuschauer wollen keine Menschen sehen, denn das sind sie selbst. Sie wollen Kunstfiguren, die keine Probleme haben, nicht reden, weinen, atmen, keiner interessiert sich für sie, falls es sie noch gibt. Packen Sie schnell ein Köfferchen, räumen Sie Ihr Konto ab und ziehen Sie nach Schottland, Castrop Rauxel oder irgendwohin, wo Gras wächst und echte Bäume. Das könnte er sagen, aber wenn seine Worte Erfolg hätten, verlöre er seine Kunden, und darum sagt er: Haben Sie denn Mühe, jemanden an sich heranzulassen. Karla lacht auf. Wen denn, da müßte doch jemand sein, der herangelassen werden möchte. Ich würde so gerne jemanden lieben. Wirklich. Ich hätte so gerne einen Mann nur für mich, er könnte auch einen Bauch haben, er soll neben mir liegen, wenn ich einschlafe, ich möchte seine Hand halten morgens, wenn ich aufwache. Es ist doch keiner dafür gebaut, alleine zu leben. Warum ist es so schwer, jemanden zu finden, der meine verdammte Hand halten will.
Der Therapeut legt die Stirn in die Hand. Himmel, immer dieselbe Leier, denkt er, häng dich doch auf, du frigide Kuh, sagen tut er: Was machen Sie denn, um Männer kennenzulernen?
Karla schweigt. Was sollte sie tun? In eine Disko gehen, in eine Ausstellung? Sie wäre sofort von Autogrammjägern umringt, und durch den Menschenpulk soll sich dann ihr Prinz wühlen und sagen, du, ich bin echt anders, ich finde dich gar nicht toll, weil du reich und berühmt bist. Vergiß es. Karla schweigt, denkt, der Therapeut ist wohl einfach nur ein Arschloch, ich sollte auf seine teure Liege pinkeln. Karla drückt ein wenig, aber es gelingt ihr nicht, in unauffälliger Form Wasser zu lassen. Jetzt hier auf der Liege, neben diesem Typen, der ihr auch nicht helfen kann, transformiert sich die leichte schlechte Laune zu einem definitiven Unglück. Mit geschlossenen Augen sieht Karla ihr Leben ablaufen. Sie wird weiter Filme machen, immer weniger, weil sie älter wird, und die Rollen für alte Frauen in Hollywood rar. Sie wird sich vielleicht ein anderes Haus kaufen, darin genauso herumlaufen wie jetzt, wird sich langweilen und irgendwann sterben. Was von ihr bleiben wird, werden einige

Unterhaltungsfilme sein, die die Menschen vergessen, Quatsch, die sie jetzt bereits vergessen haben.
Karla springt von der Liege, wirft dem Therapeuten Geld auf den Tisch und rennt aus dem Raum, aus dem Haus, das wars mit der Therapie. Wozu dafür Geld ausgeben, für diesen Dreck, sie können helfen, in der Kindheit zu wühlen, einem einreden, sich zu mögen, doch sie können dir nicht sagen, wie man ein Leben in Würde herumbekommt, wie man den Tod verhindert, können sie nicht sagen, die Therapeuten. Wichser. Karla läßt sich ins Mondrian fahren. Ein verdammtes Schwuchtelhotel, alles Plastik hier, die Menschen auch, und Karla geht durch eine Allee, die von zwei Meter hohen Blumentöpfen bedroht wird. Hinter einer Glasscheibe liegt L. A. herum, ein Pool ist auch da, der unter Wasser eine Stereoanlage hat. Aber wer will das wissen?
Alle Kellner sind eigentlich Schauspieler, das weiß man ja, und Karla sagt zu dem vor Ehrfurcht erstarrten Jungen vor ihr: Vergessen Sie es. Es lohnt nicht. Und einen Kaffee, bitte.
Der junge Mann geht verstört, denkt, die hat einen an der Waffel, Karla setzt sich auf einen der Teakholzgartenstühle. Und langweilt sich schon, sowie sie die Beine unter dem Tisch geordnet hat. Schauen wir also L. A. an, alleine an einem blöden Tisch, bekommen gleich einen doofen Kaffee. Ich will einen Menschen, denkt Karla, weiß, daß der Wunsch vergessen sein wird, wenn sie wieder dreht, sich wieder einreden kann, daß sie etwas Großes tut, dankbar sein muß neben den Millionen, die sie beneiden, aber das dauert noch, bis sie sich das einreden kann, ist es einfach zu lange, und was, wenn sie dereinst noch weniger arbeiten wird.
Wahrscheinlich, denkt Karla, habe ich nur einen Scheißtag heute. Hat man ja mal. Und eine Stimme aus dem Off oder aus dem Himmel sagt: Nein, keinen Scheißtag, es ist ein Scheißleben. Aber tröste dich, keines hat ein besseres.
Karla überlegt, wie es wäre, ginge sie einfach nach Ruanda oder nach Äthiopien wie viele abgehalfterte Schauspieler, würde in der Hitze, im Staub Kindern helfen, mit den eigenen Händen Brunnen graben. Karla schaut ihre Hände an und ver-

wirft diesen Gedanken. Eine Aufgabe, gebraucht werden. Vielleicht wäre gegen die Leere auch gut, einige Kinder zu adoptieren. Karla stellt sich einige Kinder vor, die mit mehreren Hunden durch ihre cremefarbene Wohnung heizen. Sie nimmt von dieser Idee Abstand. Ein Tier? Eine Hundefarm? Obdachlose? Himmel, es muß doch irgend etwas Sinnvolles für sie geben in diesem Leben.

Da mag sich aber kein Gedanke einfinden, und Karla ahnt, daß all ihre Überlegungen vergessen sein werden, wahrscheinlich bereits morgen. Für einen kleinen Moment realisiert sie, daß sie im teuersten Hotel in L. A. hockt, mit vielen goldenen Kreditkarten, daß sie in keinem Büro sitzt, keine Angst haben muß vor einem Alter in Armut, da empfindet sie so etwas wie Dankbarkeit. Mit ein wenig Gezappel vor der Kamera Millionen zu verdienen, ein Haus, einen Chauffeur, es leuchtet ihr sogar ein, daß eine wie sie sich wohl immer langweilen wird, egal in welchem Leben.

Doch der Moment der Einsicht verfliegt, löst sich auf im blauen Ozonhimmel über L. A. Karla beobachtet eine Frau am Nebentisch. Sieht aus wie eine alternde Hure, die Frau, und sie hat garantiert kein Geld, soviel ist mal klar, und Karla denkt, wie wäre es, mit ihr das Leben zu tauschen. Und da wird ihr grad übel bei dem Gedanken, und sie muß ganz schnell gehen.

Es ist zu heiß. Für alles. Schnell steigt Karla in ihren Wagen und läßt sich zurück nach Hause fahren. Immerhin ist es bereits drei Uhr und nur noch fünf Stunden, bis sie sich für die Party zurechtmachen kann. Die Straßen von L. A., diese Häßlichkeit hält man ja nicht aus, denkt Karla. Stein gewordene Baracken, handgemalte Schilder, eigentlich eine verfeinerte Art Slum, diese ganze Stadt. Ohne Kern, ohne Seele, und wenn doch, dann eine beschissene. Warum leben Menschen hier, zwölf Millionen, um genau zu sein, was haben sie hier verloren, in dieser unfreundlichen Stadt, in der die einzige Romantik von Elektrizitätswerken geliefert wird.

Abends am Mullholland Drive stehen, über die Lichter der Stadt schauen, und sich denken, wow, man, ist das viel Licht, ist das groß, unendlich, und ich bin ein Teil davon. Die Berge taugen nicht, um das Auge zu erfreuen, heiße Steine, wozu taugen die? Ansonsten alles Plastik hier, schnell nach Hause, da ist es auch nicht anders, aber wenigstens kann man da nackig rumlaufen. Die Limousine biegt in Karlas Grundstück, fährt ein paar Minuten vom Tor zum Haus, alles so weit hier, so lang, so hell, nicht zum Laufen gemacht, nicht für Menschen gemacht die Räume und Distanzen, die Höhlengröße überschreiten, gar nicht gut zu verkraften. Im Haus schmeißt Karla ihre Trikotagen von sich, wegmachen kann das, wer will, und tritt in den Garten.

Als Karla zum Pool geht, hat sie ihr Make-up erneuert und trägt einen halbtransparenten Badeanzug, eine schwarze Sonnenbrille und ein Buch in der Hand. Douglas Adams, den mögen Männer, sie streckt sich total natürlich auf der Liege aus und schaut über den Buchrand zu Toni. Der steht im Pool, das Wasser ist abgelassen, und reinigt die Pool-Wände, dazu trägt er eine abgeschnittene Jeans, Diesel, seine langen Haare, Toni Gard, hat er zu einem Knäuel am Kopf zusammengefaßt, braune Haut, Muskeln, Star Studio, die sich abzeichnen, Adern, Mutter, an den Armen, der ganze Scheiß halt, der macht, daß Karla ihre Sorgen vergißt, sie schaut und wittert Fleisch, wie lekker, und nur noch eines will: ficken.

Als sich Toni später lässig zu Karla wendet und sie grüßt mit einem Lächeln, das so klein ist, daß es fast als Unbeweglichkeit durchgehen könnte, ein Blick aus seinen Augen, unter langen Wimpern, denkt sie Scheiße, denkt sie, ist der Mann schön.

Er könnte jetzt aus dem Pool hopsen, sich auf mich werfen, seinen Scheiß lecken, wirklich Scheiß, Karla, oder geht da die Geilheit mit dir durch?, ist doch egal, seine langen Haare auf meinem Gesicht spüren, Karla seufzt, und Toni hört das, und Karla weiß, daß er es hört, und auch, was er denkt. Na, alte Frau, geil auf mich, denkt er. Und Toni schaut sie an und denkt – Gott, ist die spitz auf mich, ich könnte sie schnell mal flachlegen. Einen Star bumsen, immer dieses Gebumse, ich bin auch nicht mehr der Jüngste, außerdem ist sie zu alt, ich habe sie lieber jung, knackig und unverdorben. Die hat doch schon alles gehabt, kennt alles, und nun ist sie einsam und rutscht nachts auf ihren Kissen herum. Toni ist müde. Die Rolle des schönen Mannes kotzt ihn an, er mag nicht ficken, mag lieber ein Bier trinken und ein Comic lesen, aber keiner hat gesagt, daß Leben Spaß machen sollen, und jetzt mal los.

Himmel, es ist ein Star, und sie will ihn. Dann mal ran an die Arbeit. Toni springt aus dem Pool, erst die Arme aufgestützt, damit die Adern gut kommen, hockt sich neben ihre Liege, öffnet seine Haare, schüttelt sie, nimmt Karlas Hand, legt sie auf seine feuchte Brust, sieht sie an, ein bißchen von unten aus schrägen braunen Augen, Karla muß an sich halten, seine Brust ist hart und die Haut weich und feucht und ficken, bitte.

Toni zieht Karla von der Liege hoch ins Haus, schließt die Tür, reißt ihr den Bikini herunter und wirft sie auf die weiße Couch. Er läßt sich nicht besonders viel Zeit, Karla denkt noch kurz an ein Kondom, zu weit weg, vergiß es. So paaren sich die beiden, darauf lohnt es nicht näher einzugehen, es ist ja immer der gleiche Vorgang, hinten, vorne, oben, unten, rausgezogen, abgewischt, Karla denkt während des Aktes an die weiße Couch, an das schwarze Abendkleid und an ihre Mutter. Toni denkt während des Aktes an nichts. Später auch nicht. Er zieht sich seine Hose wieder an, küßt Karla auf die Stirn und geht wieder in den Garten.

Karla geht ins Bad, ein leerer Blick, nicht mehr als eine alte durchgefickte Sau bist du, sagt sie dem Spiegelbild und sinkt auf den Rand der Badewanne.

Was tun wir nicht um der Liebe willen. Opfern unser Leben der Idee, egal ob wir Schauspieler werden oder Ehegatten oder Mutter, um Liebe geht es, um sie zu bekommen, ist alles recht und heilig. Morde, Intrigen, Selbstverleugnung, sich hauen lassen, aber ich habe ihn doch so geliebt. Verantwortung abgeben an ungewisse Gefühle, keiner kann damit umgehen. Gefühle, so real wie Gedanken, wie Intelligenz. Gefühl ist für schlappe Spinner, und alle sind ihnen ausgeliefert, gebeutelt, geschüttelt, und was dabei herauskommt ist Liebe oder Haß. Ist halt so. Ist klar. Karlas Scheide schmerzt, denn Tonis Glied war groß wie

ein T-Träger, ihr Blick ist stiere Langeweile, ist Leere, noch vier Stunden bis zum Anziehen, und für einen kurzen Moment Klarheit weiß Karla, daß es für sie aus diesem Leben keinen Ausweg gibt. Lieben kann sie nicht, glaubt sie nicht dran. Glaubt an Hormone und an Ideen, an Projektionen, aber einen Menschen für das zu lieben, was er ist – mein Gott, was kann er denn schon sein, der Mensch. Und etwas anders, als sich zu produzieren, kann Karla nicht, will sie nicht. Sie will spielen, sich sehen, will Bewunderung, schnelle Erfolge, will Interviews geben, will über sich reden, und niedergeschlagen schaut sie in ihr Gesicht. Wie furchtbar, sich produzieren zu müssen und darum zu wissen. Karla macht im Spiegel ein paar Stargesichter, sie singt ein bißchen und tanzt und beobachtet sich mit einer Mischung aus Erregung und Ekel. Wenn ich nicht mehr gefragt bin, dann bringe ich mich einfach um, denkt sich Karla, als das Telephon im Badezimmer schellt.
Eine aufgeregte Schwuchtel am Apparat. Karla, mein Schätzchen ... fängt es an, und wir blenden uns an jener Stelle aus, wie schwule Art-Direktoren reden, weiß ja wohl jeder. Und wer es nicht weiß, ist hoffnungslos out.
Die französische Vogue will mit Karla eine Modestrecke auf Mauritius fotografieren. Karla hört zu, hört das Geldgebot, wischt die Tränen ab, posiert im Geiste, Mauritius, was trägt man da, und Toni ist vergessen, die Sorgen vergessen, alles. Schnell an den Pool, eine sanfte Bräune herbeiführen.
Toni starrt Karla an, er lächelt, doch Karla liest. Toni sucht nach den Zeichen einer Begehrlichkeit, es kann doch nicht sein, daß sie nicht in ihn verliebt ist. Es wäre die erste. Toni beginnt zu transpirieren, und Karla liest und bräunt. Später dann steht er vor Karla, die durch den Schatten irritiert aufschaut: Hast du dein Geld schon, fragt sie ihn, und als Toni nickt, sagt sie, danke dann. Bis zum nächsten Mal.
Toni beugt sich zu ihr, bis zum nächsten Mal, wiederholt er, legt Lüsternheit in die Stimme, versucht, sie zu küssen, doch Karla winkt ihn weg wie eine Wespe. Toni geht, und Karla blickt ihm nach. Dann hat sie eine Idee, ganz plötzlich kommt die, ach, wie

spontan sie ist, die Karla, wie sie nur ihre Instinkte lebt, fast wie Romy Schneider, die alte Säuferin, und sie ruft Toni zurück. Toni kommt, es hätte ihn doch auch sehr gewundert, wenn das alles gewesen wäre. Hör zu, sagt Karla, hast du Lust, bei mir einzuziehen? Ohne Verpflichtung, einfach so als mein Gigolo? Toni überlegt ein wenig, und dann werden sie sich einig.
Toni wird in ein paar Tagen einziehen, er bekommt Geld, ein Auto, und er muß nicht mehr tun, als nett sein. Toni, der Poolreiniger, geht und freut sich auf sein neues Leben. Im Moment wohnt er in einem schäbigen Haus am Venice Beach mit einem Mädchen, das ihn nicht weiter interessiert, und verdammt, er ist nicht mehr der Jüngste. Das hier ist seine Chance, ein ältlicher verliebter Star, besser geht es nicht, seine letzte Chance vielleicht, und verdammt, er wird sie nutzen. Karla sieht dem jungen Mann nach. Wie die Idee über sie kam, weiß sie nicht zu sagen. Aber vielleicht ist es lustig, den Ficker eine Zeit lang bei sich zu haben. Im nächsten Moment hat sie ihn schon wieder vergessen, denn sie überlegt sich, was sie am Abend anziehen wird. Masken aufs Gesicht, Baden in Rosenwasser, Entspannungsmusik – entspannen von was? Entspannen von der Aufgabe, einen Tag zu füllen. Die Nägel, die Füße, Creme einklopfen, das Haar auf warme Wickel. Seidenunterwäsche, ein dreiviertellanger Rock, eng, ein Seidenjäckchen, eng, spitze Schuhe, das Haar offen. Spray drauf, Parfüm drüber, und fertig ist ein Mensch.
Der Wagen mit Karla hinten drin fährt durch die laue Abendluft, die rosafarben ist und auch so schmeckt. Karla hat das Fenster geöffnet und den Chauffeur angehalten, langsam zu fahren, damit der Wind ihr Haar nicht wuschelt. Langsam an den Hügeln vorbei, am Duft gewässerter Rasen, nach einem langen Rasenarbeitstag, vorbei an weißen Häusern, die in der untergehenden Sonne orange leuchten, vorbei an glücklichen reichen Menschen, die aus ihren gepflegten Wägen steigen. Karla ist entspannt, in jenem Moment scheint es ihr, als habe sie alles erreicht und ihr Leben sei wie ein Film. Ein guter, schneller Film, der in Hollywood spielt und von einer reichen, schönen Frau

handelt, die gerade zu einer Party fährt, die so exklusiv ist, daß einem gar nichts einfällt, wie exklusiv sie ist, also richtig exklusiv, und ihr Wagen fährt durch einen Torbogen, eine Springbrunnenallee entlang, an tropischen Bäumen vorbei und kommt zum Stehen. Karla geht über einen roten Samtteppich durch eine Halle, die mit tausend Lilien geschmückt ist, in den hinteren Teil des Gartens. Fackeln brennen, ein Pool, der aussieht wie ein gewachsener Teich, Schlingpflanzen und auf dem Rasen Kaschmirdecken, auf denen die Gäste sitzen. Spielberg ist da, Tom Cruise mit Nicole. Robert Redford, Gott, ist der alt geworden, da ist auch Rutger Hauer, der ist so alt geworden, daß es sich gar nicht mehr lohnt, ihn zu grüßen. Cameron Diaz, die alte Schlampe, hockt da mit Nicolas Cage, der Schlaftablette. Gott, was für eine fade Gesellschaft. Leonardo DiCaprio steht mit Matt Dillon da und kokst. Wie blöd alle in echt aussehen, nicht zu fassen. Karla setzt sich auf eine Decke neben Bruce Willis. Der sieht zwar auch blöd aus, ist aber wenigstens ein bißchen unterhaltsam. Afrikaner kochen in einem großen Topf, der auf offenem Feuer steht, ein leckeres Süppchen. Karla wird von allen begrüßt, ein Küssen und Lächeln, ein Meer von Liebe, Ozean guter Düfte, teurer Kleidung, gepflegter Menschen. Karla strahlt und lacht perlend, sie flirtet mit allen Männern, sie fühlt sich wohl. Zuhause. Es ist doch ihr Hollywood, ihr Zuhause, ihr Leben. Gott, ist das schön, das Leben, und nach dem Essen werden exquisite Drogen gereicht.
Karla liegt in der warmen Nacht und schaut in einen Baum, die Blätter atmen und bewegen sich, alles ist angenehm weit entfernt, sie auch, ihr Körper warm und leicht, und wie eine Zudecke kommt ein wunderschöner, erfolgloser Schauspieler über sie und begattet sie, Karla lächelt, sie liebt ihn, liebt alle. Ist das schön. So warm und feucht und ohne Konturen.
Viel später erwacht Karla durch das Klappern ihrer Zähne. Ihr ist übel. Ihr ist kalt. Es ist dunkel. Die Fackeln sind erloschen, und Karla steht von der feuchten Decke auf, sie schwankt zum Pool. Warum, weiß sie nicht, die Tiefe, die Tiefe, das Wasser so glatt, sie schaut sich an, ihr Kleid ist zerrissen. Karla kotzt in den Pool.

Und geht schwankend zurück zur Wiese. Das Haus liegt dunkel. Keiner ist mehr da. Wo sind alle? War überhaupt jemand hier? Gab es eine Party? Karla steht da, sie sieht auf L. A., sieht ihre Straße, die Lichter, die eisig blinken. Sie ist allein, ihr ist so schlecht, Gänsehaut auf ihrem Arm. Morgen ist ein neuer Tag. Und Karla kriegt kaum Luft, so langweilt sie sich jetzt schon.

Amerika.
Bert.
Los Angeles.
Sunset Boulevard.

Im Bett. Sunset Blvd. 346a.

Der Tag beginnt wieder mal sehr gut, dachte Bert. Vor ihm befand sich eine Frau in der Pudelstellung, deren Namen er nicht wußte. Deren Namen er nicht wissen wollte, denn wozu es gut sein sollte, einen Menschen mit ein paar Buchstaben zu bezeichnen, nur um ihn von einem anderen Menschen oder einer Wurst zu unterscheiden, mochte Bert nicht schlüssig erscheinen.
Das Gesäß der Frau war klein und straff. Ihre Taille extrem schmal. Bert hatte beide Hände darum gelegt, und seine Finger trafen sich. Die langen Haare der Frau lagen auf ihrem Rücken herum und rutschten links und rechts aufs Laken. Bert betrachtete voll Bewunderung sein steifes Glied, dann verabschiedete er sich mit einem kurzen Gruß von ihm und schickte es los. Ab ins Dunkel, Gott, war das gut. Das Beste. Bert hielt inne, wußte seinen Schwanz geborgen im Warmen und sah zum Fenster hinaus. Er roch die Luft, die ins Zimmer floß und die Gardinen wölbte, was für ein Duft: Abgase, gemischt mit Chlorwasser und Sonne. Zudem schwappte Lärm ins Zimmer, erzeugt von Menschen und Pkws, so daß es Bert war, als könnten ihn alle beschauen, wie er in der Asiatin stak, sehen, wie glücklich er war, und das gefiel ihm so gut. Ein Teil aller zu sein, ihre Anwesenheit und Wärme zu spüren, ihren Atem in seine Lungen fließen

zu wissen, ein Teil der Masse, dazuzugehören zur Rasse der Menschen, war das Größte für Bert, und übermannt von dem guten Wissen, daß draußen L. A. war und er mittendrin, hub Bert an, die Frau tüchtig zu nageln.

Als er geendet hatte, lag Bert auf dem Rücken, er rauchte eine Zigarette, die Frau eng an ihm. Da war keine Peinlichkeit, kein Unbehagen. Zwei Menschen, die sich getroffen, die den gleichen Wunsch nach Nähe im selben Moment verspürt und danach Zärtlichkeiten ausgetauscht hatten. So sollte es immer sein. Keine Dramen, keine falschen Schwüre, gelebte Ehrlichkeit, denn was im Leben sollte es mehr haben als Ehrlichkeit und die Befriedigung von Wünschen. Ficken, rauchen, lieben, lachen und mit dem Auto rumbrettern – das langt, dachte Bert und war mal wieder verwundert, wie glücklich er war. Und wunderte sich manchmal kurz, daß er das, was das Leben ihm bot, so schätzen konnte, gerade als habe er einmal ein anderes gehabt, das nicht so gut zu ihm gewesen sei.

Bert dachte nicht weiter darüber nach, denn ihm war klar, daß Nachdenken in den meisten Fällen Zeitverschwendung ist, lieber sah er bewundernd sein Glied an, das immer noch halbsteif und von oben beschaut riesig war. Von unten vermutlich auch, wie ein Fremdkörper, ein Tier, so etwas, sah es aus, sein Glied, das dicker war als der Arm der Asiatin, der über seiner Brust positioniert war. Bert küßte den Arm und zwinkerte seinem Glied dabei zu.

Dann betrachtete er die Frau. Er hatte sie vor einer Stunde beim Einkauf mehrerer Brötchen kennengelernt. Eine nette Frau. Sie war direkt mit ihm gegangen, hatte mit ihm die Brötchen aufgegessen und von seinem Sperma getrunken. Die Frauen mochten Bert. Die Männer auch und die Tiere, die Kinder, jeder mochte Bert.

Der war, als sei er ein Außerirdischer in L. A. So höflich und schüchtern war Bert, so schön ohne das Wissen darum, daß die Frauen eben gerne mit ihm gingen. Er hatte nichts Böses in sich, und das spürten die Menschen. Bert hatte keine feste Freundin, kaum eine, die damit zurechtgekommen wäre, daß er das Wort

Treue nicht kannte und den Sinn dahinter, denn er liebte jede Frau, jeden Menschen. Und war selten alleine. Die Frau schnurrte. So gut, der Moment. Am Morgen mit einer Schönen im Arm im Bett zu liegen, die warme Luft von draußen zu spüren und zu wissen, daß er mit dem Tag machen konnte, was er wollte. Keine Zwänge, kein Büro, in das er sich begeben mußte, welch ein Luxus. Sich nicht erniedrigen lassen zu müssen durch kindische Anwesenheitskontrollen in einem Büro, einem anderen Menschen Rechenschaft ablegen zu müssen, ist für niemands Selbstbewußtsein gut.
Die Sonne stand hell im Raum, es wurde sehr heiß. Zu hell und zu heiß für Menschen, die sich nicht kannten, und darum verabschiedete sich die Frau. Sie streichelte Bert das Gesicht, und auf die Idee, ihn wiedersehen zu wollen, kam sie nicht. Keine kam darauf, denn es war klar, daß Bert ein Mann für einen außergewöhnlichen Moment war. Nichts fürs Leben, und hätte man die Frauen gefragt, warum sie ihn nicht behalten wollten, hätten sie es nicht zu sagen gewußt. Vielleicht nach langem Überlegen hätten sie versucht, ihr Gefühl in Worte zu wickeln.
Er ist wie etwas aus flüssigem Gold, das man kurz halten kann und dann loslassen muß, weil es keine feste Form besitzt, hätten sie vielleicht gesagt oder, er ist doch nicht wirklich, er ist wie ein kurzer Traum, den man hat, so einer, nachdem man glücklich aufwacht, Sie wissen schon, hätten sie vielleicht gesagt, die Frauen. Und dann die Schultern gezuckt, und gegangen wären sie mit einem Lächeln, mit einem Gefühl, das erst nach vielen Stunden von ihnen gewichen wäre.

Die Frau aus Berts Bett, später auf der Straße.

Der war ja eine Nummer. Ich traf ihn heute morgen im Deli. Ich hab ihn eine Weile beobachtet. So was sieht man nicht jeden Tag. Der Typ sah aus wie aus einem Designerlabor, geklont oder so. Da war nichts, was nicht stimmte. Er hatte mich dann gesehen und gelächelt und mich angesprochen. Mir kam er schon vor, als hätte er einen Knall, aber nichts Böses. Er war einfach von einem oberflächlichen Glück, wie es nur Idioten haben. Ich meine, wer kann in dieser Saustadt leben, ohne unglücklich zu sein? Ich bin dann mit ihm mit, um noch ein bißchen bei seiner Schönheit zu sein. So was ist ja wahnsinnig. Schöne Menschen färben für eine kurze Zeit ab und machen, daß du strahlst. Ich habe mit ihm geschlafen. Es war geil. Er fickt wie Jesus. So astral irgendwie. Ob ich ihn wiedersehen will? Nein, wirklich nicht. Der Typ war, als gäbe es ihn gar nicht. Menschen, die keine Untiefen haben, finde ich verdächtig. Ich meine, vielleicht war er eine neue Art Roboter oder so was. Oder die nächste Generation Mensch, die in Labors gezüchtet werden. Die nicht mäkeln, nicht widersprechen und alles prima finden. Das ist doch irgendwie krank. Sehen Sie, ich muß jetzt arbeiten gehen. Zehn Stunden in einem Drive-in servieren. Das ist doch die Wahrheit. Was soll daran gut sein? Ich geh mal los.

Bert alleine.

Bert stand auf, er ließ sich Badewasser ein und schüttete lecker riechende Salze in das Wasser. Er beobachtete, wie das sich rosa färbte und kleine Schaumkronen entstanden. Langsam stieg er in die Wanne, nahm das Wasser durch die Haut auf, atmete den Duft nach Rosen und Veilchen und lag dann bis zum Hals bedeckt im warmen Feucht. Bert dachte an nichts, er fühlte nur das Wasser, wie es ihn trug und streichelte, den Luxus, am Vormittag in einer Wanne zu liegen, sog er ein und strich über seine Gliedmaßen, glatt und ebenmäßig. Nach dem Bad betrachtete sich Bert in einem Spiegel. Ohne Eitelkeit, nur staunend und voller Freude. Er war ein schöner Mann, wie der Prototyp eines perfekten Menschen sah er aus. Als Gott ihn schuf, hatte er eindeutig nicht gespaßt.
Alle Glieder hatten die richtige Länge, eine feine Konsistenz, sein Gesicht war perfekt, sein Haar voll und seidig. In seinem Zimmer stand er, spürte, wie die Feuchtigkeit an seinem Körper

verdunstete, bei dreißig Grad Hitze. Das Telephon klingelte, und lächelnd hob Bert ab. Er lächelte oft, denn es war sein innerer Zustand, als ob er ein fleischgewordenes großes Lächeln sei, und Telephonanrufe waren ihm immer eine Überraschung.
Irgend jemand draußen in der Stadt dachte an Bert, ein Freund, eine Freundin, ein Fremder, und wenn es die Steuerbehörde war, Bert freute sich, eine Stimme zu hören, einen Menschen irgendwo in einer anderen Welt zu wissen.
Es war eine Frau, die sich mit Bert verabreden wollte. Gerne würde er zu ihr gehen, denn Bert mochte seinen Beruf. Er arbeitete nicht zuviel, denn das hätte Routine werden können, und er brauchte nicht mehr Geld als das, was er mit einem oder zwei Jobs am Tag verdiente. Wozu er mehr Geld hätte benötigen sollen, wäre Bert nicht eingefallen. Er hatte ein Zimmer zur Untermiete bei einer netten alten Dame. Das Zimmer schaute zum Sunset Boulevard hinaus. Es war recht laut, denn die Straße war Tag und Nacht stark befahren, allein Bert liebte das Gefühl von Lebendigkeit, wissend, daß sich wenige Meter von seinem Bett entfernt Menschen aufhielten, in ihren Autos vorüberfuhren, kleine Geschichten im Sekundentakt, ein jeder in seiner Welt aus Freude und Liebe und Angst. In der Nacht saß Bert gerne auf dem Fensterbrett, eine Tasse Kaffee bei ihm, und sah auf die Lichter der Wagen und dachte sich die Leben zu den imaginären Menschen in den Autos aus. Jeder von ihnen könnte ihm Freund sein, Geliebte oder Geliebter, könnte ihm nahe kommen, morgen oder in einer Woche, sein Leben berühren, beeinflussen gar. So viele Möglichkeiten, in jeder Minute konnte alles scheinbar Fixierte sich ändern, und Bert wußte darum, war offen für jede Möglichkeit, jede Chance, die sich einem bot, der sie sehen wollte.
Bert zog sich an. Er hatte nicht viele Sachen. Zwei Hosen, ein paar Hemden und Shirts, wozu viele Sachen, denn mehr als bekleiden konnte er sich nicht. Bert ging auf die Straße und wurde direkt von der Erregung erfaßt, die das Wissen machte, auf einer der berühmtesten Straßen der Welt zu stehen.
Bert hatte ein kleines Auto mit einem Schiebedach, das Auto war alt, aber es fuhr langsam und freundlich, Bert lebte in der

aufregendsten Stadt der Welt, und er war frei. Was sollte er also mit Geld? Er konnte nur in einem Bett schlafen, und wenn er in seinem Auto saß, war es egal, wie groß das war, wie neu. Bert wollte nicht mehr. Er hatte doch alles.

Auf der Straße.

Das Dach seines Wagens heruntergeklappt, den Wind spüren und laute Musik. Eine Kassette mit Berts Lieblingsbands lief. Rammstein, Robert Plant, Lou Reed, Marilyn Manson, Ministry, Thindersticks – gute, warme Musik, legte sich angenehm über die Geräusche der Fahrzeuge, über ihr Hupen, über die Sirenen der Polizeiwagen, eine warme Decke aus Musik gewordenem Wohlgefühl, der Wind heiß im Gesicht, und ein Glück in Bert, hier fahren zu können, ein Auto zu haben, in der Sonne einem angenehmen Job entgegen. Manchmal war die Freude so groß in Bert, daß er anhalten mußte, ein wenig springen auf dem Bürgersteig. Zu leben, welch ein Glück, unter Millionen Eizellen ausgewählt, gesund zur Welt gekommen und zu sein.
An Bert fuhr ein Rolls-Royce vorüber. Im Fond ein Ehepaar. Deutlich sichtbarer Reichtum. Nicht irgendwie Reichtum, sondern einer, der ein ganzes Land ernähren und mit Häusern und lustigen Pferden versorgen könnte. Ja, mit lustigen Pferden, nicht irgendwie mit solchen depressiven Mähren.
Die Frau von diesem unbestimmten Alter, das Liftings mit sich bringen. Unechte Gesichter machen die, steif und viel älter als die Trägerin. Tun die Gesichter, als seien sie zwanzig, doch das Alter dahinter bekämpft den Eindruck, Chirurgie und Wahrheit in ernstem Gefecht.
Der Mann mit Falten und von Sonne gegerbter Haut, schweigend nebeneinander, nichts sehend, nichts genießend, wozu dann der Reichtum, fragte sich Bert, wozu der Rolls, wozu noch hier sein? Er wendete sich dem Paar zu und lächelte es an. Nach einem Moment des Zögerns lächelten beide zurück, in einer Art, als hätten sie eine Erscheinung geschaut.

Das Paar im Rolls.

Mann: Spinner. Die ganze Stadt ist voller Spinner. Ich trau keinem.

Frau: Das merkt man. Du bist völlig zu. Gefangen in deiner Angst. Um dein Geld.

Mann: Von dem du ganz gut lebst.

Frau: Jetzt kommt wieder diese Leier. Wer hat dir denn den Rücken freigehalten, damit du in Ruhe dein Geld machen kannst.

Mann: Wenn das deine ganze Lebensleistung war, sag ich: Herzliches Beileid.

Frau: Du kotzt mich an.

Mann: Hüpf doch zu dem Penner in die Klapperkiste. Leg dich zu ihm auf die dreckige Matratze, und raucht Joints zusammen. Mach Deine Beine breit und schau mal, ob er deine ranzige alte Schnitte lecken will. Meinen Segen hast du.

Frau schweigt.

Bei einer Frau.

Die Frau war fünfzig, vielleicht war sie auch schon sechzig, es war egal, Alter war Bert egal, er liebte alle Menschen und hatte ein großes Mitleid für sie. Leiden mit den Ratlosen, den Traurigen, Verlorenen, mit den Menschen, die sich verirrten in einer Zeit, die zu schnell für sie geworden war, in einer Welt, in der es zuviel zu kaufen gab, in einer Stadt, in der jeder die Relation verlor. In der man sie täglich sah, die Stars, die weltberühmten, sah, daß es Menschen waren wie man selbst, konfrontiert mit unermeßlichem Reichtum, täglich zum Greifen nah, wer sollte da nicht die Relation verlieren und neidisch werden, unzufrieden mit allem. So ein Mitleid in Bert, und wenn es ihm möglich war, ihnen durch ein Lächeln, ein Wort oder eine Berührung zu helfen, dann tat er es. Manchmal genügte wenig, um Menschen an das zu erinnern, was sie waren. Reine Kinder, denn keines war böse von Geburt, außer ein paar vielleicht, die mit dem Kopf auf den Fußboden geknallt waren, zwischen den Beinen einer cracksüchtigen Mutter, der Rest war gut und glaubte an Wunder, an Gott, an etwas Heiles und wagte nicht, es laut zu sagen.

Wie im Kindergarten, wo es vielleicht ein Kind hat, das Mutproben vorschlägt und ihm alle trotz Angst, trotz besseren Ahnens auf die Gleise folgen, nur weil das Böse so stark ist. Weil das Gute sich schämt für seine Ängstlichkeit.

So waren sie, die Menschen, und spielten Spiele nach, Erfindungen von wenigen, und glücklich war kaum eines. Die Irren vielleicht, die nachts durch die Straßen liefen, befreit von jedem Besitz, mit wilden Haaren, liefen durch die Nacht, die Götter der Stadt, sangen und hatten ihr eigenes Spiel erfunden. In Tonnen schlafen, vor der Polizei ausreißen. Und großer Frieden in denen, die nichts mehr erwarteten.

Doch die anderen, die immer mehr wollten, das wollten, was sie bei Reichen sahen, konnten nicht glücklich werden, waren doch mit den Gedanken und Gefühlen immer einen Schritt von sich entfernt.

Die Frau, zu der Bert ging, auch. Sie war straff und reich und traurig, die Frau. Die sich ein bißchen Liebe kaufen mußte, Berührung bezahlen mußte, weil doch jeder böse wird ohne die Hand eines anderen. Bert ging zu ihr, wie zu allen, um ihnen ein gutes Gefühl zu geben. Es ging nicht um Sex.

Wie ein Heiler war Bert, oder ein Guru, der eine Stunde Liebe schenkte, das Geld nur nahm, damit er sich bei Kräften halten konnte. Er berührte die Frau, die steif in einem teuren Kostüm auf einer edlen Couch saß, und der unwohl war mit dem, was sie tat. Doch wie schnell vergaß sie alles über Berts Wärme. Er

hielt sie im Arm wie ein Kind, wiegte sie, streichelte sie und entfernte die Kleidung, die nichts mit ihr zu tun hatte. Nackt lag sie, wie ein Tierchen, ließ sich von Bert ablecken, tragen und wärmen. Es war ein Mensch, und Bert liebte ihn, wie er eben alle liebte. Ein schwacher Mensch, zusammengehalten von Kleidung, steifen Stoffen und exklusiven Tüchern, in eine Umgebung gestellt, die vor Chrom und Kälte klirrte.
Als Bert nach einer Stunde die Frau verließ, war ihr Haar gelöst, ihr Make-up entfernt, und sie stand da mit rosigen Wangen, strahlenden Augen, in ein weiches Handtuch geschlagen. Nie verlangte Bert eine bestimmte Summe. Er nahm Geschenke. Mit dem Geschenk der Frau ging er zu seinem Wagen und fühlte sich leicht. Vielleicht würde sie durch ihn eines Tages erkennen, was alle sind im Kern. Liebe.

Die Frau. Kundin.

Klapskopf. Da tänzelt er davon und hat vermutlich das Gefühl, er hätte mich berührt. Tief drinnen. Schon recht. Mich berührt nichts mehr, daß das mal klar ist. Jedes Mal zieht er seine Tantra-Nummer ab. Ich spiele mit, weil er ja auch nur ein Mann ist, und die nun mal gerne das Gefühl haben, Segen über die Menschen zu bringen. Ich spiele mit, ganz lieb und so, und freue mich auf seinen riesigen Schwanz. Darum geht es. Der Depp fickt gut, und ich habe keine Zeit für einen Liebhaber. Ich will Sex, wenn ich ihn brauche. Ich will nicht darum bitten, ich will keine Komplikationen. Das klingt nach einem Klischee, aber Klischees sind Wahrheiten. Was bilden wir uns denn immer ein auf unsere Originalität? Keiner ist einmalig, und Neues gibt es nicht zu erfinden nach etlichen tausend Jahren Menschsein. Tantra, Liebe, ach Gott, ist ja schon gut. Eigentlich auch egal, was der Mensch sich einredet, welche Gesetze er sich gibt. Die reine Liebe, der reine Profit. Es kommt alles auf dasselbe raus.

Venice Beach.

Bert saß in einem Café. Ein Getränk stand vor ihm, die Sonne wärmte angenehm, ein leichter Wind roch nach Meer und Salz und Fisch, nach Sonnenöl und Frieden. Hier war der Strand der Träumer. Sie wußten nicht, was Leben sein könnte, machten es aber instinktiv gut. Sie dachten nicht zuviel, sie trainierten im Muskel-Center, sie liefen mit Rollschuhen, sie spielten Ball, zeigten ihre Körper, ihr Werk, dachten an nicht mehr, als schön zu sein, gesund zu sein, in der Sonne herumzuhüpfen, zu flirten, sich zu paaren. Viele hier, die es geschafft hatten, die ganz frei waren. Von anderen als Wahnsinnige bezeichnet, waren sie doch die Glücklichen, waren wieder Kind geworden.
Sie predigten, verkleideten sich und waren bar jeder Hemmung. Bert fühlte eine solche Liebe in sich, fühlte sich als Teil einer Gruppe, die er achtete, auflösen mochte er sich in jedem einzelnen. So leicht ist es, sich für die Liebe zu entscheiden. Wenn du sie ansiehst, die Menschen, wie sie dir gleichen in ihren Sehnsüchten, kannst du jeden berühren, jedem die Sorgen wegküssen. So leicht ist es auch, sie zu hassen, wenn du dich verachtest, siehst du deine Eigenschaften in allen.
Ein Mädchen setzte sich zu Bert an den Tisch. Es wagte nicht, Bert anzusprechen, war gehemmt ob dessen Schönheit. Bert betrachtete des Mädchens Kern. Versank in ihren Augen und fühlte sich für Bruchteile von Sekunden komplett in ihr aufgelöst. Er war sie und sah durch ihre Augen. Er sah, daß sie unglücklich war, weil sie ihren Platz noch nicht gefunden hatte. Weil sie noch nicht wußte, ob sie lieben oder hassen sollte. Ein Blick und ein völliges Einlassen auf eine andere Person ist intimer als Berührung, ist ein Streicheln der Seele. Wenig später verließ Bert das Café, und im Gehen küßte er das Mädchen auf die Stirn. Du bist die Schönste, sagte er ihr, wie ist dein Name, und das Mädchen sagte: Anna, und würde den Moment lange nicht vergessen. Starr blickte sie ihm nach, als habe sie Gott geschaut.

Das Mädchen.

Ich glaub, ich komme nicht mehr an diesen Strand. Es sind ja echt nur Bekloppte hier. Ich werde nach Hause gehen, auf meinen Mann warten. Er heißt Toni. Es ist der schönste Mann der Welt, und er ist seit zwei Tagen nicht nach Hause gekommen. Aber das kenn ich schon von ihm. Ich meine, seine ganzen Sachen sind ja noch da, seine Bilder, ohne die würde er nirgendwohin gehen. Ich warte, aber nicht mehr hier bei den Geisteskranken. Ich geh jetzt mal.

Sunset Blvd. 346a.

Nichts zu tun zu haben und es zu genießen, schien Bert das Natürlichste der Welt. Der Mensch war seiner Ansicht nach für nicht viele Dinge konzipiert, und was er tat, waren nach Berts Ansicht Dinge, die dazu führten, daß er sich von sich entfremdete, der Mensch. War doch nicht gemacht, um in Rennautos zu fahren, in Flugzeugen herumzufliegen, in Bergwerken zu bohren oder in Hallen knietief in Schmieröl zu waten. Wohler wäre jedem, wenn er es beim Menschsein beließe. Das heißt: essen, trinken, sich paaren und über die vielen überflüssigen Funktionen eines Menschenhirnes lachen. Nie spürte Bert den Wunsch, in ein fremdes Land zu reisen. Was sollte er dort? Herumsitzen und Menschen beschauen konnte er auch hier. Millionen lebten in seiner Stadt, da hatte er noch viel zu sehen, zu lächeln, zu helfen, und nun war ein freier Nachmittag vor ihm, wie fast jeden Tag viele freie Stunden vor ihm lagen, oder er in ihnen, wie auch immer, und Bert genoß jede von ihnen. Es störte ihn im Gegensatz zu den meisten Menschen nicht, nichts zu tun, denn es war ihm klar, daß alles, was eines machte, nur ein Zeitvertreib war. Ob er nun jede Stunde dichtete, musizierte, ein Bild malte oder Computerprogramme entwarf. Alles, was der Mensch tat und was nicht zum unmittelbaren Gelderwerb führte, war getarnte Langeweile, nicht er-

tragener Müßiggang. Und bleiben würde von allen dasselbe. Knochen.
Bert tat, wozu der Mensch eingerichtet, nach einer guten Mahlzeit: Er legte sich nackig auf sein Bett und döste. Murmelte und grummelte voller Behagen, räkelte sich und genoß das Nichtstun. Langeweile auszuhalten, als einen Teil des Lebens zu akzeptieren, nicht rudernd, zappelnd dagegen zu kämpfen, schien Bert die Grundlage für die Erlernung von Glück. Denn daß man das lernen konnte, war Bert selbstverständlich. Glück ist ein Gefühl, und Gefühle konnte man lernen, so wie man eine Fremdsprache oder Häkeln erlernen konnte, und warum sich so wenige darum bemühten, ihre Gefühle zu erforschen und auszubilden, war ihm unverständlich, waren sie doch die Basis allen Seins. Konnte man doch alle äußeren Dinge wie Liebe, Geld und Reisen nicht genießen, wenn man willenlos schlechten Gefühlen ausgeliefert war.
Nachdem Bert so richtig gut abgefaulenzt hatte, überkam ihn die Lust auf eine kleine Spritztour. Ohne Ziel mit lauter Musik herumzufahren, liebte Bert. Was konnte nicht alles passieren, auf so einer Autofahrt, und wenig später saß er in seinem Wagen.

Herumfahren.

Die frühen Abendstunden. Wie eine schöne Frau, die sich ermüdet auf einem Samtbett auslegte. Weich der Tag, schläfrig, sanft, noch nicht die Erregung der neonbeleuchteten Nacht ahnend. Der Mullholland Drive wand sich an den Hügeln entlang, und unten lag Berts Stadt. Musik dazu, und Flügel wuchsen. Keinen Gedanken verschwendete Bert je an den nächsten Tag. Wer konnte sich anmaßen zu wissen, ob es einen nächsten Tag geben würde? Und dann wäre jeder Gedanke Ablenkung gewesen von dem, was ist.
Bert fuhr ans Meer. An eine Stelle, an der der Strand von Menschen befreit war, legte er alle Kleidung ab und rannte schrei-

end in die Wellen. Ließ sich dann auf dem Rücken liegend treiben und sah in den Himmel, der inzwischen die Farbe von lilafarbenen, mehrfach gewaschenen Latzhosen angenommen hatte. Sah über die Zehen hinweg die Stadt liegen und blubberte vor Freude. Noch kühl vom Wasser saß er wieder in seinem Wagen und überlegte gerade, in ein schönes Fischrestaurant am Wasser zu fahren, als ihn ein weiterer Auftrag erreichte.

Beim reichen Mann.

Der reiche Mann wohnte im berühmtesten Hotel am Sunset. Das Château Marmont sah aus wie ein altes Schloß und hatte für Amerika wirklich schon viele Jahre auf dem Hotelrücken. Sechzig ungefähr, für Amerikaner also das Mittelalter. Der reiche Mann bewohnte eine Suite im Obergeschoß der Villa mit einer großen Dachterrasse. Der reiche Mann war Fotograf und sehr einsam. Er hatte sein Leben mit Kokain und Geschlechtsverkehr, mit dem ständigen Gehocke in Flugzeugen und Hotelhallen verschwendet, das hatte ihn über Gebühr müde gemacht und war ihm zugleich Sucht geworden. Unwohl war ihm, wenn er mit sich sein mußte. Alleine sein mußte, mit dem was er nicht kannte und was nicht besonders unterhaltsam war. Wenn er sich in der Stadt aufhielt, verabredete er sich mit Bert. Weil ihn alles anzog, was perfekt war, weil er häßliche Menschen nicht ertrug. So gewohnt war er den schnellen Erfolg, die falsche Begeisterung seiner Kunden, der schwulen Moderedakteure, der dümmlichen Artdirectors, der als Fotografen gescheiterten Fotoredakteure, daß es ihn verwirrte, wenn einen Tag das Telephon schwieg, niemand anrief, ihm einen Auftrag erteilte, mitteilte, daß seine Arbeiten am Ende der Welt ausgestellt würden, er wieder einen Preis verliehen bekam, war ihm wunderlich, wenn so ein Tag war. Zur Ablenkung erschien ihm Bert gerade recht, der vor der Tür stand mit seinem ewigen Lächeln.

Das ewige Lächeln.

Oh Mann, ich bin müde.

Der reiche Mann.

Ich möchte dich heute fesseln, verlangte der reiche Mann, und Bert lächelte. Sollte er ihn fesseln, wenn es ihm half, was Bert jedoch bezweifelte. Zu sehr war die Krankheit hinter dem Wunsch ersichtlich, das Unvermögen, zu sich zu kommen. Doch um dem armen Menschen nicht die Freude zu nehmen, entkleidete Bert sich, und der reiche Mann fing an, ihn mit Schnüren zu einem Paket zu binden.
So gebunden würde ihm das Gegrinse schon vergehen, dachte der reiche Mann, doch Berts Glück schien nicht zu brechen. Bert lag entwürdigt, verschnürt und hilflos, doch strahlte er selbst in jener absurden Haltung Würde und Zufriedenheit aus. Vielleicht so, du Hund, sagte der reiche Mann und fickte Bert ohne geeignete Mittel ins Gesäß. Das war sehr schmerzhaft, doch auch Schmerzen sind gut zu ertragen, wenn man sich nicht gegen sie wehrt. Natürlich schmerzt es, dachte Bert, denn ein Arsch ist nicht zum Ficken konzipiert, und da er das dachte und sich vorstellte, daß es nur eines Wenigen bedurfte, um seinen Muskel der Ausdehnung des Fremdgliedes anzupassen, verflog der Schmerz auch schon wieder, und Bert schmeckte das Gefühl, einen Schwanz in sich zu spüren. Es war nicht schlecht, gar nicht.
Als der reiche Mann sah, daß Bert immer noch fröhlich war, überkam ihn der gerechte Zorn des Unfrohen. Er steckte eine Unterhose in Berts Mund und begann Bert zu treten. In die Rippen, in den Bauch, auf den Sack, in wilde Raserei steigerte sich der reiche Mann, denn da kauerte alles, was er verachtete. Die Schönheit, die er nicht besaß, und die Unbeschwertheit des Törichten versuchte er aus dem jungen Mann zu dreschen. Recht so.

Der reiche Mann.

Weiß doch auch nicht. Es kam halt so über mich. Er lebt ja noch. Meine Güte, ist doch nur ein blöder Stricher. Jetzt lassen Sie mich in Ruhe, ich habe zu tun.

Am Strand.

Bert erwachte mit erheblichen Schmerzen. Sein Mund hatte sich mit Sand gefüllt, sein Blut lief ihm in die Augen. Das brannte vielleicht. Bert war nackt. Die Straßenlaternen leuchteten den Strand mäßig aus, und als Bert sich zu bewegen suchte, gelang ihm das kaum. Lange lag er, und eine böse Kälte kam über ihn. Weit draußen auf der See waren die Lichter eines Schiffes zu erkennen. Bert sah die, und seit langer Zeit zum ersten Mal wünschte er sich woanders zu sein. Auf diesem Schiff liegen, sauber und gepflegt, mit einer Nerzdecke umhüllt, da wäre er jetzt gerne. Doch wollen hilft nicht, Bert am Arsch. Konnte sich nicht bewegen, den Kopf nicht heben, und es kam für einen Moment eine Angst über ihn. Vor was hatte er Angst? Was konnte ihm passieren? Er konnte hier liegen und frieren, sich vielleicht erkälten, morgen würde er gefunden werden. Das war eine Möglichkeit. Eine andere war, daß er verblutete. Das wäre dann der Tod, das Ende, und auch dieser Gedanke hatte nichts Fürchterliches, denn Bert hatte gut gelebt und alles gehabt. So verlor auch der Tod seinen Schrecken, und Bert beruhigte sich. Schickte sich ins Liegen und entspannte seine Muskeln. So ließ der Schmerz nach. Bert fühlte sich wohler, und er lauschte den Wellen und den fernen Geräuschen der Stadt. Ich wollte doch schon immer einmal am Strand übernachten, dachte Bert, und daß es Menschen, die ein eigenes Strandhaus besaßen, auch nicht besser hätten als er. Was mehr als das Meer konnten sie sehen und riechen? Bert hörte, daß sich Schritte näherten. Nun würde ihm auch schon Hilfe zuteil werden. Bert lächelte. Ein Glückskind war er doch. Eine Taschenlampe blendete ihn, und er schloß die Augen. Himmel, was haben Sie denn gemacht, fragte eine Frau. Bert antwortete: Ich wollte am Strand schlafen. Die Frau, die er nicht sehen konnte, weil seine Augen blutverkrustet waren, drehte ihn auf den Rücken. Er spürte ihre Hände auf seinem Körper, die ihn untersuchten und abtasteten. Scheint nicht so schlimm zu sein, sagte die Frau. Und Bert spürte erst jetzt, daß er noch gefesselt war. Der reiche Mann fiel ihm ein, und eine Traurigkeit kam über ihn, denn was mußte er leiden, der reiche Mann, um einen Wehrlosen so zusammenzuschlagen. Wieviel Härte und Verspannung mußten in ihm sein. Er spürte den Mund der Frau an seinem Glied. Er realisierte die Berührung einige Sekunden lang nicht, denn sie wurde von den Schmerzen in ihrer Schärfe stark übertroffen. Bert war ein wenig unklar, verschwommen durch die Behandlung des reichen Mannes, realisierte nicht, was der dunkle Schatten mit ihm vorhatte. Sein Glied wurde hart, trotz Schmerzen und Blut, so war es gebaut, und er spürte, daß die Frau sich auf ihn setzte. Das tat nun doch weh, sie war nicht gerade sanft mit ihm und ritt auf Berts blutigen Lenden wie eine Irre, wie rasend schrie sie in die Nacht, und Bert biß die Zähne zusammen. Wovor Angst haben, sagte er sich, wovor? Alles endet irgendwann, nur die Hölle ist ewig, und ob es die wirklich gibt, ist nicht bewiesen.

Und atmete auf, als es endlich vorüber war. Die Frau trat ihm noch einmal ins Gesicht und entfernte sich kichernd. Bert verlor das Bewußtsein.

Die böse Frau.

Schwanzträgerschwein. Sau. Arsch. Dreckmist. Pisser. Vergewaltiger. Scheißschwein. Da lach ich nur. Ich lach da. Frau lacht, geht ab.

Am Nachmittag.

Zwei Rettungsschwimmer hatten Bert gefunden und erste Hilfe geleistet. Ein Krankenwagen hatte ihn in eine Ambulanz gefahren, und dort war Bert zu sich gekommen. Er hatte eine Transfusion bekommen, und nach der Reinigung seiner Wunden wurde sichtbar, daß sein Zustand nicht besorgniserregend war. Am Nachmittag konnte Bert bereits mit einem Taxi nach Hause fahren. Seine Vermieterin brachte Bert Tee ans Bett, und kaum lag er da, sah die Sonne vor dem Fenster, fühlte er sich wieder wohl. Ein kleiner Moment des Unwohlseins war gewesen. Bert hatte seine Tabletten genommen. Es war ihm wieder gut, wieder Ruhe und Frieden in ihm. Krank sein mochte Bert gerne. Er beobachtete, wie sein Körper arbeitete, um mit den Verletzungen fertig zu werden, daß es bereits juckte und heilte, war ihm Freude. Dann schlief Bert ein.

Am nächsten Tag.

Bert saß hinter dem Haus in einem aufblasbaren Planschbekken. Er las in einem Buch und war fast wieder genesen. Ein kleines Stück Rasen, die Sonne darauf, das Nachbarhaus, in dessen Hof Kinder spielten, und ein heißer Tag. Nun, was brauchte man mehr. Bert dachte nicht über das Geschehene nach. Wozu? Er konnte sich vorstellen, was Menschen dazu bewog, anderen weh zu tun. Es war nicht weiter interessant, über die Gedanken anderer zu sinnieren, brachte nichts, sagte nichts über die Welt, nichts über die Liebe, nichts über die Menschheit aus, die Gedanken über die Gedanken. Immer wieder würde es welche geben, die verbittert und verwirrt waren. Bert saß in der Sonne in einem Becken mit warmen Wasser, er las ein gutes Buch von Haruki Murakami, seinem Lieblingsschriftsteller, und trank eine Limonade dazu. Mehr konnte er im Moment nicht tun, es war daher alles, was Bert wollte.

Der Nachmittag.

Die Verschiebung der Wahrnehmung, die Trübung des freien Blicks. Es ging los. So schnell ging es los. Bert lag auf seinem Bett und spürte vom Magen ausgehend eine Unruhe kommen, die wanderte in die Beine, machte sie vibrieren, krabbeln wie Ameisen. Bert schüttelte die Beine kreischend. Kratzte sich an den Beinen, am Leib, zitterte, der Bert. Was war geschehen?
Dunkle Wolken vor dem Fenster und der Lärm der Autos waren Bert unerträglich auf einmal. Er sprang auf, hüpfte auf einem Bein in die Toilette, stopfte sich Toilettenpapier in die Ohren, allein vergebens. Der Lärm drang durch, als würden die Autos es drauf anlegen, ihn fertig zu machen an jenem Nachmittag. Hupen und Sirenen erklangen, ein Unfall, wie widerwärtig. Därme, die sich sechs Meter lang auf Zebrastreifen kringelten, aufgeplatzte Schädel, die kleine tumoröse Hirne preisgaben, geplatzte Augäpfel, tranchierte Gebärmütter, die im Todesstoß Föten in Papierkörbe geschleudert hatten.
Haßerfüllt schaute Bert auf die Straße, er wünschte sich eine Waffe, um den Scheißautofahrern die Rübe wegzublasen. Der Schmerz, überall. Unten, sein Schwanz war rot und entzündet, vermutlich hatte die Nutte am Strand Tripper gehabt oder Aids. Die Sau. Der Arsch tat auch weh. Bert saß auf seinem Bett, die Beine führten ein ekliges, auf und ab wippendes Eigenleben, und sah die große Schäbigkeit um sich. Das Zimmer war vielleicht 9 m² groß und mit gelbstichiger Tapete vollgekleistert, auf der sich kleine Elefanten tummelten. Bert haßte Elefanten, die Sauviecher mit ihren langen Penissen in der Fresse. Bert begann, die ohnehin nicht besonders fest verankerte Tapete von den Wänden zu reißen. Das Waschbecken im Zimmer hatte viele Kratzer, eine alte Emailleschüssel, ein wackliger Stuhl. Kot. Haß. Das war also sein Leben. In seinem Alter hatte er es wirklich nicht weiter geschafft als in diese ranzige Bude. Bert sank in einer Zimmerecke auf den Boden, und Tränen kamen ihm. Tränen der Verzweiflung, und ein dunkles Loch war in ihm, das seine Seele einsog. In den Abgrund eines löchrigen Ichs. Wozu weiterleben? Was ist der

Sinn, sich jeden Tag zu bewegen, aufzustehen, sich zu waschen und Nahrung aufzunehmen? Wozu? Um gut genährt zu sterben? Alles von so überwältigender Sinnlosigkeit und nur gemacht, um den Menschen zu quälen. Alle Bestrebungen, der Wahrheit zu entkommen, so lächerlich. Die Wahrheit ist nichts. Nichts, nichts, hin und her im kleinen Zimmer, mit den Fäusten gegen die Wände. Scheißbude. Was nützt es mir, denkt sich Bert, gut auszusehen, schön zu sein, wenn mich diese Stadt nicht würdigt? Nicht achtet, die Menschen mich für einen Wahnsinnigen halten? Was ist an einem Tom Cruise besser als an mir? Diesem Zwerg, der mir bis zum Nabel reicht, geklonte Arschgeigen hier in dieser häßlichsten Stadt der Welt. Ohne Zentrum, verkleckert wie Durchfall auf staubigem Boden, ich will raus hier. Raus, rrrrrraus! rief Bert und hämmerte mit den Fäusten an die Tür. Seine Vermieterin klopfte zaghaft von der anderen Seite, und Bert riß die Tür auf. Die alte Dame taumelte ins Zimmer, und mit einem satten Schwinger streckte Bert sie zu Boden. Sau, alte. Keine Unterwäsche an. Alle wollen ihn doch nur ficken. Bert kickte die Alte aus dem Raum, ihre alte Möse glibberte über den Boden, und warf sich auf sein Bett. Er trommelte mit den Fäusten auf die Matratze, Schaum trat ihm aus dem Mund, und schließlich sank er in eine freundliche Ohnmacht.

Maria kommt.

Bert erwachte durch eine Hand, die sich auf seiner Stirn ausruhte. Ach, immer diese Hände überall. Er wischte sie weg und öffnete die Augen. Auf seinem Bett saß seine alte Freundin Maria. Eine freundliche Schwarze. Die einzige Frau, die Bert je haben wollte. Die einzige Frau, die er nie haben konnte. Maria redete leise auf ihn ein, was war egal, Bert entspannte sich und fand zu sich zurück. Maria hatte das Gefühl gehabt, daß Bert sie brauchen könnte, so war sie gekommen. Sie hatte den Ohnmächtigen gereinigt, seine Verbände erneuert, sie hatte das Zimmer aufgeräumt, die abgerissene Gardine befestigt, nun war es wieder schön, es roch gut, die Jalousien waren halb zugezogen, und Friede war wieder in Bert. Maria. Wie er sie liebte, wie er sie begehrte, wie ein Mensch nur einen begehren kann, wenn er weiß, daß er ihn nie besitzen wird. Woher Bert Maria kennt, weiß er nicht mehr. Es war ihm, als sei es im letzten Leben gewesen, so vertraut war sie ihm. Maria erzählte Bert noch ein Märchen, schenkte ihm Tee ein. Küßte ihn auf die Wangen und ging.

Beim Japaner.

Bert saß in einem seiner Lieblingsrestaurants. Ein Japaner am Sunset. Nicht weit entfernt vom Vipers Room, vom Hotel Mondrian, auf der anderen Straßenseite eine Zigarrenbar. Es regnete ein wenig. Ein feiner Regen, den man wie tropische Schwüle auf der Haut fühlt, das Hemd klebte Bert am Körper, er war glücklich. Eine Miso-Suppe, Thunfischsashimi, Bert aß gerne immer dasselbe, das gab ihm das Gefühl von Bescheidung. Mit guter Nahrung im Bauch überquerte er die Straße. Er hatte noch einen Termin an jenem Tag, er kannte den Kunden und mochte ihn. Bert setzte sich in die Zigarrenbar, die nichts Erlesenes an sich hatte. Ein verrauchter Raum mit riesigen Aschenbecherkübeln auf den Tischen, Milchkaffee in Pappbechern, die Amis hatten Stil. Bert schaute auf die Straße. Große Limousinen, länger als Güterwagen, rollten an ihm vorüber. Ins Mondrian, vom Mondrian weg oder in den Vipers Room, hier war Hollywood richtig schön. Ein paar Meter weiter unten war das Spago, wo man, sollte man jemals einen Tisch bekommen, garantiert Stars sehen konnte. Bert liebte es, hier zu sein, an dem Platz in der Welt zu sein, der Träume machte, er atmete tief, ein Seufzen fast, trank seinen Kaffee und ging danach noch ein wenig. Sich zu Fuß zu bewegen war in dieser weitgehend bürgersteigfreien Stadt ein Privileg der untersten Kaste. Wer sich hier noch nicht einmal ein Auto leisten konnte, war so gut wie tot. Darum liebte Bert es zu laufen. Denn die Straßen waren leer, keine Menschen, denen man begegnete, und ein Gefühl der Einmaligkeit kam durch das. Viel mehr konnte man entdecken zu Fuß. In den kleinen gewunden Straßen neben dem Sunset standen schöne Häuser, wie englisch kamen sie daher, doch auch hier war keiner zu sehen. Sicherheitsbeamte fuhren die Straßen entlang und musterten Bert kritisch, doch da er aussah wie ein Schauspieler, fuhren sie weiter. Die Straßen gehörten Bert, das Leben gehörte Bert, und er sprang in die Luft. Ging zurück zu seinem Wagen und machte sich auf den Weg zu seinem Kunden. Der wohnte am Sunset, in der guten Gegend, in der wenig befahrenen Gegend, ungefähr eine Stunde von Berts Standort entfernt. Und so fuhr Bert durch Amerika, durch Hollywood, durch sein Leben, das so schön war wie ein Traum.

Maria geht.

Woher ich ihn kenne, weiß ich gar nicht mehr. Es gibt ja so Menschen, da hat man das Gefühl, man sei mit ihnen geboren worden. Er kauft jede Woche bei mir. Meiner Meinung nach ist er ganz schön am Ende, aber wer von meinen Kunden ist das nicht. Wenn sie auf Entzug sind, ist es grausam. Ich weiß gar nicht, wie sie mit den Pillen so tun können, als sei alles in Ordnung. Nichts ist in Ordnung. Sie können gut ein paar Jahre so leben. Im ständigen Hoch, solange der Vorrat reicht. Aber irgendwann verfallen sie. Das geht dann ganz schnell. Bert tut mir leid. Er ist eigentlich ein netter Kerl. Total durchgeknallt. Wenn er was drin hat, ist er auf so einem Jesus-Trip, peace und so weiter. Ein netter Kerl, aber er hat sein Leben verschissen. Schon verloren, ich kenne eigentlich keinen, der da raus kommt. Es sei denn, sie haben viel Kohle und gehen auf Entzug, aber das hilft auch meistens nicht. Es kommt mir vor, als lohne sich das Leben für sie nüchtern nicht. Es muß schon wahnsinnig sein mit den Pillen, das Leben. Ich kann das nicht sagen. Ich nehme nichts. Bin doch nicht verrückt. Sie entschuldigen mich, hab noch ein paar Termine.

Amerika.
Maria.
Los Angeles.
Sunset Boulevard.

Hey, fuck man, ich hau ab hier. Zu abgefahren. Der Spinner, den ich in Jamaika getroffen habe, so ein Umoperierter, hat mir ein paar Millionen geschenkt. Nett von ihm. Ich fand ihn eh ganz süß. Was jetzt wohl mit ihm ist? Ist eigentlich egal, denn unter uns, die Millionen sind mir lieber. Und ich werde Ihnen verraten, was ich damit machen werde. Also. Ich geh mal direkt nach Jamaika. Negril oder so was. Ich werde mir ein super Haus kaufen. Dann werde ich diesen niedlichen Typen, den ich gestern kennengelernt habe, anrufen. Er heißt Toni, und so eine reiche Tusse hatte ihn gerade auf die Straße gesetzt, ist ja egal, den werde ich also anrufen. Dann wird er zu mir nach Jamaika kommen, in die Villa, und ich denke, wir werden eine Menge Spaß haben. Den habe ich eh immer. Ob ich mir was wünsche, warum fragen Sie das? Wer sind Sie überhaupt? Schneien hier rein und fragen mir Löcher in den Bauch. Kenn ich Sie? Komisch, dieser weiße Bart, machen Sie einen auf Gott? Ach, Sie sind Gott.
Also, Gott, hör mal zu. Ich wünsche mir offengestanden gar nichts. Oder wenn du schon mal da bist, vielleicht einen guten Abgang. Daß ich von Lämmchen aufgefressen werde, o. k., jetzt nimm mal dein komisches Kopfrondell, Alter, und schleich dich. Ich muß packen.

Sibylle Berg

Gold

Ihre Kolumnen, Besinnungsaufsätze und Reportagen haben Sibylle Berg als „glamourös-zynische Gegenfigur zu den handelsüblichen Jammerlappen des Literaturbetriebs" (Elmar Krekeler, *Die Welt*) bekannt gemacht. „Gold" versammelt, was ihre Fans und Jünger schon immer in Buchform nach Hause tragen wollten: Best of Berg – die Star-Collection.

272 Seiten, Klappenbroschur

Auch als Hörbuch erhältlich.